우 리 는 자 유 로 에 서 다 시 만 났 다

강영희가 만난 사람

우리는 자유로에서 다시 만났다

풀빛미디어

우리는 자유로에서 다시 만났다

아마도 지난 시절의 유산이겠지만, 나는 스스로와 주변을 향해 빨갛게 담금질한 잣대를 휘두르는 데 익숙하다. 그것은 자학일 수도 있지만, 또한 불패(不敗)를 바라는 오만이기도 할 것이다. 내가 평론을 선택한 것도 아마 그래서일 것이다.

이제 나는 자학과 오만을 한꺼번에 거두기로 마음 먹었다. 설익게나마 나를 고개 숙이게 한 크고 작은 실패(失敗)를 겸허하게 되새김질하며. 나는 때론 흔쾌하게 고개를 끄덕이게 하고 때론 진흙 수렁처럼 발 빠지게 하는 인간(人間)들에게 다가선다. 마치 동양화의 여백처럼 텅 비었는가 하면 점 하나 들어갈 틈도 없이 꽉 차있는, 사람 사이의 멀고도 가까운 거리에 나는 한없이 매료된다.

나의 최종 목표는 우리문화의 진경산수(眞景山水) 전경(全景)을 그려내는 것이다. 하지만 나는 거대한 산의 능선이 아니라 일점 같은 나그네에게 초점을 맞추고 출발한다. 내가 하려는 일은 흐릿하게 흔들리는 우리 문화(文化)의 정체성에 관한 일이므로, 아득한 원경(遠景)의 시선은 도리어 길을 잃게 할 수도 있기 때문이다. 그래서 나는 설령 불완전하고 불만스러울지라도 이와 관련해서 우리의 취향(趣向)을 붙잡는 것이라면, 그것을 소중히 갈무리하는 데서 시작하려고 한다. 내가 사람에 주목하는 진짜 이유는 이것이다.

하지만 나는 정작 제대로 된 그림을 위해서는 한 점도 찍지 못한 채, 한동안 옆으로 밀쳐 놓았던 지난날로 무작정 돌아가는 데서 시작했다. 그러니까 그 시절을 뜨겁게 보낸 우리 세대의 머릿속으로 들어가 보는 것. 역사상 처음으로 세대 단위의 아웃사이더(outsider)였던 우리가 만약 불태우고 갈아엎었던 황량한 들판 위에 파릇한 새싹을 틔울 수 있다면, 그것이야말로 우리 모두의 진정한 문화적 정체성을 꽃피우게 하는 확실한 시작이 될 수 있기 때문이다.

나는 정말 사람 복이 많다. 이 책은 웬만큼 버성길 줄 짐작하면서도 귀한 시간을 허락해 준 12명의 삭가들, 『싱』 시의 식구들, 사진을 맡아준 분들, 김명인 선배, 풀빛 식구들과 내가 함께 만든 것이다. 그리고 언제나 곁에서 무릎 꿇지 말라고 어깨를 추슬러 주는 나의 가족에게 감사의 마음을 전한다.

1998년 4월 강영희

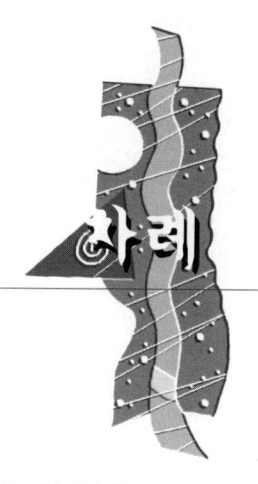

신경숙

신경숙 / 1963년 전북 정읍 출생. 서울예술전문대학 문예창작과 졸업. 1985년 「문예중앙」 신인문학상에
중편 「겨울우화」가 입선되면서 작품활동을 시작했다. 창작집 「겨울우화」 (1991) 「풍금이 있던 자리」 (1993),
장편소설 「깊은 슬픔」 (1994) 「외딴방」 (1995), 산문집 「아름다운 그늘」 (1995) 등이 있다. 제26회 한국일보
문학상, 제1회 오늘의 젊은 예술가상, 제40회 현대문학상, 제28회 동인문학상을 수상했다.

시골집의 마루밑, 역사의 마루밑

　신경숙을 만나기는 도무지 쉽지가 않았다. 애당초, 그건 그녀 쪽이라기보다는 내 쪽에서 그랬달 수 있는데, 『풍금이 있던 자리』라는 그녀의 소설집을 처음 펴든 순간, 알 듯 모를 듯한 알싸함이나 하염없이 더듬거리는 문체에 젖어드는 일이 쉽지 않아 중도에 책을 밀쳐놓았다.

　그녀를 마음속으로 받아들인 건, 그렁저렁 읽어가던 그녀의 장편소설 『외딴방』이 시나브로 마음속 눈물을 쏟아내는 공명(共鳴)을 가능케 한 무렵부터였다. 순간 되짚어 이전에 그녀가 풍기던 모호함들이 웬만큼 선명해졌다고 할까. 물론 선명해진 것은 나뿐 아니라 그녀 자신이기도 하겠지만. 어쨌든 그녀에게 만나고 싶다는 전화를 걸었는데, 이번에는 그녀 차례인 듯 무슨 연재소설을 쓰고 있노라며 한치의 여유도 없는 목소리를 보냈고, 나는 그녀가 마음을 내줄 때까지 기다려야 했다.

　세검정 산밑의 연립주택 정문에서 그녀를 기다리던 나는, 벌거숭이 가지에 달린 주홍빛 감들과 까딱이며 주위를 맴도는 까치에게 눈길을 보내면서 아예 마음을 풀어놓은 심정으로 서 있었다. 그녀와 마주하려면 그녀 글의 수없는 쉼표와 말없음표를 닮아 있을 것이 분명한 그녀에게 적응해야 하리라는 생각 때문이었는데, 예상대로 그녀는 오솔길의 굽이를 느지막하게 돌아나왔다.

전초전은 거기서 끝나지 않았다. 그녀는 저녁식사와 차 한잔을 거쳐 호젓한 장소에 정좌하고 나서도 다시금 인터뷰를 꺼렸다. 소설가는 소설로서 말하는 것이지 다른 형식의 말은 불필요하다고 생각하며, 사람은 변하는 것인데 어느 한 시점의 말이 뒷날의 삶에 두고두고 증거처럼 남는 것은 견디기 힘들다면서. 하마터면 그녀가 아닌 내가 기우뚱 끌려들어갈 뻔했지만, 똑 떨어져 보이는 정돈된 '결과'에서 갈짓자의 풍성함을 간직한 '과정'이나 '이면'으로 시선을 넓힐 때에야 비로소 열린 마음, 관용의 시선, 그러니까 문화(文化)에 가 닿을 수 있을 거라는 생각에 기대면서 간신히 그녀의 마음을 부축했다.

"뭘 따서 적을 말이 없을 거야……"로 머뭇머뭇 시작된 그녀의 말은, 그러나 차분한 어조로 길다랗게 이어졌고 때로 이야기의 구비에서 하고픈 얘기들이 불쑥 고개를 내밀곤 했다. 또한 소설을 통해 내보낸 것 말고는 이런 저런 견해들을 그저 마음속에 채곡이 넣어두기만 했던 것처럼 간혹 화증이나 어이없음의 감정이 말을 앞서가기도 했다. 하지만 그런 말들은 곧잘 더듬거리다가 끊기거나 웃으면서 거둬들여졌고, 나 역시 함께 숨을 들이마신 채 웃으며 지켜볼 수밖에 없었다.

외딴방에 숨겨진 그녀의 진실

장편소설『외딴방』전에는 사실 단편소설「외딴방」이 있었다. 그리고 이 단편에는 장편에 등장하는 여러 사건들이 고스란히 담겨 있다. 그러나 단편은 별다른 반향을 불러일으키지 못한 채 우리 곁을 스쳐지나갔다. 그렇다면 그녀가 장편을 통해 새롭게 독자의 마음을 끌어당길 수 있었던 것은 무엇 때문일까.

단편소설「외딴방」이 이제는 지나가 버린 사실에 대한 담담한 회상 형식으로 쓰여졌다면, 장편소설『외딴방』은 작가의 가슴에 아직도 현재진행형의 상처로 남아 있는 그 시절의 진실에 대한 고통스러운 고백 형식을 취한다. 장편소설『외딴방』(이후로는『외딴방』)은, "이 글은 사실도 픽션도 아닌 그 중간쯤의 글이 될 것 같은 예감이다"라는 문장으로 시작하는데, 거칠게 말하면 그 사이에는 '진실', 특히 '그녀의 진실'이 들어가 있는 셈이다.

물론 어떤 면에서 소설 혹은 문학이란 것이 작가의 진실을 고백하는 형식이랄 수 있으며, 많은 작가들이 자신의 자전적인 속마음에 대한 피흘리는 고백으로 세상에 얼굴을 내미는 경향이 있으므로 새삼스러울 것은 없다. 하지만『외딴방』은 어제의 진실을 힘겹게 고백하는 오늘 작가의 마음풍경이 삼분지 일을 차지하고 있다. 말하자면 사소설(私小說)적인 외양을 표나게 취하면서 진실 드러내기에 짙은 강조점이 찍혀 있다.

그렇다면 드러난 진실의 실체는 무엇인가. 그것은 우선 문단과 대중의 시선을 한몸에 받고 있는 성공한 작가가 알고 보니 구로공

단의 여공이자 영등포여고 산업체특별학급 출신이라는 놀라운 사연으로 다가온다. 이 대목은 약간 엉뚱한 상상력을 발휘하면 〈비밀과 거짓말〉이라는 영화를 떠올릴 수 있을 정도다. 당시 어느 신문에 실린 기사의 내용을 옮겨보자.

최근 펴낸 자전적 소설 『외딴방』을 통해 그녀는 '63년 정읍 출생, 서울에전 문예창작과 졸업'으로만 되어 있던 자신의 약력에 3년 동안의 가리봉동여공시절이 생략돼 있음을 고백했다. (중략) 고향 정읍의 흙 냄새와 깔끔한 도회의 분위기만을 풍기던 그녀가 '공단 출신'이라는 말을 듣고 사람들은 놀랐다. 출판사 편집진도 처음엔 '그냥 소설이겠지'라고 생각했을 정도. (중략) 신경숙이 이토록 치열한 현장에 있었단 말인가. 더구나 10대 후반 민감한 나이에 광주항쟁과 삼청교육대의 80년대를 겪은 그녀의 소설이 어쩌면 이토록 당대 현실에서 멀찌감치 떨어져 있었던가.(경향신문 1995년 12월 12일자)

하지만 정작 작가에게 신문에 실린 눈물 그렁그렁한 그녀의 사진을 되보이면서, 당신이 만들어 낸 감동을 어떻게 생각하느냐고 물었을 때, 그녀는 단호한 어조로, "저는 감동적으로 비치는 거 싫어요"라고 대답했다. 그리고 그녀는 "이게 문학적으로 얘기되지 않고 사적인 호기심으로 받아들여질까봐 걱정을 했다"고 덧붙였다.

그렇지만 그녀의 염려, 그러니까 세상의 사적인 호기심은 곧 잦아들었고, 경력의 빈칸 때문에 생겨날 수밖에 없었던 '오빠의 뒷수

발을 위한 상경'이라는 오해는 자연스레 정정되었다. 하지만 이제 문학의 테두리 안으로 오롯이 들어와 선 감동은 더욱 순도 높은 빛을 발하는 듯하다.

그렇다면 다시, 그녀의 진실, 그러니까 소설『외딴방』의 문학적 진실은 무엇이며, 그것은 오늘의 우리에게 무엇을 전하는가. 혹시 그 답을 그녀로부터 들을 수는 없을까.

"『외딴방』은 나를 많이 알려주고 새롭게 인식하게 한 작품이지만, 인터뷰 같은 데서 이러이러하다고 말한 적이 없는 작품이기도 해요. 어떤 의도에서 썼든 그 의미가 겹겹이 쌓이고 다른 울림이 될 수 있다는 여지, 그런 게 좋은 소설, 좋은 문장이라고 생각해요. 『외딴방』은 약간 우려가 있고 의미에 대해 부담이 좀 있지 않았나 싶지만 …… , 그렇지 않았을까 …… ."

결국 그녀는 대답을 완곡히 거절한 셈이다. 마지막에 덧붙인 '우려'나 '부담'이란 대략 앞서 말한 것들일 테고. 하지만『외딴방』이 우리에게 전한 것을 빼놓은 채 그녀에 대한 얘기를 계속할 수는 없으니, 옹색하게나마『외딴방』 들여다보기를 좀더 이어나갈 밖에.

작가인 '나'의 일상과 기억을 이렁저렁 맴돌던『외딴방』의 이야기는 16년 전 여고시절 동창생에게서 불쑥 걸려온 전화로부터 물꼬가 조금씩 트이기 시작한다. 전화 속의 그녀는 말한다. "너는 우리 얘기는 쓰지 않더구나", "네게 그런 시절이 있었다는 걸 부끄러

위하는 건 아니니?", "넌, 우리들하고 다른 삶을 사는 것 같더라." 그러자 '나'는 어딘가가 저려왔고, 가슴이 아팠고, 침묵으로 일관했으며, 긴장해서 수화기를 바꿔 든다. 마침내 그 시절의 풍속화와, 풍속화 속으로 사라져 버린 '희재 언니'라는 인물이 떠올랐을 때 그녀는 참을 수 없어져서 도망치려 하다가, 마침내 스스로에게 붙잡혀 그 시절의 진실에 대한 고백을 시작한다.

돌아보면 우리는 80년대, 특히 노동현장에 대한 정답을 이미 갖고 있으며, 그것은 착취와 갈등과 투쟁으로 요약된다. 물론 그것은 진실이다. 그렇지만 그것만이 진실의 전부일까. 그렇다면 그녀의 진실은 무엇일까? 그 해답을 얻기 위해 우리는 약간 에돌아갈 필요가 있다.

우선『외딴방』속에서 셋째오빠가 '나'에게 하는 말, "니가 작가라면 그런 문제들을 외면해선 안돼. 그 쿠데타가 결국은 광주 일도 불러온 거야"에 대한 그녀의 대답을 들어보자.

…… 몰라. 오빠. 나는 그런 것들보다 그때 연탄불은 잘 타고 있었는지, 가방을 챙겨들고 방을 나간 오빠가 어디 길바닥에서나 자지 않았는지, 그런 것들이 더 중요하게 느껴져. 그때 왜 그렇게 추웠는지 말야. (중략) 오빠. 그때 내가 정말 싫었던 건 대통령의 얼굴이 아니라 무국을 끓이려고 사다 놓은 무가 꽝꽝 얼어 버려 가지고 칼이 들어가지 않은 것 그런 것들이었어. (중략) 내가 문학을 하려고 했던 건 문학이 뭔가를 변화시켜 주리라고 생각해서가 아니었어. 그냥 좋았어. 그것이 있다는 것만으로도 나는 꿈을 꿀 수가 있었지. (하략)

그 시절의 그녀는 조국근대화의 산업역군이었을망정 노동현실과 치열하게 맞대면한 투사는 아니었다. 게다가 그녀는 영등포여고 산업체특별학급에 다니기 위해 노조를 탈퇴한 배신자이기도 했다. 그런데 그녀가 그쪽으로 어렵사리 돌아선 것은, 그곳(노동현장)에 어느 한순간도 마음의 엉덩이를 붙인 적이 없으며 언제나 그곳 바깥쪽에 마음을 두고 있었던 것은, 그녀가 발등을 내리찍은 쇠스랑을 우물 속에 던져 넣은 독한 자의식으로 남몰래 키워온 '글쓰기'의 꿈 때문이었다. 마침내 그녀는 '글쓰기'의 봇짐을 달랑 들고 그곳에서 도망친다. 삼청교육대에 끌려가고 노조탄압으로 몸을 다친 동료들이나 혹독한 노동에 몸 이곳저곳이 망가진 동료들, 그리고 무엇보다 애인에게서 임신중절을 강요받고 놀랍게도 그녀(신경숙)의 손을 빌려 자살해 버린 희재 언니를 뒤로 하고.

이제야 분명해진다. 그녀가 무언가를 숨겨 가졌고 그것이 부끄러워 끙끙거리며 고백했다면, 부끄러움이나 고백의 대상은 오늘의 독자가 아니라 글쓰기의 밤봇짐과 함께 도망쳐 버렸던 그 시절의 스산한 풍경화, 그 풍경화 속의 사람들, 그리고 결국 그녀 자신이었던 것이다. 그녀가 약간의 염려 혹은 부담이라고 말했던 것은 고백의 대상이 이처럼 엇나가게 받아들여지지 않을까 하는 데 있었다.

이제 그녀는 그 시절의 밤봇짐이었던 '소설'을 마법의 양탄자 삼아 그 시절로 돌아갔고, 문학이라는 주술을 통해 그 시절, 혹은 그들과 다시금 만날 기회를 가졌다. 소설 속 어제에서 그녀가 새롭게 얻어낸 것은 무엇인가. 그것은 부러진 모습으로 그곳에 주저앉았던 동료들이나 그녀와는 전혀 다른 방식으로 그곳을 떠났던 희재 언니 역시 또 다른 '꿈꾸기'를 하고 있었다는, 그러니까 문학 아닌 현실 속에서의 꿈꾸기를 하고 있었다는 사실에 대한 깨달음인 듯하다. 특히 그녀는 죽음을 통해 꿈꾸기를 계속하려 했던 희재 언니의, 깨어지고 말았지만 끝내 지켜내고자 했던 서글픈 꿈과도 이제는 저어함 없이 포옹을 할 수 있게 된 것이다. 소설 속 상징을 빌려 덧붙이자면, 희재 언니의 백로와 그녀의 백로가 나란히 깃질을 하며 날아오르는 것을 지켜보게 된 셈이랄까. 이것을 평행선으로만 보이던 문학과 현실의 따스한 화해라고 볼 수는 없을는지.

어쩌면 역설적이지 않은가. 투쟁, 그러니까 현실과의 맞대면이라는 80년대식 정답을 빗겨 도망쳤던 자가 이제 도망의 노자였던 문학의 주술을 빌려 그 시절로 어렵사리 되돌아가, 정답을 소유했던 이들은 미처 보아내지 못한 그 시절의 '마루밑' 꿈들을 되살려내고 숨결을 불어넣었다는 사실이.

시골집의 마루밑, 역사의 마루밑

내가 갑자기 '마루밑' 꿈들이라고 말하는 데는 그럴 만한 이유가 있다. 그녀의 중편 「그는 언제 오는가」에 이런 대목이 있다.

어느 해 이른봄이었다고 기억된다. 해마다 수십 마리의 병아리들을 마당에 놓아 길렀던 어머니가 미처 장에 나가 병아리들을 사오기도 전이었다고 기억

된다. 시골집에서 알 낳는 닭은 큰 재산이었다. 알을 쥐고 나가면 돈이나 라면 같은 것으로 바꿔 주기도 했다. (중략) 그런데 어느 날부터 갑자기 알을 낳지 않는 닭이 있었다. 어머니는 왜 닭이 갑자기 알을 낳지 않는지 영문을 몰라했다. 그러던 어느 날 무슨 일로인지 그 초가의 긴 대청 밑으로 내가 기어들게 되었다. 숨바꼭질을 했던지 아니면 장난질을 치다가 신발 한 짝이 그 대청 밑으로 들어갔던지 했을 것이다. 세상에나. 대청 마루 밑 어둡고 깊숙한 곳에 수십 개의 계란이 흰 조약돌처럼 도란도란 놓여 있었다. 흰 눈처럼 소복하게. 갑자기 알을 낳지 않는다고 여겼던 닭이 아무도 모르게 그 대청 마루 밑에다 밑알을 품고 알을 낳고 있었던가 보았다. 나는 코에 흙이 묻은 채로 어머니를 불러왔다.

이 대목을 읽으면서 느꼈던 새콤한 감동에 대해 말했더니, 그녀는 걸어가다가도 알을 낳는 오리와는 달리 밑알을 품어야만 알을 낳는 닭의 생리에 대해서라든가, 알을 막 낳은 닭이 까탈스럽게 '자기 알 낳았다고' 소리치고 수선을 떠는 모습들에 대해서 비죽비죽 웃음을 섞어가며 장황하게 늘어놓았다. 작품에 대한 얘기는 더 이상 할 게 없다고 입을 다무는 것과는 대조적으로, 이렇게 그녀의 얘기는 특히 사안이 '비본질적일' 경우 쉽사리 터져나오곤 했다. 나는 어떻게 하필 마루 밑에 들어갈 생각을 했느냐고 되물었다.

"마루 밑은 많이 들어가는 곳이죠. 시골집 마루 밑에는 중요한 것들이 많이 있어요. 거기가 제일 따뜻한 장소예요. 개가 새끼를 낳아 품고 있기도 하고, 오래된 신발 ……, 뭐 그런 것들이 마루 밑에 있죠."

개가 새끼를 품는 것, 오래된 신발, 그런 것들이 중요한 것들인가. 나는 잠시 어리둥절해졌다. 하지만 곧 생각을 달리했다. 그래, 생명을 품고 길러내는 것, 추억이 서린 오래된 것. 그런 것들이 어찌 소중하지 않겠는가. 하지만 민주화행진의 80년대를, 조국근대화의 70년대를 걸어오면서 머리띠 두르고 전진하는 것, 허리띠 졸라매고 잘살아보는 것에만 골몰해 있던 우리는 어느 새 역사의 마루밑을 들여다볼 마음의 여유를 갖지 못하게 됐던 것 같다. 그 속에 숨겨진 따스한 소망들이나 남루한 기억 같은 것들을. 하지만 빨리빨리 앞만 보고 걸어갈 때일수록 아랫녘에 떨어지는 것들이 한층 많아지는 법. 그녀는 그곳에 떨어져 있던 작고 초라하지만 보석 같은 것들을 주워다가 이제 문학이라는 쟁반에 담아 우리에게 내밀고 있는 셈인가. 그녀는 이렇게 중얼거렸다.

"우리는 모르고 있었고, 거기다 알을 수북이 낳았겠지……. 우리는 못 들어가고 ……, 들어갈 생각을 안 했겠죠."

긴 생머리에 반짝이는 피부를 지닌 그녀가 이 대목에서 한결 가라앉은 느린 목소리를 내는 것을 보고, 나는 순간 세상을 웬만큼 살아낸 아주머니나 할머니 같은 분위기를 읽어냈다. 물론 그녀는 서른 다섯 살에도 여전히 혼자 사는 노처녀다. 하지만 그녀는 이렇게 또래의 여느 여성과도 다른 독특한 분위기를 풍긴다. 그녀에게서는 가파른 세월을 지나온 사람들에게서 묻어나곤 하는 강퍅한 옆모습이나, 생의 에너지를 한곳으로 몰아간 사람들에게서 보이는 속도감 있는 눈빛 따위가 느껴지지 않는다. 그녀를 그런 모습으로 있게 한 부모님과 가족들은 어떤 사람인지, 문득 궁금해졌다. 게다가 언제나 무뚝뚝한 다감(多感)함으로 다가오는 그녀 소설 속의 가족이란, 소재 이상의 무엇, 말하자면 그 자체가 주제에 버금가는 것이기도 하잖은가.

가족, 그녀 감각의 원초적 뿌리

가족에 대한 말은 똑 떨어진 질문으로 던지기도 전에 벌써 끝없는 실꾸리처럼 그녀의 입에서 풀려나왔다. 그녀가 가족에 대해서 내뱉은 첫 문장은 '미안하다'는 것이었다.

"전 가족들에게 미안해요. 미안한 생각을 갖고 있다고 …… . 마찬가지로 우리 가족도 나에게 미안한 생각을 가지고 있고. 부모님은 안 해노 뵐 석성을 하시죠. 좀더 데리고 있어야 되는데 너부 일찍 서울로 보냈다, 뭐 이런 마음을 지금도 지니고 계신 것 같아요. 저는 큰오빠 같은 사람들에 대해서는 굉장히 큰 연민을 갖고 있어요. 한편으로는 우리들 아니었으면, 나 아니었으면, 그 사람 청춘이 덜 무겁지 않았을까 …… ."

무엇이 그렇게 미안하다는 걸까. 어떻게 보면 서운하다가 될 수도 있었을 내용을 가지고 서로가 서로에게 끝없이 미안해하고 있다니. 그것은 결국 서로를 무척 아낀다는 얘기와도 통할 것이다.

"그러니까 현재 발생되는 많은 가족관계나 인간관계의 심리 안에서 우리 가족은 좀 적응을 못 하는 가족이 아닌가 하는 생각이 들어요. 좀 보수적이고 핵가족화되지 못한. 제가 뭐라고 써놓으면 진짜 그러냐고 묻거든요. 서로에 대해 이해타산 같은 게 없는 거죠. 그렇다고 다들 다정한 척, 그러는 사람들은 아니에요."

듣고 보니 그녀는 가족제도(制度)보다 더 깊숙한 측면, 그러니까 가족의식(意識)에 대해 말하고 있었다. 그것은 '핵가족 아닌 대가족' 정도의 말로 정리해 버릴 수 없는, 어떤 체질적인 대가족정신에 가까워 보였으며, '신뢰나 사랑' 같은 단어보다는 훨씬 육체적이고 본능적인 것으로 다가왔다. 퍼뜩 육친(肉親)이라는 단어가 떠올랐다. 한 지붕 아래 모여 살거나 떨어져 사는 문제를 떠나서 그녀는 어디에서든 그들과 함께 후각적으로 심령적으로 서로 닿아 있다고 느끼는 것 같았다. 그녀에게 가족이란 연민이라든가 공감이라든가, 때로는 무심함이라든가 하는 자신의 모든 감정적인 촉수들이 나고 자라고 조정된, 마치 자신과 가장 근접해 있는 자연의 맨 끄트머리로 받아들여지는 것 같았다. 그래서인지 그녀는 남들이 들으면 '후남(後男)이구나' 하고 느낄 수 있는 일도 단지 '상황이 그렇게 되었을 뿐'이라고 생각한다.

"부모는 다 똑같은 심정이라고 생각을 하지만, 명절이나 철 따라 새 옷을 입혀 주고 새 운동화를 사준 집은 우리집뿐이었을 거예요. 그만큼 부모님이 자식들에 대한 생각을 많이 했죠. 그런데 자식이 여섯이나 되고, 위로는 다 오빠들이고 또 제가 넷째니까 ……, 어느 가정이나 곤란한 때가 있잖아요. 그랬을 때 내가 끼여 있었던 거 겠죠."

이어 그녀는, "지금은 시대가 많이 달라져서 이해가 안 갈지 모르겠지만"이라고 말문을 열더니, 그때는 자신이 다니던 초등학교에서 반 정도는 중학교 진학을 하지 못했고 남의집살이와 공장으로 들어가는 일이 다반사였으며, 심지어는 키가 굉장히 컸던 초등학교 1학년 때의 짝꿍이 어느 날 선생님 집 아이 보는 여자로 들어가는 것을 목도했다는 얘기도 했다. 이렇게 슬슬 이야기의 곁가지를 키워나가던 그녀는 예의 할머니같이 바래고 잠긴 목소리로, "가끔 내가 그렇게 오래 전에 산 사람인가라는 생각을 할 적이 있는데, 그게 그렇게 생경한 일이 아니었다구 ……" 하고 중얼거렸다. 이쯤에 오니 그녀가 왜 이런 말들을 늘어놓았는지 비로소 이해가 갔다. 그녀는 가난했던 부모님에 대해서가 아니라 가난했던 세월에 대한 얘기를 하면서 그 시절에 자식들을 그만큼 거둬 주신 부모님을 도리어 안쓰러워하고 미안해하는 거였다.

그녀는 이야기의 곁가지를 훌쩍 키워서, 초등학교 1학년 때 처음 전깃불이 들어왔으며 전깃불이 있고 없음에 따라 일상생활이 얼마나 달라졌는가에 대한 인류학적 풍속사에까지 이야기의 판을 넓혀 갔다. 나는 서른 다섯 살의 이 여자가 역사적 상상력이 아닌 일상적 상상력으로 전깃불이 존재하기 전의 시기에 대해 말하고 있는 것이 참으로 신기하다는 생각이 들었다. 그리고 그저 그 시절을 말하는 정도가 아니라 그녀는 어떤 면에서 그 시절의 감각에 원초적으로 붙들려 있는 것처럼도 보였다. 그녀의 문체나 말투가 느리고, 생각이나 대화법이 빙빙 맴돌아가는 것도 결국 이 같은 감각과 관련되어 있는 것일지도…….

남자들도 힘들어요

가족에 대한 그녀의 태도가 연민이나 공감 같은 것들로 가득 차 있다는 사실은, 그것이 그녀가 맺어온 인간관계에서 가장 큰 몫을 차지하고 있는 만큼, 사람살이에 대한 그녀 특유의 자세의 밑그림으로 작용하는 것 같다. 이것은 특히 페미니즘에 대한 그녀의 태도에서 선명하게 드러난다.

"우리 집은 종가집이에요. 당연히 제사도 많고……, 그런 집의 장남이 해야 될 일이 참 많잖아요, 무겁고. 저는 오빠들을 많이 좋아했어요. 그랬기 때문에 오빠들도 저를 이뻐해 주고 서로 잘 지낸 편이었죠. 대개 남성에 대한 생각이 사회에 나가기 전에는 오빠나

아버지의 영향을 받게 되는 거 아녜요. 그래선지 저로서는 우선 여자와 남자를 구별지어서 대립관계에 서는 건 이해하지 못했어요. 문화적으로나 제도적으로 여성의 위치가 얼마나 좋지 않은가를 모르는 것은 아니지만, 그걸 전투적으로 해결하려는 데에는 늘 선뜻 동화할 수 없는 부분이 지금도 있어요."

　이 대목에서 그녀가 사용한 단어가 동의(同意)가 아니라 동화(同和)임을 유의할 필요가 있다. 동의는 이성적인 것이요 동화는 감정적인 것일 텐데, 그녀의 사고체계에서 합리적 이성보다 본능적 감정이 큰 몫을 차지함을 감안한다면, 그녀와 페미니즘 사이의 심연이 무엇인지 이해할 수 있을 것 같았다. 그녀는 무슨 이즘들의 내연기관이랄 수 있는 합리적 이성주의나 전투성 자체를 받아들이기 어려운, 그러니까 전근대적인(!) 인간인 것이다.

　하지만 그녀의 소설들에 등장하는 주요한 인물들은 대부분 여성들로서, 그들은 모두 작가의 분신인 주인공 '나'와 자매애 이상의 무엇을 나누며, 이 같은 나눔은 '나'가 남성 등장인물들과 나누는 그것보다 훨씬 깊숙한 것이랄 수 있다. 그렇다면 이처럼 그녀의 무의식을 지배하는 것처럼 보이는 여성에 대한 '스킨십적인' 애성와 그녀 자신이 온몸과 '온글'로 보여 주는 풍성한 여성성이, 그 잠재적인 가능성을 발견하고 키워가는 포지티브한 페미니즘과 만날 가능성은 없는 것인지. 물론 그녀의 너무나 공순(恭順)하며 체념적이랄 수 있는 성향은 이런 기대를 초장부터 무망(無望)하게 하며, 그녀와 페미니즘 사이의 심연 위에 보름달처럼 뜬 그녀의 얼굴을 다시 한번 떠오르게 하지만 말이다. 다음은 이와 관련해서 그녀가 내린 자가진단의 한 대목이다.

"오빠들과 자라서 성격이 조금 고집스러운 면도 있고 또 어떤 것을 쉽게 포기하는 마음도 생긴 것 같아요. 안될 것 같다는 생각 같은 것 말이에요. 같은 상황 앞에 놓였을 때 긍정적으로 바라보는 사람이 있고, 비관적으로 보는 사람이 있잖아요. 전 약간 비관적으로 봐요. 잘 안될 텐데 하면서. 안될 텐데 하면서 그냥 하는 그런 거. 왜냐하면 좀 많이 치였으니까 ······."

그녀 입에서 스스로 '치였다'는 말이 나왔다. 그러고 보니 소설 속 그녀의 분신은 언제나 세상의 중심과는 다소 간격을 둔 채 무상심하게 버려져 있는 세상의 여분(餘分)으로 그려져 왔다는 사실이 기억났다. 그러니까 속성상 소멸을 지향하는 경향이 있는 세상의 여분과도 같은 자신을 무(無)로 돌리지 않고 나름의 자의식을 가지고 지켜내는 일이 그녀의 소설 쓰기였던 것은 아닐까.

그녀는 또 '고정관념으로 볼 때 박력 있고 씩씩한', 그런 '남성적인' 남성들에 대해서는 별로 관심이 없단다. 그래서 그냥 물끄러미 보기만 한다고. 그 대신 그녀는 남성들의 좌절들을 많이 봤다고 한다. 이 대목에서 덧붙인 그녀의 마지막 말, "아무튼 남자들도 힘들어요". 그녀도 나도 뜻은 알 만하지만 기왕지사 나와 버린 이 말이

어쩐지 어색하고 느닷없게 느껴졌다. 그래서 우리는 갑자기 웃음을 터뜨리며 판을 흩었는데, 그때 우리의 웃음은 서로 얼마나 섞여 있었는지……

80년대 쩍으로 상황이 다시 돌아가야 좋겠는감

흥미롭게도 '남자들도 힘들다' 는 말에 대한 그녀의 대구(對句)는 '여자들이 잘한다' 였다. 남자들 얘기에 뒤이어 여자들이 재능이 많으며 특히 얼마나 소설을 잘 쓰는지에 대해 힘주어 말했으니까. 그리고 다시 이렇게 덧붙였다.

"그림은 어떤 때 보면 알쏭달쏭한 데가 있지만 글은 그렇지 않아요. 어느 한편이 그렇게 보였다고 해서 계속 그럴 수가 없는 구조예요. 왜냐하면 이게 의외로 명료한 거거든요. 인생에 대해서 굉장히 불가해(不可解)한 대목을 쓰고 있다고 해도 불가해한 상황을 '보여주면서' 쓰는 거잖아요. 그렇기 때문에 금방 알아요. 그리고 어디에 작품을 투고했을 때 여자 이름 보고 뽑는 거 아니잖아요. 어느 출판사에서는 선입견을 없애기 위해 이름은 빼고 작품만 심사위원들한테 넘겼는데도 뽑혀서 나오는 건 여성들 작품이에요."

이렇게 장황하게 뭔가를 주장하는 건 어쩐지 그녀답지 않아 보여서 그녀를 이런 식으로 몰아갔을 뭔가에 생각이 미쳤다. 그래서 "그러면 남자들이 질투할 텐데" 라고 했더니, 그녀의 목소리는 앞서보다 훨씬 커졌다.

"질투 정도를 하면 좋겠는데, 어떤 사람들은 심하다 싶을 정도로, 여성이 문학 쪽으로 많이 등장하고 소설을 많이 써서 오늘의 소설이 왜소화됐다는 둥, 이렇게 말하면 전 참 어처구니가 없어요. 뭔가 큰 것에만 기대서 살던 습관의 연장선상이겠지…… . 우리 사람이란 아무 일이 없어도 살아야 돼요. 정말 아무 일이 없어도 꼼지락거리면서 뭔가를 보살피기도 하고 모르는 사이에 파멸시키기도 하면서 이렇게 사는 거예요. 끊임없이 이슈가 있어야 되고 어떤 이즘 속에 놓여 있어야 되는, 그런 것만이 인생은 아니죠."

90년대 들어 그녀식의 주장이 전보다 훨씬 큰 호소력을 얻게 된 것은 부정할 수 없는 사실이다. 그렇다면 다음 문제는 우리네 머릿속의 이런 차원이동을 여성소설의 득세가 한몫 거들었다는 주장과 차원이동의 결과에 대한 평가일 것이다. 그녀의 대답은 명료했다.

"그런 건 아니죠. 시대가 요구했겠죠. 시대가 그쪽으로 흘러간 거겠죠. 그리고 인간심리 같은 게 왜 거대한 것이 아니야, 존재가 살아가는 것이. 그것도 어떻게 살고 있는가야말로 거대한 거지."

이 대목에서 그녀가 목소리를 키운 것은 본래 그녀의 입장에서 보면 언제고 옹색했던 자신의 자리를 지키려는 습관적인 수세(守

勢)의 자세였던 것 같다. 하지만 생각해 보자. 특히 90년대의 새물 결과 합류한 그녀의 자리는 더 이상 수세를 취할 필요가 없을 만큼 넓어졌다. 그렇다면 이제 그녀의 수세는 결과적으로 다른 쪽을 향한 공세가 될 수도 있지 않을까. 그런데도 그녀는 여전히 수세에나 어울릴 법한 자세만을 취한 채, 말하자면 "문학을 위해서 다시 80년대 쩍으로 상황이 돌아갔으면 좋겠는감"이라고 한 걸음 더 나아 갔다. 그리고 보일 듯 말 듯한 짜증을 얹어서 세상에서는 아무 일이 일어나지 않아도, 그러니까 거대담론 없이도 인간은 살아야 한다고 덧붙였다.

하지만 그녀는 이미 『외딴방』에서, 거대담론을 거머쥐지는 않았다고 할지라도 '거대한 것'에 둘러싸여 살아가는 인간의 모습을 그려낸 바 있고, 그녀가 인간의 모습을 감동적으로 보았다는 박경리의 『토지』 역시 거대한 것과 일상을 씨줄과 날줄로 해서 쓰여진 작품이 아닌가. 순간 그녀가 자신의 넓어진 자리에 걸맞은 탁 트인 마음의 너비를 확보할 수 있기를 바라는 마음이 간절해졌다.

삶의 비의(秘意)

그녀에 대한 평론 가운데는 삶의 비의를 알고 있는 작가라는 말이 자주 나온다. 비의라면 말 그대로 비밀스런 의미라는 뜻일 텐데, 그것은 그녀의 소설에서 구체적으로 어떤 것을 가리키는가.

그녀는 꽃이 확 피어났다가 곧 져버린다든지 보송보송하고 예쁜 병아리를 데려다가 알을 낳게 한 다음에 잡아먹는다든지, 특히 우리가 늘상 겪는 '관계의 죽음' 들을 볼 때마다 모든 것이 소멸의 운명으로 치닫는 과정아래 놓여 있다는 생각을 하게 됐으며, 이렇게 볼 때 '가장 아름다운 것은 슬픔과 통한다' 는 생각이 들었다는 것이다. 아마도 이 말 어디께에 그녀가 생각하는 삶의 비의가 있는 모양이다.

그런데 이처럼 그녀의 손에 이끌려 그녀의 소설 속에서 엿본 삶의 비의는 그야말로 너무나 불가해한 모습으로 드러나는 까닭에, 우리는 공손하게 무릎 꿇고 앉은 채 그것이 우리의 몸속을 통과해 지나가도록 허용할 수밖에 없다는 결론에 도달한다. 그렇다면 결국 우리네 인간은 어두운 얼굴을 한 채 꼼짝 말고 제자리에 서 있을 수밖에 없다는 얘기인가. 그래야만 한다는 말인가.

"사람한텐 어두운 대목이 있잖아요. 좀 고루하다고 할지 모르지만, 소설은 뭔가 현실에서 잘 해결되지 않는 것을 다루고 또 그런 것에 본능적으로 기여하는 장르가 아닌가 생각했어요. 그러니까 양지에 있는 모습만으로는 어떤 영감이나 감흥이 잘 안 일어나는 대목이 있는 것 같아요."

'양지' 의 반대쪽에 있는 무엇이라, 그래서 그녀 소설에는 심심지 않게 귀신이 등장하는 것인가. 귀신 이야기가 나오자 그녀는 웃으면서 귀신이란 그저 이 세상에 없는 무엇을 불러오고 싶은 부재(不在)의 표현이라고 했다.

"세상은 그런 거 숨기고 있잖아요. 다 고독한 속에 이면(裏面)이라는 게 있으니까. 인간은 그 이면이 있어서 늘 안정되지 않고 흔들리곤 하죠. 하지만 이것이 앞으로 나가게 하는 추진력일 수도 있어요."

고독한 이면이 삶의 추진력일 수도 있는 것, 어쩌면 이것이 바로 삶의 비의가 아닐는지. 귀신 이야기를 싫어하는 사람은 없으며 나 역시 예외가 아닌지라 이슥해진 밤 분위기를 타고 귀신 얘기를 좀 더 끌어내 봤다.

"우리 동네는 산이 많아 묘지도 많았어요. 그래서 귀신 이야기들이 늘 마을에 떠돌아다녔어요. 어디에서 누구를 봤다느니……. 하지만 그 귀신들이 해코지했다는 얘기는 못 들었어요. 혼자 밭을 매고 있거나 그렇대, 참(웃음). 그러니까 뭐 대부분 밭 매다가 죽은 할머니를 봤다는 등의 얘기들이죠. 근데 거기서 그때까지 밭을 매고 있다는 게 얼마나 안쓰러워요. 죽어서도 밭을 매고 있다니(웃음)."

그녀가 생각하는 귀신은, 착하고 '오죽했으면' 귀신이 된 자들이며, 미처 다 죽지 못하고 떠돌다가 좀 풀어 보려고 왔다가는 존재들이다. 그래서 조금만 다독거려 주면 갈 거라는 것이 그녀의 생각이다. 그런데 듣다 보니 그녀의 귀신 이야기는 그냥 귀신 이야기가 아니었다. 그것은 한 많은 민초(民草)들의 생애에 대한 것이기도 하고, 또한 '내 외투에 꽂아 놓은 손수건같이' 늘 그렇게 우리와 '그냥 같이 사는' 죽음과의 화해를 넌지시 말하고 있는 것이기도 하다. 죽음과의 화해, 이것은 결국 세상 모든 것과의 화해를 의미하는 것이리라.

허물어진 집, 허물어지는 문화

정읍의 시골집에는 그녀의 부모님이 살고 계신데, 얼마 전에 집을 완전히 허물고 새집을 지었다고 한다. 그녀는 이제 다시는 그렇게 살 수 없다는 것을 알고 있었지만, 정말 그렇게 서운할 줄은 몰랐다는 말을 되풀이했다. 정말 그러라도 놓을 걸 그랬다고도. 나도 문득 훨씬 오래 전에 허물어져 버린 내 어린 시절의 골목길을 떠올리고는, 박수근 화백의 그림 속 풍경을 들먹이면서, 사라져 버린 우리 주변의 낡은 것들―어릴 때부터 드나들었고 익숙해 있던 것이 지금도 곁에 있는, 그런 것들이 결국 문화(文化)라는 이름에 걸맞은 것일 텐데, 그것들은 점점 홀대 당하며 사라져 가는 대신 어딘가에서 들어온 새것만이 떠받들려 문화 취급을 받는다면, 이대로 간다면 우리 자신마저 허물어져 버리는 것은 아닐까 하는 염려를 늘어놓았다. 그녀는 "저도 그렇게 생각해요. 나도 정말 그렇게 생각한다구 …… " 하며 자꾸만 맞장구를 쳤다.

'새집'에 비유될 수 있는 것이 영상이라면 '헌집'에 견줄 수 있는 것이 문학일 터. 그래서 영상시대, 문학의 운명에 대한 그녀의 견해를 들어봤다.

"영상은, 어떤 좌석에 앉아 있으면, 나는 꼼지락 안 해도 처음부터 끝까지 싸악 지나가는 거예요. 그냥 구경하는 거죠. 책 읽기는 그거하곤 다르죠. 얼핏 볼 때는 비슷한 것 같지만, 책 한 권을 읽는다는 건 심정적인 참여인 거예요. 안 읽어 버릴 수도 있잖아요. 근데 공감도 하고 어떤 울림도 받고 궁금해하기도 하면서 따라가는 거잖아요. 정말 참여가 필요한 거고, 내 눈으로 직접 읽었기 때문에 잘 잊혀지지 않죠."

그녀와 나눈 이야기의 마지막 대목은 어느 시대에나, 어디에나 있다는 책 읽는 보수층에 대한 것이었다. 이 '책 읽는 보수층'이라는 개념을 들어 그녀는 '책을 읽어서 세상을 알고 인간을 알려고 하는 사람들, 자기가 여기서 경험한 어떤 것들도 책을 통해서 더 숙성시키려고 하는 사람들'을 가리킨다고 했다. 그녀는 왜 굳이 이 말을 빌려 자신이 서 있는 자리를 설명하려는 걸까. 혹시 소용돌이 치며 정신 없이 흘러가는 세월의 물살을 견뎌내기가 너무 숨 가빠져서, 보수(保守)라는 낡은 이정표라도 껴안아야겠다는 생각이 든 것은 아닐는지. 그런데 잠깐, 우리 사회에 정말 그런 의미의 보수층이 존재한다는 말인가.

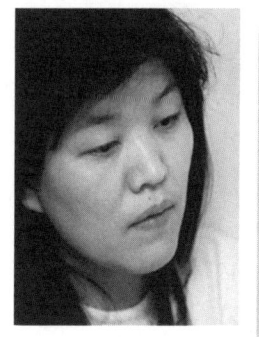

마광수

마광수 / 1951년 서울 출생. 연세대학교 국어국문학과와 동대학원 졸업. 1977년 「배꼽에」 「망나니의 노래」
등 여섯 편의 시가 『현대문학』에 추천되어 문단에 데뷔. 1989년 장편소설 『권태』를 『문학사상』에 연재하여
소설가로서 활동을 시작했다. 1991년 이목일, 이두식, 이외수와 더불어 동숭동 나우갤러리에서 〈4인의 에로
틱아트전〉을, 1994년 압구정동 다도화랑에서 개인전을 엶. 홍익대학교 국어교육학과를 거쳐 연세대학교 국
어국문학과에 재직하다가, 1992년 소설 『즐거운 사라』가 외설스럽다는 이유로 전격 구속되면서, 1993년 연
세대학교에서 직위해제되었다. 에세이집 『운명』(1995) 『성애론』(1997), 문화비평집 『나는 왜 순수한 민주주
의에 몰두하지 못할까』(1991), 장편소설 『광마일기』(1990) 『즐거운 사라』(1992) 등 다수의 저서가 있다.

외계인의 모진 세월 견디기

마광수 교수는 말하자면 '별종 꿈틀이' 랄까. 도대체가 유난스럽게 불거지는 인물이다. 별쫑맞은 그의 오감(五感)은 주로 성(性)에 관한 쪽으로 뻗쳐 있어서 사회적으로 금기시 되는 온갖 성적 상상을 사소설(私小說)적인 실감을 몸소 덮쓰면서까지 존존하게 늘어놓지를 않나, 인간만사의 형통 여부는 전적으로 성적인 신진대사와 관련이 있다고 되풀이 주장하지를 않나—참고로 말하면 나는 그와의 만남을 준비하느라 그가 쓴 책들을 들척이면서, 또 다섯 시간에 걸친 그와의 만남을 가지면서 도대체 이 같은 주장의 끈질긴 일관성에 혀를 내둘렀다.

성과 관련된 이야기 다음으로 그의 관심과 혀를 잡아끄는 것은 우리사회 지식인들의 도덕보신(道德保身) 성향이랄까, 말하자면 겉으로는 엄숙한 체 훈계조를 늘어놓으면서 속으로는 쉴새없이 주판알을 튀기는 위선적 허위이다. 이 문제에 대한 그의 분기탱천한 공격은 그야말로 앞뒤 안 보고 세 치 혀로 독화살을 날리는 격이었다. 그는 심지어 그들의 '모럴 테러리즘' 이 필시 성적인 불만족과 관련이 있을 거라는, 상식적으로 보아 극언(極言)에 해당하는 말도 서슴지 않았다. 그래서 그의 이 같은 독설을 지켜보던 나는, 물론 험한 일을 겪다 보니까 갈수록 강도가 높아진 면도 있겠지만, 그가 소설 『즐거운 사라』로 '세계 역사상 유례없이' 전격 구속되고, 그로부터 넉 달 뒤에는 십년 가까이 재직하던 연세대학교 국문과 교수직에서 신속하게 직위해제당했으며, 여전히 법원과 학교에서 씨름중인 희한한 사건의 주인공이 된 불가해한 이유가, 아마도 이 같은 불경(不敬)과 모종의 관련이 있을 거라는 확신이 들었다.

뜨거운 감자를 거머쥐고 등장한 외계인

동부이촌동의 한 카페로 그를 만나러 가던 나는, 얼핏 내가 '사라 아줌마'로 취급당하지나 않을까 하는 불편함을 앞질러 느꼈다. 나 역시 그에 대한 상식적 편견으로부터 자유롭지 못한 탓일 게다. 그런데 막상 맞대면하게 된 그는 세상을 향해서 자신을 이해시키고 공감을 넓혀가는 일이 갈수록 절실하게 느껴졌는지 때론 안타깝거나 초조해 보일 정도로 성심껏 진지했다. 그의 말은 대체로 명쾌한 어조로 싹둑거렸으며, 말 중간에 불쑥 끼여들어 상대방의 동의를 구하곤 하는, 스스로도 몸에 힘을 빼고 상대방도 순간적으로 무장해제시키는 '어른애'다운 기묘한 웃음은 정말 일품이었다. 그것이 그의 말대로 솔직한 천진성인가 아니면 뻔뻔스런 들이댐인가를 잘라 판단하는 일은 자꾸만 목에 걸리는 낯선 논리나 표현들 때문에 결코 쉽지 않았지만, 그래도 양자택일을 하라면 전자(前者)에

가까워 보였다. 왜냐하면 그의 말은 독백이나 방백 취향이지 대화
나 연설 스타일은 아니어서 그는 그저 자기 말을 하고 있을 뿐이었
기 때문이다.

하지만 그는 언제부턴가 스타급의 주목을 받는 화제의 인물이
며, 그가 거머쥔 논점은 오늘 우리사회의 뜨거운 감자에 해당한다.
말하자면 이제 그의 독백은 그의 내면풍경이 무엇이든 곧바로 연
설로 꾸려져서 대중에게 직송된다. 그리고 그 역시 '모럴 테러리
즘'의 탄압을 경험한 이래 의식적으로 '계몽'을 지향한다고 한다.
이광수, 마광수가 백팔십도 다른 얘기를 하고 있으면서도 팔자가
왜 이렇게 비슷한가 하는 농까지 곁들이면서. 그렇지만 이 같은 대
중 지향에도 불구하고 그는 논리의 벽돌을 한장 한장 올려놓으며
상대방을 설득하는 데는 거칠고 대책이 없어 보였다. 벽돌들이 대
단히 낯설고 어설퍼 보였기 때문이다. 그는 여전히 안쪽에 똬리를
튼 채 바깥쪽을 향하고 있었다.

어쩌면 그건 그의 문제가 아니라 나의 문제일는지 모른다. 아니
그래도 그건 여전히 그의 문제이기도 하다. 하지만 그는 마치 불쑥
찾아온 외계인처럼 우리에게 전과는 다른, 새로운 차원의 문제를
던지는 중이며 그것이 앞으로의 우리에게 매우 중요한 문제가 될
거라는 사실을, 아니 이미 그렇게 되었다는 점을 감안해야 할 것이
다. 그래서 내가 찾은 방법은 이랬다―그의 말을 조각들로 나누어
분석하기보다는 총체적인 느낌의 덩어리로 한꺼번에 받아 안아보
기, 그럴 때 그의 주장은 때로 강렬한 불꽃이 일으키는 파장처럼 여

울져 오기도 했다.

상놈 집안을 다행으로 여기는, 홀어머니의 외아들

마광수 교수를 인터뷰하기로 했을 때 가장 궁금했던 것은, 어떻게 그처럼 튀는 생각을 그토록 '질깃질깃하게' 토해낼 수 있었는가 하는 점이었다. 이러한 나의 질문에 그는 자신의 성장배경과 성격에 대한 이야기를 한동안 계속했다.

그는 먼저 자기가 부모를 잘 만나 '솔직한' 유전자를 받았기 때문인 것 같다며 자랑을 늘어놓았는데, 듣다 보니 좀 이상했다. 그는 떠르르한 양반 가문이 아니라 상놈 집안이어서 천만다행이라는 것이었다. 요즘 들어 가문 자랑을 하는 문인이나 학자들이 부쩍 눈에 들어오는 사실에 비추어 그의 이야기는 색다른 데가 있었다. 혹시 엇나가기 위해 부러 한마디하는 게 아닌가 하는 생각이 들었다. 그래서 구체적으로 상놈 족보가 있느냐며 정색을 하고 물었더니, 그는 오기나 자기비하 따위가 가져오는 감정적인 부풀림이 없이, '똑똑하고 재주는 있었지만' 이렇다 할 무엇 없이 몰락의 길을 걸어온 자신의 집안 얘기를 담담하게 들려줬다.

"우리 집안은 개성에 있었어요. 양반 족보도 없고 조상 중에 벼슬한 사람 이름도 못 들어 봤고, 또 실제 족보라는 것도 없어요. 왜 천방지축마골피라는 말도 있잖아요."

해방 전에 배재중학교를 나온 아버지는 사진이며 그림, 음악에 두루 능한 끼 많은 팔방미인이었지만 6·25 때 종군사진작가로 전사하셨고, 어머니 집안은 외할아버지가 일찍 돌아가셔서 외할머니가 국밥장사로 자식들을 키웠는데, 삼남 이녀 가운데 넷이 20대에 죽어 쫄딱 망했다고 한다. 큰외삼촌은 6·25가 나자마자 포천 전투에서 죽고, 둘째는 국민방위군 가서 굶어 죽고, 셋째는 50년대 말에 군대에서 안전사고로 죽고, 또 막내 이모는 결핵으로 죽었다고 한다. 두 집안 다 개성이 50년대까지는 이남이었다가 북한으로 바뀐 뒤 쫓겨 내려오는 바람에 망했고, 결국 혼자된 어머니는 중국집 식탁보 빨래에서부터 안해본 일 없이 궂은 일을 도맡아 하면서 마 광수 교수 남매를 키워냈다는 것이다.

마광수 교수가 양반 집안이 아니라는 기이한 자랑을 늘어놓는데는 그럴 만한 이유가 있었다. 실제로 주변에 교수라든가 지식인들이 서른 다섯을 고비로 완고한 보수주의자나 치사한 변절자로 변하는 경향이 있는데, 그 원인을 관찰해 보니 우리나라 대다수 지식인 집단에 이상한 양반 위세가 있고 가문에 종속된 사람이 너무 많기 때문이라는 거였다. 양반 가문에 대한 선망이 권위의식과 통하는 면이 있음을 감안한다면 그의 논리는 거칠지만 수긍이 갔다. 게다가 그는 자신이 홀어머니의 외아들이라는 사실에, 역시 홀어머니의 외아들이었던 공자나 맹자의 예까지 신나게 들며 커다란 의미를 부여했는데, 부정적인 통념과는 반대로 그에게 있어서는 부권(父權)의 억압으로부터 자유롭다는 점에서 홀어머니의 외아들이라는 사실마저 자랑의 근거가 되는 것이다.

"부권을 경험한 사람들의 말로를 보면, 다 변절하거나 변절까지는 안 해도 변신을 하지. 자유주의자에서 보수주의자가 되고, 연애소설 쓰던 사람이 갑자기 민족소설을 쓰고, 뭐 이러는 거죠."

결국 양반 가문이 아니며 홀어머니의 외아들이라는 사실이 그에게 있어 부끄러움이 아니라 자랑거리로 작용한다는 점은 그의 타고난 반골 기질과 반(反)권위주의를 입증하는 셈이다. 그러니까 그의 말대로 그 같은 배경 속에서 이 같은 기질들을 자연스레 길러온 것이다. 게다가 그의 집안이 몰락한 것은, 예컨대 이문열의 경우처럼 이데올로기 갈등의 틈바구니나 피튀기는 권력관계에서 희생된 게 아니라, 주변부에서 어이없이 무너져 내린 것이었기에 결과적으로 그의 핏속에 어떻게든 딛고 일어서려는 오기 섞인 불씨를 남기지 않았던 것 같다. 그는 애당초 바람벽 따위가 없었으며 저 너머의 바람벽을 손톱을 깨물며 올려다볼 만한 맷힘도 없이, '사랑하되 간섭은 하지 않는' 강하고 합리적인 홀어머니의 너그러운 치마폭에서 홀홀이 자랐다. 그리고 이것은 그로 하여금 아무런 권위도 내면화하지 않을 뿐 아니라 어떤 형태의 권위에 대해서도 진실로 무심한 독특한 성향을 빚어내게 한 것 같다.
그는 모든 권위의 근원이자 상징으로 파악되는 부권에 대해서 당연히 강한 거부감을 갖고 있었다. 그렇다면 그가 생각하는 가족,

그리고 거기서부터 확장되어 가는 인간관계는 어떤 것인지, 부권에 대한 생각을 되물음으로써 확인해 보았다.

"부권이 무조건 나쁘다는 게 아닙니다. 단지 봉건윤리적인 부권이 나쁘다는 거지. 부부유별, 부자유친, 이런 얘기 많이 하잖아요. 각자 단독자로서의 개성을 인정해 주고, 과잉기대, 과잉 보상심리가 없는 걸 말하는 거죠."

옳은 말이다. 그러나 이 대목에서 그는 나를 설득시키기 위해 한 걸음 물러선 것처럼 보였다. 당당한 미혼모의 아이로 태어나는 게 가장 낫다는 그의 말이 떠올랐기 때문이다. 그는 내심 오늘날에도 필시 봉건적인 성격을 지니고 있는 아버지의 자리를 전적으로 부정하는 것 같았다. 그는 부권에 의한 억압이 대단한 거라고 덧붙이면서, 그래서 사라도 아버지를 욕하는 데서부터 시작했다고 말했다. 잠시 후 그는 문득 즐거운 사라 사건을 떠올리면서 이렇게 중얼거렸는데, 그가 결론 짓는 사라 사건의 본질이 대충 담겨 있는 것 같았다.

"그래서 음란적인 표현보다 그런 게 걸렸지. 그 재판은 참 이상한 재판이었어. 사라가 왜 아버질 욕하냐, 왜 교술 욕하냐, 이런 것까지 물어왔으니 말이야."

도덕주의 유감(有感)

『즐거운 사라』라는 '불경스런 음란서적'을 쓴 그를 전격 구속한 것은 물론 검찰이었다. 하지만 여기서 그의 구속을 적극적으로 유도하고 전격적으로 지지한 간행물윤리위원회를 빼놓을 수 없다. 간윤은 기윤실(기독교윤리실천협의회)과 함께 우리사회의 보수적 도덕주의를 상징하는 대표적인 단체라 할 수 있다. 이들에 대한 마광수 교수의 생각을 들어보자.

"예를 들어 우리나라에서 암적인 존재는 손봉호라고 보는데, 나 때도 그렇고 이현세, 장정일 때도 언제나 배후에는 손봉호가 있었어. 이상한 유령단체, 음대협(음란물대책협의회)이니 뭐니 해서 감투가 한 서른 개는 되더라구. 나는 우리 문화의 발전을 가로막는 대표적인 인물이라고 보는데, 그 양반이 할 일은 요구하고 운동하는 거야. 운동하는 건 못 말려, 자유민주주의 국가에서. 그런데 그 사람은 공권력과 결탁을 하지. 그건 비겁한 짓이야.

그런 사람하고 대등한 입장에서 토론을 하는 분위기가 필요한 거지. 그런데 어디 내가 발언할 기회를 줘야지. 저쪽 발언만 나올 뿐이야. 항상 하는 얘기지만, 여당 야당이 있어야 나라가 발전하듯이 성 윤리도 보수와 진보로 나뉘어져서 서로 대등해야지, 어떻게 한쪽 목소리만 있느냐는 거지."

마광수 교수는 그들을 '비겁하게 공권력과 결탁하여' 모럴 테러

리즘을 행사하는 사람들로 규정했다. 그렇다면 그에게 있어 도덕
은 무엇을 의미할까.

"도덕은 환경에 따라 가변적이어야 해요. 도덕 자체가 없으면 큰
일 나지. 가령 사람을 죽이면 안 된다, 이런 건 다 합의된 도덕 아냐.
그러나 성 윤리라든가 충효사상이라든가, 이런 애매한 도덕은 가
변적이어야 하고, 극단적으로 얘기하면 경제논리와 맞아떨어져야
돼요. 예를 들어 옛날에는 못살았기 때문에 아이들을 부려먹을 수
밖에 없으니까 자식을 많이 낳으라고 했지만, 지금은 애 적게 낳았
다고 비윤리적이라는 사람은 없어. 조선시대에는 그게 비윤리적
이야. 그러니까 경제논리가 어느 정도 반영되고 변화가 곁들인 도
덕이라야지. 그리고 도덕에서 가장 큰 문제는 역시 모럴 테러리즘
이지. 역사를 보면 도덕이 인류에게 이로웠던 것보다 도덕을 빙자
한 테러가 더 많이 일어났어요. 스튜어트 밀의 자서전에 좋은 말이
나오는데, '도덕을 빙자해서 타인의 자유를 침해하는 행위는 있어
서는 안 된다'는 거예요. 그게 제일 심한 나라가 우리나라지.
　전두환 때도 도덕을 부르짖기는 마찬가지였어. 하지만 삼청교육
대 가서 다 죽였지. 박정희도 정권 잡자마자 재건국민운동본부 만
들어서 유명한 교수 초빙해서 위원 시키고 도덕운동했다고. 또 내
가 잡혀갈 때도 명분은 도덕정치회복이었어. 그런 데 동원되는 게
다 옛날 조선조의 권위주의에 대해 향수를 갖고 있는 어용지식인
들이고."

다원주의 전통의 회복에서 혼혈문화까지

마광수 교수는 넓은 의미의 샤머니즘, 도교, 불교가 다원적으로 공존하던 우리네 종교가 조선조에 들어서면서 주자학적인 유교로 획일화된 뒤, 그 위에 다시 미국의 퓨리터니즘 윤리가 짬뽕이 된 데 오늘날 모든 문제의 근원이 있다고 했다. 유교도 양명학이 들어왔으면 괜찮았을 것이고, 기독교도 구라파적인 것이 들어왔으면 괜찮았을 거라고도 했다. 그는 '가장 기형적이고 광신적인' 종교로 획일화되고 다원주의가 완전히 말살된 채 지금까지 지속되는 현실을 거듭 개탄했다.

"조선왕조 양반 뿌럭지들, 그것도 나쁜 양반들만 남았지. 진짜 양반들은 의병활동 같은 거 하다 다 죽었어. 나쁜 친일파만 남았다가 친미파 되고, 이승만한테 붙어먹고 박정희한테 붙어먹고 전두환한테 붙어먹고 ……. 내세울 게 없으니 자기네 조상 선양사업 하면서 친일행위 호도하고, 조선이 최고다, 이러는 거지."

그는 원삼국시대와 특히 자유로운 고려의 전통을 복원해서 '조선사관을 극복해야 한다'고 힘주어 말했다. 그는 우리의 좋은 전통으로, 화랑의 풍류도에서 도교, 고려가요로 이어지는 현실주의적 쾌락긍정의 정신을 들었다. 하지만 그는 특히 고대사 연구에 종종 등장하는 '이상한 국수주의'는 철저히 배격해야 한다는 말을 거듭 강조했다. 히틀러의 파시즘도, 우리나라가 망한 것도 국수주의 때문이라면서.

다원주의(多元主義) 회복의 전통을 주장하던 중 백 번 경계해야 할 거라면서 국수주의의 해독에 대해 열을 올리던 그는, 갑자기 '코스모폴리타니즘의 혼혈문화'로 나가야 한다는 주장으로 옮겨 갔다. 이 대목에서 그는 예의 독백조로 이런 말을 내뱉었다. "손톱 에다 빨강 파랑 물들이고 머리에다 염색하는 게 결코 서구화는 아 니야." 결국 이 대목의 화두는 다원주의였고, '혼혈문화'란 다원주 의를 국제적 지평으로 확장시키자는 얘기인 셈이다. 하지만 국수 주의라는 극단에서 튕겨나가 곧바로 혼혈문화라는 반대편의 극단 으로 질주하는 그의 비약이 껄끄럽게 느껴졌다. 또한 그 자신도 머 쓱해졌는지, 자신이 '민족개조론'을 말한 이광수처럼 욕먹게 될지 도 모르지만 식민지시대는 아니니까 약간의 면죄부를 받을 수는 있어야 한다고 덧붙였다. 그리고 이어서 국수주의와 혼혈문화라 는 양극단 사이에 있을 민족주의에 대한 공격으로 옮아갔다. "민족 사관이라는 것도 굉장히 위험해. 한마디로 객관적 합리성이 없 지." 나는 이에 대해 좀더 상세한 설명을 바랐지만, 그는 민족주의 가 주요 관심사가 아닌 듯 짧게 일침을 놓은 다음, 우리가 합리적 지성과 이성을 계발하고 합리주의를 해본 적이 없다는 문제로 화 제를 돌렸다.

근대적 합리성, 솔직성, 그리고 성(性)에 대하여

아마도 우리사회에 합리주의가 제대로 자리잡지 못했다는 사실

을 그가 뼈저리게 느낀 것은 그 자신 '사라 사건'을 겪으면서였던 것 같다. 전격적인 구속과 두 달 여의 감옥생활을 감당해야 했고, 전사회적인 화젯거리가 되면서 보수적인 도덕주의자들에 의해 '마녀재판'을 당했으며, 결국 교수직에서 직위해제된 다음 시간강사 자격으로 한 과목의 강의만이 눈 가리고 아웅 하는 식으로 맡겨져 있을 뿐인 그의 정황에 비춰볼 때, 이 사건에 대한 그의 기억은 마치 악몽과 같을 것이다.

"재판이라는 게 뭐예요. 죄형법정주의에다가 피해자, 가해자, 그리고 행위의 죄가 있어야 되는 거 아냐. 미풍양속 해칠 가능성(可能性)이 있다는 게 어떻게 유죄가 될 수 있냐고. 상상재판이 어떻게 있을 수 있어. 소신껏 쓴 사람한테 반성하라는 게 어디 있어. 살인범도 증거 없으면 무죄로 판결하는 게 법기술이라고. 그런데 소위 도덕적 재판관이 돼 가지고 형사범으로 반성했네 안 했네 하고 떠들잖아. 그게 다 우리나라가 근대화가 안 돼서 그런 거지. 도대체 이렇게 법 만능주의로 가는 나라는 한국밖에 없을 거예요. 배심원도 없고 ……. 아니 법 만능주의가 아니지, 법관 만능주의지. 도덕적 판단 문학적 판단까지 다 하니 말이야. 그리고 외설–예술을 따지기 이전에 먼저 요건이 안 된다는 거지. 피해자가 있고 증거가 있어야 되는 거 아냐. 그리고 구속 요건도 안 되는 거고. 어떻게 현행범도 아닌데 구속을 하며, 그런 것이 일사천리로 진행될 수가 있어.”

그는 단호했다– ‘그게 다 우리나라가 근대화가 안 돼서 그런 거지.’ 그렇다면 그에게 있어서 근대화란 무엇을 의미하는가. 그의 말에 따르면 그것은 곧 솔직성과 동의어이며, 이것의 반대편에는 위선적 이중성이 자리한다.

“우리나라가 이중적 기만을 일삼는다는 게 그런 거 아냐. 실제로 우리나라의 지하음란시장은 세계 제일이래요. 성이나 그 행위에 대해서는 제일 너그러운 나라가, 겉으로 나타나는 담론에서는 그렇게 벌벌 떨지. 이것도 아주 특이하고 이해할 수 없는 현상이야. 결국 이것도 다 근대화가 안 됐기 때문이라고 봐요. 근대화에서 가장 중요한 건 솔직성이야. 솔직성을 보이려고 쓴 게 루소의 고백록 아냐. 그런 것들이 다 여태 체화되지 않은 거지.

이젠 정말 문화독재가 심각하다는 걸 느끼지. 문민정부 들어 여러 가지를 겪어 봤잖아요. 예전처럼 간단한 처방으로는 안 된다는 거지. 군인만 물러나면 된다, 이게 아녜요. 해방 때도 그랬잖아. 해방만 되면 된다 했더니, 웬걸. 이젠 그야말로 문화개혁, 의식개혁을 해야 돼. 그런데 의식개혁이라는 것이 단순하게 도덕, 윤리, 정화 ……, 이런 건 아니라고. 하여튼 뿌리깊은 전근대적 사고, 조선조식 유교윤리, 여기서부터 벗어나지 않으면 죽었다 깨도 안 되고, 그것의 가장 큰 표징이 성이라구. 특히 이중적 행동이 가장 잘 드러나는 게 성행동이니까.”

그의 논리를 그대로 따라가 보면, 그가 전근대적인 비합리성, 위선적인 이중성의 희생양이 되었던 것은 그것들과 정면으로 위배되는, 특히 성에 대한 그의 솔직성 때문이라는 얘기가 된다. 그렇다면 이제 그의 말대로 하나밖에 없는 그의 화두인 성(性)에 대한 얘기로 넘어갈 차례다.

마광수 교수의 성 묘사는 도덕주의자의 눈에는 ‘음란’하지만, 그 자신의 말을 빌리면 ‘야(野)’하다. 마광수 교수에게 있어서 ‘야하다’라는 단어는 자신의 성 묘사가 나름의 인생관이나 예술관에 근거한 적극적인 표현이라는 긍정적인 뉘앙스를 함축하고 있다. 하지만 그는 이 단어를 흔히들 그러하듯 섹시한 분위기를 풍긴다는 정도의 의미로만 쓰는 게 아니라, 본능을 은폐하려 들지 않고 솔직하다든지 생각과 속이 화통하고 개방적이라든지 하는 의미로까지 확장해서 사용한다.

내가 지금까지 줄곧 얘기해 온 ‘야한 사람’의 요체는. 우리 사회에 만연한 겉 다르고 속 다른 허위의식이나 위선에 빠지지 않고 안팎으로 솔직한 사람을 가리킨다. 그리고 지금까지 내가 강조해 온 '야한 정신'은 정신보다는 육체에, 과거보다는 미래에, 국수주의보다는 세계적인 보편성에, 집단보다는 개인에, 관념보다는 감성에, 명분보다는 실리에, 교조주의보다는 다원주의에 가치를 두는 세계관을 가리킨다. 그리고 이런 세계관으로의 변환을 가능하게 하기 위해서는 성에 대한 의식의 변환이 절대적으로 필요한 것이다.(성애론, 354쪽)

마광수 교수는 위선적인 이중성에 갇혀 금기시되는 성담론을 드러내는 데서 한 걸음 나아가, 음지로 밀려나 편견으로 왜곡되는 개인의 성적 취향에 대해서까지 적극적으로 발언하려 한다. 물론 그 자신의 개인적인 성적 취향을 솔직하게 드러냄으로써.

"소설에서도 솔직히 얘기했듯이 내 주장은 이런 거예요. '자기 조건에 맞게 수단과 방법을 가리지 말고 즐기자.' 내 몸이 약하면 오랄 섹스를 하는 거야. 그게 뭐 잘못이야. 한숨 푹푹 쉬면서 어떻게 하면 람보처럼 될까, 이러면 난 죽어야 돼. 사람들은 자꾸만 어떤 표준을 정해 놓고 거기다 꼭 맞추려고만 애를 쓰지. 더 얘기하자면 나는 이제 생식적 섹스의 시대는 갔다고 생각해요. 실제로도 그렇고. 사실 전신적 섹스라는 것, 소위 성희나 다형도착 같은 것이 굉장히 중요하죠. 그것이 바로 성해방의 지름길이지. 힘에 의한 정복과 정복당함을 벗어나는 거니까. 내가 놀이적 섹스나 비생식적 섹스를 얘기하는 것도 같은 맥락이지. 그런데 그것이 우연히 내 신체 조건하고 맞아떨어졌단 말이죠."

이처럼 그는 힘에 의한 정복과 정복당함의 섹스에서 놀이적 섹스로 넘어가야 하며, 그러기 위해서는 오랄 섹스, 다형도착, 성적인 판타지에 대한 거부감을 없애고 이를 적극적으로 활용해야 한다고 주장한다. 그리고 이것을 탐미적인 묘사체를 통해 문학적으로 실천한 것이 바로 그의 '음란한' 소설들이라는 얘기다. 또 한 가지, 그는 사랑 또한 정신 중심의 관념에서 벗어나서 육체 중심의 실천으로 옮아가야 하며, 그래야만 성을 적극적이고 자연스럽게 즐기는 것이 가능하다는 것이다. 그가 반복해서 묘사하는 페티시즘(몸의 특정 부위나 몸에 걸친 물건을 통해 성적인 매력을 발산하는 것)도 그 같은 주장의 일환이다.

그의 성담론의 핵심 가운데 하나는 성을 그 자체로서 자연스럽게 즐겨야 하며, 이렇게 개인들의 성적인 신진대사가 원활하게 이루어질 때 사회심리의 비정상적인 울혈들이 예방된다는 것이다. 그가 가장 병적이라고 생각하는 것은 무언가에 대한 정신적인 스트레스가 성적인 화풀이로 표출되는 경우다. 그가「'파리에서의 마지막 탱고'의 신화를 깨자」라는 글을 쓴 것도 그런 맥락에서이다. 사회적인 억압심리에서 기인한 스트레스가 정신신체증(精神身體症)의 형태인 '폭력적 성'으로 나타나는 것이 현실이라고 해도 그것을 근사하게 포장해서는 안 된다는 것이다. 그것은 어디까지나 병적인 징후일 뿐이며, 역으로 자연스럽게 이루어지는 원활한 성적 신진대사가 개인적이고 사회적인 울체들을 예방할 수 있다는 것이다.

또한 그는 개인적인 성 취향을 다양하게 인정하는 것이 다원주의의 첫걸음이며, 그렇게 해서 자유로운 성적인 상상이 허용되는 분위기를 만들어가는 일이 대단히 중요하다고 한다.

"한국 문화의 가장 큰 낙후성은 바로 상상력에 대해 죄의식을 느끼는 거예요. 상상의 자유가 없는 거죠. 지금이 어느 때냐, 남북이 분단 됐는데 어떻게 그런 퇴폐적인 상상을 하느냐, 이렇게 말하는 거야. 근데 상상의 자유라는 건 금방 효과는 안 나타나지만 서서히 그 사람의 자유민주주의 의식을 키워주는 거거든요."

하지만, 그의 주장에 그런 대로 고개를 끄덕이다가도 그의 소설을 읽을 때는 으레 고개를 가로젓게 된다. 한마디로 그의 주장이 소설적인 설득력을 얻는 데는 그리 성공적이지 못하다는 것이 중론이며, 오히려 그의 주장이 지니는 일정한 호소력까지 반감시키는 효과를 넣고 있다. 그래서 대중적으로 그의 소실이 인기가 있있던 것은 누군가의 지적대로 '그가 말하듯 야하게 표현한 것은 실상 우리사회의 지적 감성적 수준이나 분위기에 걸맞은 리얼리즘' 과 맞아떨어졌기 때문이라는 다소 시니컬한 생각도 든다.

나는 그의 그림에서 어렴풋이나마 사람살이의 어떤 측면을 직관적으로 꿰어내는 자유로운 예술혼을 느꼈으며, 그의 시(詩)에서도 그런 대로 어떤 '느낌'이 전해졌던 것 같다. 하지만 그 자신이 대단히 만족스럽다고 말한 바 있는, 전래의 기담(奇談)소설 분위기를 풍기는 연작소설『광마일기(狂馬日記)』에서 어떤 흥미로운 느낌을 얻은 것을 제외하면 그의 다른 소설들에서는 별다른 감흥을 전달받지 못했다.

내가 조심스럽게 내려본 잠정적인 결론은 이렇다. 그것은 그의 예술적 재능의 문제일 수도 있지만, 그가 시나 그림이 도달한 일정한 문학 예술적 성취에 견주어 본다면, 그의 날씬한 지성적 상상력이 감당해 내기에 소설은 훨씬 풍성한 육질(肉質)을 필요로 하는 기름진 장르이기 때문이 아닐까. 그가 이런 저런 논란을 감당하면서까지 솔직함을 모토로 한 사소설(私小說) 형식을 고집하는 이유도 실상 여기에 있는 것이 아닐까.

문학은 금지된 것에 대한 도전

그렇다면 그가 생각하는 소설이란, 문학이란 무얼까. 우선 그에게 가장 감명 깊게 읽은 소설이 무엇인가부터 물어봤다.

"내가 늘 내세우는 게,『요재지이』라든가『아라비안나이트』지. 그걸 감명 깊다고 하면 사람들은 이헬 못해. 대하소설적인 걸로 나도 칭찬하는 소설은『바람과 함께 사라지다』예요. 분량은『전쟁과 평화』하고 비슷한데『전쟁과 평화』는 반이 잔소리지만 이건 잔소리가 하나도 없이 연애얘기만 나오면서도 대하소설이 됐어요.

도스토예프스키나 톨스토이? 다 봤죠. 그냥 약 먹듯이 봤을 뿐이에요. 재미도 참 되게 없네 하면서. 난 확신해, 도스토예프스키의 책을 건너뛰지 않고 읽은 사람이 과연 있을까. 또『전쟁과 평화』를 건너뛰지 않고 읽을 수가 있을까. 작품을 더 들라면 헤밍웨이의『무기여 잘 있거라』『해는 또다시 뜬다』『노인과 바다』를 꼽을 수 있지. 왜냐하면 전혀 잔소리가 없이 본능만 나와. 계속 연애 얘기만 하지. 제인 오스틴의『오만과 편견』이 오래가는 것도 같은 이유야. 요새 말로 하면 그냥 멜로드라마일 뿐이거든.『폭풍의 언덕』도 마찬가지지. 프랑스 문학에 엄청나게 공헌한 게 프랑소아즈 사강이라 할 수 있지. 실존주의가 그 사람 때문에 다 무너졌어요. 실존주의는 홍알홍알 어려운 잔소리만 하는데 사강은 그저 연애 얘기만 하거든. 그게 더 낫다는 말이야. 이걸 인정해 줬다는 사실이 프랑스의 위력이죠."

그는 우리나라 작가들이 마흔이 지나면 반드시 야심을 가지고 '민족대하소설'을 쓰려고 하는데, 그게 꼭 나쁘다는 건 아니지만 누구나 그런 '깜냥'이 있는 건 아니며, 또 이제는 옛날처럼 한 작가가 카리스마를 가지고 백년씩 지배하는 시절은 지났다고 했다. 요컨대 문학도 소위 다품종 소량생산 시대로 접어들고 있으니 작가도 '재미를 주는 기술자'라는 장인의식으로 겸손해져야 한다는 거였다. 이제 21세기적인 문학에는 전지적 시점에서 '딱 굽어보는'

삼인칭소설이 다 없어질 것이며, 그래서 모든 소설의 수필화가 이루어지고 있다고도 했다.

그는 도대체 일반적으로 믿어지는, 소설은 뭔가 '교양' 적인 내용물을 담아야 한다는 생각을 깡그리 부정했는데 '문학성' 에 대한 다음과 같은 시니컬한 규정 역시 그 같은 생각을 잘 드러내고 있다.

"대개 관념적인 것을 문학성이 있다고 해. 그건 틀림없어요. 그리고 거기다 깊은 담론, 소위 종교, 사회, 정치, 이런 게 들어가야 문학성이 있다는 거지. 내가 연구 끝에 낸 결론이야. 말하자면 갖은 양념으로 정치, 경제, 문화, 종교를 다 집어넣어서 굉장히 심오한 것처럼 보이면 대개 문학성이 있다고 해요."

그렇다면 그가 생각하는 문학의 본령은 무얼까. 그에 따르면 그것은 '금지된 것에 대한 도전' 이며, 특히 한정된 시효를 지닐 수밖에 없는 '이데올로기적 도전' 이 아닌 '윤리적 도전' 이어야 한다. 소위 박해받다 나중에 명작이 된 것들—『테스』『인형의 집』『보바리 부인』『채털리 부인의 사랑』『안나 카레니나』—을 보면서 윤리적 저항, 그러니까 근본적인 본성의 자유를 추구하는 게 문학이라는 걸 알게 됐다고.

얘기를 듣던 나는 불쑥, 그러나 당신의 소설에서 문학적 감동을 느끼지는 못했노라고 조심스레 내뱉었다. 그는 많이 들어온 얘기라는 듯 다소 체념적인 톤으로, "그건 할 수 없는 거예요. 독자도 결국 평균적인 사회윤리의 지배를 받으니까"라고 받았다. 그리고 감동을 받았다는 표현들을 참 좋아하며 어떤 '관념적 세뇌'를 감동으로들 알고 있는데, 감동이란 사실 의미가 없는 것이며 굳이 말하자면 '필링'으로 교체해야 된다고. 그는 페이소스를 애상감이 아니라 육체적 고통을 지켜보면서 즐기는 사디즘으로 보고 카타르시스를 정화(淨化) 대신 대리배설로 해석했으며, 문학적인 필링의 근원으로서 '센티멘털리즘'을 중시한다고 했다. 우리나라는 센티멘털한 소설을 신파라며 일단 구박하지만 「모란이 피기까지」처럼 애송되는 시들도 다 센티멘털리즘 아니냐고.

그는 「윤동주 연구」로 박사학위를 받았다. 왜 윤동주를 택했냐는 질문에, 자기갈등을 고백하면서 자신의 내부를 드러내 보인다는 점에서 그가 제일 솔직했고, 독립만세 같은 걸 한수 가르쳐 주겠노라는 게 없었기 때문이라고 했다. 그리고 또 그의 작품에는 페이소스를 느끼게 하는 '솔직한 센티멘털리즘'이 있다고 덧붙였다.

주인님과 램프의 요정

『권태』『광마일기』『즐거운 사라』『불안』『알라딘의 신기한 램프』로 이어지는 그의 소설들을 들척이다 보면, 그가 '주인님과 램프의 요정'이라는 아라비안나이트의 기본 모티프를 즐겨 사용하고 있음을 쉽사리 알아챌 수 있다. 『광마일기』에 나오는 꽃의 요정이나 『알라딘의 신기한 램프』에 나오는 램프의 요정은 보다 직접적인 실례이고, 그 밖에도 자신을 모델로 하는 중년남성과 그에게 온갖 성적인 봉사를 아낌없이 쏟아 붓는 '섹시섹시 음탕음탕한' 젊은 여성이 등장하는 대부분의 소설은 이 같은 모티프를 밑바닥에 깔고 있다고 볼 수 있다.

그런데, 나는 그의 이 같은 상상력이 자꾸만 목에 걸린다. 그는 남성이든 여성이든, 인간은 황제 망상 같은 이기적 욕망의 덩어리이기 때문에 여성들도 자기의 소설을 램프의 요정이 아니라 주인님의 입장에서 즐기게 될 거라고 말한다. 하지만, 우선 나는 그의 소설의 주요한 독자를 이루는 수많은 여성들이 자연스레 '주인님'의 입장에 감정이입할 거라는 사실에 동의할 수 없다. 그렇다면 이것은 그의 의도가 어떻든 간에 사실상 남성 중심의 상상력을 '솔직하게' 유포시키는 효과를 빚어내는 게 아닐까. 그뿐 아니라 황제망상 따위의 이기적 욕망을 솔직하게 드러내는 것만이 인간적인 진실에 가까우며, 사람 사이의 따뜻한 나눔에의 소망 같은 것, 그리고 민주주의나 휴머니즘 같은 덕목도 결국은 위선에 가깝다는 식의 주장도 선뜻 받아들이기 어렵다. 어쩌면 그는 이것을 그저 자신의 작은 진실로서 읊조려 보았을 뿐인데, 어느덧 커져 버린 그의 자리 때문에, 그리고 자꾸만 우리들, 그리고 사람들을 생각하는 나의 오랜 습성 때문에, 부질없이 그를 한번 들었다 내리고 있는 건지도 모르겠다.

문화적 급진주의 유감(有感)

갑자기 그가 무척 외롭고 힘들어 보였다. 그는 정말 혼자다. 물론 그는 패거리가 되면 독창적 사고를 숙련시킬 기회가 박탈된다고 하면서, '몰려다니는 것'을 싫어하고 개인적 싸움을 주장한다고 말한다. 하지만 그를 공개적으로 응원해준 강준만 교수를 '날쌘돌이'라고 부르면서 거듭 고마워하거나 그를 외면한 동료교수들을 향해 비겁한 기회주의라며 분노하는 모습을 보면서, "나 역시 동지가 필요하다는 거지"라는 그의 말의 절실함이 와 닿았다. 그렇다면 그의 '동지'는 어디에 있는가. 문득 요즘 들어 '문화적 급진주의'라고 불리는 일단의 30대들이 그에게 비교적 근접해 있을 거라는 생각이 들어서, 그들에 대해 물어봤다.

"솔직히 얘기할게요. 한마디로 빨리 뜨거워졌다 빨리 식는 느낌을 가졌어요. 서태지를 갑자기 영웅시하는 것도 굉장히 불만이었거든. 이상한 민족주의로 갔다가 컴백홈이라고 그랬다가. 그건 진정한 반항도 아니야, 상업주의일 뿐이지. 가수가 상업주의로 가는 건 욕할 수 없어. 다만 그렇게 영웅으로 만든다는 게 문젠데, 그게 바로 급진주의자들이 그런 거죠. 또 누군가 갑자기 동성애 담론을 일으키면, 거기에 정치를 너무 집어넣는다든가, 또 굉장히 현학적이고 관념직으로 긴다든가 ……. 문제는 자기고백이 없이 치고 빠지는 거예요. 사대적이고. 그런 의미에서 30대는 아주 권위주의적인 거죠.

어쨌든 자유를 외치는 사람 부대가 나오는 건 좋은데, 그것이 너무 비문화적인 폭력투쟁의 느낌으로 오니까 예후가 불안하다는 거예요. 그런 건 오래 못 가거든. 그게 혹시 유행 추종이 아니면 자기 유명해지기 같은 이상한 영웅주의가 아닌가 말야."

그는 얼마 전에 젊은 문화인들이 주도하는 잡지와 인터뷰를 했는데, 거기서 결국 당신이 원하는 표현의 자유는 정치로 결정되지 않느냐는 질문을 받았다고 한다. 그는 문화가 정치로 결정된다는, 그 같은 '힘의 논리'는 또 다른 강제를 낳을 수 있기 때문에 굉장히 위험하며, 젊은 급진세력들이 전부 그런 힘의 논리에 경도 되어 있다고 하면서 강한 우려를 표시했다.

"힘은 힘으로 싸운다, 그건 오래 못 가거든. 그러니까 나는 결국 합리적인 토론 풍토여야 한다는 거지, 논쟁도 하는. 이게 소위 말해서 개량주의적이고 미온적인 방법이에요."

그는 자신이 30대에 대한 애증이 있음을 고백하면서, 그들이 너무 조급하고 거칠며 다원주의를 인정하지 않기 때문에 그들에 대해 낙관할 수 없다고 했다. 그리고 "그래서 30대를 다 못 믿는다는 거지, 두고봐야 된다구"라고 말을 맺었다.

마광수 교수의 생각은 정말 독창적이다. 특히 그는 음양사상이니 주역이니 한방이론 같은 동양철학을 나름대로 소화해서 자기 이론의 밑거름으로 삼았으며, 이것을 토대로『운명』이라는 수필집을 펴내기도 했다. 이 책에서 그는 체념적 운명론을 거부하고 문학이라는 '인공적 길몽(吉夢)'을 통해 스스로의 인생을 개척해갈 수 있다는 낙관론을 펼쳤다. 그러나 다른 한편으로 그가 겪은 저간의 일들과 "매에는 장사 없고, 시간에도 장사 없다"는 그의 처량한 넋두리를 떠올려보면서, 예의 낙관론 속에 역설적으로 담긴 그의 고통이 느껴지기도 했다.

어쨌든 그는 자신에게 주어진 세월을 '견뎌가는' 중이다.

그리고 우리는 뜨거운 감자를 거머쥐고 등장한 외계인 같은 그를, 역시 '견뎌가는' 중이다. 설령 쉽지는 않은 일이라는 생각이 불현듯 들곤 할지라도, 그를 이해하고 그와 함께 생각들을 나누기 위해 애써 본다는 것은, 결국 우리의 지경(地境)을 조금씩 넓혀가는 가치 있는 노력으로 우리 곁에 쌓이는 것이 아닐까. 이것이 바로 그와 함께 보낸 시간과 노력이 내게 되돌려준 깨달음인 셈이다.

강영희가만난사람 소설가

공지영

공지영 / 1963년 서울 출생. 연세대학교 영문학과 졸업. 1988년 『창작과 비평』에 단편 『동트
는 새벽』을 발표하면서 작품활동을 시작했다. 장편소설 『더이상 아름다운 방황은 없다』(1990)
『그리고 그들의 아름다운 시작』(1991) 『무소의 뿔처럼 혼자서 가라』(1993) 『고등어』(1994) 『착
한 여자』(1997), 창작집 『인간에 대한 예의』(1994), 산문집 『상처없는 영혼』(1996) 등이 있다.

착한 여자, 이제 끝내기로 했어요

소설가 공지영에게는 어딘가 통속적인 호기심을 자극하는 면이 있다. 눈에 띄는 외모와 두 번의 떠들썩한 이혼, 그리고 예외 없이 베스트셀러에 오른 소설들에서 자전적인 냄새가 진하게 묻어난다는 사실까지. 『무소의 뿔처럼 혼자서 가라』가 페미니즘 논의에 기름을 부었다든지 『더 이상 아름다운 방황은 없다』 『인간에 대한 예의』 『고등어』가 이른바 후일담문학을 주도했다는 사실도 강한 화제성과 함께 그 같은 호기심을 덧쌓았다.

이문열이라는 한국 최고의 '남성' 소설가는 여기에 하나를 덧붙였다. 그는 자신의 소설 『선택』에서 이 여성을 가리켜 "이혼의 경력을 무슨 훈장처럼 가슴에 걸고, 남성들과 싸운 자신의 무용담을 늘어놓는, 천박하게 추구되는 페미니즘"이라고 '콕 찍어' 말했고, 그래서 모두들 그녀를 다시 한번 쳐다봤다.

여기서 내 얘기를 좀 하자면, 나는 그 남성의 그 같은 '천박한' 발언이 통속적인 저널리즘에 실려 전개되는 힘겨루기식 보수주의─페미니즘 논쟁을 보면서 정말이지 입이 벌어지곤 한다. 다가올 창조적 다양성의 시대인 21세기를 어쩌면 초조한 마음으로 앓고 있는 오늘의 시점에서 한마음으로 넓혀가야 할 문화적 지평선이 밀어붙이기식 힘의 논리에 따라 이리저리 씰그러진다는 것, 문화의 한복판에서 비문화(非文化)의 포자가 끓어오른다는 것은 아무리 봐도 정상이 아니기 때문이다.

우선 필요한 것은 그녀에게 덧씌워진 달큰한 통속을 벗겨내는 일이다. 어찌 보면 통속이라는 것은 선택적이거나 의도적인 무지의 소산이다. 따라서 투명하게 드러내는 것이 선결과제다. 하지만 그것은 단지 시작일 뿐이다. 여기서 한 걸음 더 나아가면, 언제고 천갈래 만갈래의 스펙트럼이 만들어지며, 그리하여 비로소 깊은 울림이 시작된다. 이것은 사실상 원래부터 그녀의 안쪽에 자리했던 진정성과의 새로운 대면을 준비하는 것이다.

한낮 인사동의 조용한 카페에 앉아서, 나는 그녀를 기다렸다. 잠시 후 무릎 위로 살짝 올라간 작은 꽃무늬 원피스 위에 옥색 스웨터를 걸친 그녀가 스타카토가 들어간 약간 높은 톤의 목소리와 함께 모습을 나타냈다. 그녀의 첫인상은 무엇보다 싱그럽고 밝았다. 얼핏 '햇살 아래 팔랑거리며 몸을 뒤척이는 나뭇잎처럼' 보이기도 하는 이 여자가 바로 문제의 그녀인가, 잠시 의아한 느낌이 들었다. 그녀의 이미지는 페미니스트에 대한 통념적인 이미지, 그러니까 차분한 내공으로 밀고 나가는 흔들림 없는 주체성보다는, 뭐랄까, '철없는 당신' 쪽에 가까웠기 때문이다. 그래서 그녀가 페미니스트 작가로 불리는 이유를 묻는 것으로 이야기를 시작했다.

'왜' 라고, 세상 모든 것에 대해서 질문을 해요

"왜 나에게 페미니즘이란 용어가 따라다니는지, 내가 왜 여기까지 밀려왔는지 생각을 해봤어요. 저는 이 '왜' 라는 질문을 굉장히 많이 해요. 그러니까 왜라는 물음에 나를 합리적으로 납득시키면 고문도(!) 참을 수 있을 것 같아요. 어릴 때부터 친구들은 제가 합리적이고 이성적인 사람의 장단점을 다 가졌다고 해요. 그러니까 무조건 명령하는 건 못해요. 내가 납득하지 못하면, 그것이 어떤 명분과 도덕을 지녔든, 그리고 설령 어떤 불이익이 오더라도 하지 않아요. 내 마음속에 그 이유가 들어와야 돼요. 만약 어떤 이유도 없이 그저 '하던 대로 해' 라든가 '남들 하는 것처럼 해' 라고 하면, '왜' 라고, 이 세상 모든 것에 대해서 질문을 해요."

그렇다면 지금껏 그녀가 경험한 '세상 모든 것' 은 어떤 속성을 지니고 있는가. 그녀는 감명 깊게 읽은 책의 내용을 빌려 얘기를 풀어나갔다.

"어떤 이슬람 사원에서의 일이에요. 성자가 나무그늘에서 예배를 보면서 설교를 하는데 들고양이 한 마리가 내려와서 자꾸만 울었죠. 성자가 시끄러우니 고양이를 묶으라고 하자, 제자들이 묶었고, 고양이는 거기서 계속 살았대요. 그런데 그 성자와 고양이가 죽고, 성자의 제자가 대신 설교를 할 때 사람들은 들에 가서 고양이를 한 마리 데려다 사원에 묶어놨대요. 왜냐하면 훌륭한 성자가 말씀할 때 고양이가 항상 거기 있었으니까. 그러고 나서 어느 날 두 번째 고양이가 죽고 2대 성자도 죽은 후 3대 성자가 왔는데, 고양이가 나타날 때까지 아무도 예배를 안 봤대요. 그 뒤부터 그 사원에서는 필히 고양이가 한 마리 있어야만 예배를 시작했대요.

거기에 '왜' 라는 이유는 없어요. 처음에는 우연하게 발생한 사건들이 나중에는 형식화되고 정형화되는 거죠. 모든 관습이라는 게 그런 거 같아요."

사실 여성문제란 것이 바로 이 관습의 동아줄로, 그물로 우리의 몸을 친친 감아 매는 것이어서, 늘 그래왔던 낯익은 얼굴을 한 것이라면, 이처럼 모두들 별다를 것 없이 받아들이는 관습을 향해 새삼스레 '왜' 라고, 낯선 얼굴을 한 채 따지는 것이야말로 페미니즘의 출발점일 수 있다. 그래서 그녀는 '자신도 모르게' 페미니스트로 '밀려온' 것이다.

그렇다면 그녀는 어째서 이렇게 사사건건 '왜' 라고 물고 늘어지는 것일까. 말하자면 따지는 걸까.

"요즘에 와서 다시 생각해 보니, 제 삶의 화두가 '인간에 대한 예의' 라는 말로 정리가 돼요. 이 말은 동구의 모리스 하벨이라는 대통령이 쓴 책의 제목인데, 제 소설이라든가 제가 살아가는 방식 모두를 한마디로 표현하면 바로 인간에 대한 예의예요. 결국 페미니즘이란 것도 인간에 대한 예의인 거 같아요. 전 마르크시즘도 그렇게 이해하거든요."

이처럼 그녀의 마음속에 자리잡은 '인간에 대한 예의' 라는 화두가 그것과 버성기는 세상 모든 것에 대해 '왜' 라는 질문을 쏟아놓게 했는데, 결국 이것이 그녀로 하여금 어느새 페미니즘으로 향하게 만들었다는 얘기다. 그래서 그녀는 인간에 대한 예의를 생각하는 좋은 작가는 그가 여자든 남자든 당연히 페미니스트일 거라고 덧붙였다. 왜냐하면 인간의 반은 여자니까.

망하는 것은 꼭 한 번 소리를 지르고 망한다

이쯤에서 그녀를, '세상의 딸들을 충동하고 유혹하는 수상스런 외침' 의 주모자로 몰아세운 소설가 이문열에 대한 그녀의 감상을 물어봤다.

"자신의 마음에 안 든다고 해서 서문에다 그렇게 쓰는 것은, 저는 정말 예의상으로라도 그러면 안 된다고 생각해요. 그런 내용의 글을 쓰고 나름의 소견을 밝히면 되지……."

그렇다면 다소 우스꽝스러운 해프닝을 통해 불거진 보수주의-페미니즘 구도에 대해 그녀는 어떻게 생각할까. 그녀는 무엇보다 현실은 냉엄하게 기존의 가부장적인 가족제도가 무너지는 쪽으로 가고 있으며, 여성들은 각성하고 있고, 특히 요즘 젊은애들은 그녀의 세대와는 또 다르게 힘을 비축해 가고 있다고 말했다. 게다가 맞벌이를 안 하고는 집을 사기 어려운 사회 경제적 현실 때문에 남자들까지 가사나 탁아 문제를 심각하게 생각하고 있으니, 요컨대 모든 것은 시간문제라는 것이다. 그리고 그녀는 이런 말을 덧붙였다.

"저는 노자를 즐겨 읽는데, 그 중에 이런 말이 있어요. '융성할 것은 필히 한 번 움츠리고, 망하는 것은 꼭 한 번 소리를 지르고 망한다.' 그러니까 그냥 놔둬라, 이게 저의 주장이에요."

혹시 당신이 지나치게 낙관하고 있는 것은 아닌가, 현실은 그렇게 만만치 않은 법이니까, 하고 토를 달자, 그녀의 얼굴에 약간 어두운 표정이 스쳐가더니 곧 한발 물러서서, 어느 친구의 말을 인용했다. "괜찮아 우리는 이길 수 있어. 그리고 이제는 견제하는 세력들을 모아서 끊임없이 제동을 걸면 최소한 함부로 날뛰는 것은 막을 수 있어"라고 말해서 참 기뻤다고, 왠지 힘이 났다고 말했다.

후일담문학 유감(有感)

그녀의 소설에는 종종 '후일담문학(後日談文學)'이라는 꼬리표가 붙는다. 말하자면 80년대라는 '지나간 시대'를 주요한 이야깃거리로 삼는다는 것이다. 이것은 문학평론가인 김윤식 교수가 붙인 이름인데, 그녀는 여기에 대해 강한 불쾌감을 드러냈다.

"우리가 등산 갔다와서 뒤풀이하는 얘기가 아니거든요. 삶은 지속되고 있고, 그 삶에 영향을 받아서 지금의 삶이 계속되고 있단 말이에요. 80년대의 영향을 안고 삶이 피폐해지거나 혹은 잘 나가거나 하잖아요. 그런데 그게 어떻게 후일담문학이라는 말로 안이하게 정의될 수 있어요! 이건 제 작품에 대해 비평을 잘못했다기보다 그 정신에 대한 모독이라는 생각이 들어요. 다 지나가기는 왜 지나가요. 지금도 마음속 피의 팔 할이 그때 이루어진 피로 살고 있는데, 어떻게 영향을 받지 않겠어요. 삶이 어떻게 그렇게 단절될 수 있고, 시대가 어떻게 그렇게 단절될 수 있어요!"

나는 개인적으로 오히려 살풀이를 너무 안 했기 때문에 문제라고 생각하는 편이다. 하지만 그녀 소설에서 다뤄지는 식 말고 또 다른 방식의 살풀이가 가능할 거라는 생각이 들었다. 그래서 '그녀식' 살풀이 방법에 대해 의문을 제기했다. 그녀는 이 같은 의문을 순순히 받아들이면서, 자신의 감상적인 성향에 대해 요즘 반성하고 있다고, 자신의 소설이 넓어지고 튼튼해지기 위해서 자신의 마음이, 내공이 깊어지는 문제를 고민하지 않으면 자신의 소설이 더 이상 발전할 수 없나는 걸 스스로노 심각하게 느낀다고, 그런 차원의 충고는 고맙게 생각한다고 말했다.

그런데 따지고 보면 그녀가 초장 댓바람에 베스트셀러 소설가의 자리로 올라선 것은 그녀의 소설이 80년대를 정면으로 다루었다는 사실과 무관하지 않다. 그렇다면 독자들은 그녀의 후일담문학

(나는 이 단어의 점유권을 그냥 인정하기로 했다)에 왜 그렇게 빠져들 었던 걸까.

그녀가 쓴 후일담문학의 주인공은 그녀의 분신이랄 수 있는 안 정된 중산층 집안의 딸들이다. 그녀들은 작가 자신이 그랬던 것처 럼 든든한 부모의 슬하에서 굴곡 없는 사춘기를 보냈으며, 그래서 대체로 차분하고 정감 있지만 어딘가 '온실내기' 같은 내면을 지 닌다. 『더이상 아름다운 방황은 없다』의 민수, 『고등어』의 은림, 『동트는 새벽』의 정화가 그렇다. 그런데 다름 아닌 80년대에 대학 생이 된 그녀들은, 말하자면 '인간에 대한 예의'를 짓밟는 시대의 횡포에 분개한 나머지 운동권에 몸을 담는다.

온실내기 여고생에서 갑자기 운동권 여대생으로 자리를 옮긴 그 녀들은, 운동권의 나날을 마치 제2의 사춘기를 치르듯이 보낸다. 때로는 정처 없는 감상(感傷)에 뿌리째 흔들리기도 하고, 때로는 치열한 각성으로 한결 단단해지기도 하면서. 한마디로 이 작품들 은 소녀적인 감상성을 바탕에 깐, 운동권 여대생의 성장소설적 면 모를 지닌다. 그래서 문학평론가 손경목의 말을 빌리면, 그녀들은 서서히 '순진성에서 자기됨으로', 그러니까 소녀적인 감상성의 세 계에서 흔들림 없는 어른의 세계로 걸어 들어간다.

그런데 공지영식 후일담의 감상성은 아이러니컬하게도 사실상 소시민적인 관념성에서 크게 나아가지 못했던 80년대 학생운동의 한계와 맞아떨어지는 면이 있으며, 그래서 이제 모래시계 세대로 불리는 당사자들에게 다시는 돌아보고 싶지 않은 지긋지긋한 자기

연민을 떠올리게 한다. 마치 입안의 모래 알갱이처럼 자꾸만 지근거리는, 그 시절의 빛 바랜 자화상. 그래서 그녀의 말에 따르면 그들은 '욕을 하면서' 그녀의 소설을 읽는다.

또한 신세대로 불리는 뒷세대들에게는 90년대적인 헐렁함을 근본적으로 허물지는 않은 채, 80년대로의 과거여행을 가능케 하는 다소 느긋한 가능성을 선사한다. 더구나 그들에게는 치열한 역사적 현장에서 청춘을 연단할 기회가 애당초 주어져 있지 않은 편이다. 그래서 그녀의 신세대 팬들은 그녀에게, 막연하게만 생각하고 또 나쁘게도 생각했던 80년대를 다룬 그 소설들을 읽고 정말 선배들을 이해하게 됐노라고 고백했다 한다.

하지만 그것은 언뜻언뜻 신기루처럼 빛난 것이었는지는 모르지만 어쨌든 80년대 정서의 최선이랄 수 있는 싱싱한 기백과는 분명한 거리를 둔 것이다. 그리고 그녀 소설을 뒤덮은 강렬한 감상성은 의도와는 무관하게 결과적으로 이 같은 정서를 되씹는 흐름을 발목잡고 원천봉쇄한 혐의가 있다. 이것이 바로 많은 이들이 그녀의 후일담문학에 대해 지니는 유감(有感)의 본질이다.

이제는 미안하다고 말하지 않아요

그런데 짚고 넘어가야 할 것은 그녀의 후일담문학이 바로 이 감상성(感傷性) 덕분에 초지일관 뜨거운 진정성을 유지했다는 점이다. 그녀는 자기연민의 늪에 빠져 허우적거릴지언정 가벼운 냉소를 날리거나 하루아침에 제 얼굴에 침을 뱉고 돌아서는 따위의 '변절' 은 감행하지 않았다. 그래서인지 그녀는 부끄러움에 확신을 버무려 이렇게 말했다.

"전 어렸을 때부터 어리석게 산 거 같아요. 터무니없는 순진함 같은 게 있었어요. 예전에는 사람들이 저에게, 너처럼 곱게 자란 애가, 라고 하면 화를 냈죠. 그땐 나도 나름대로 고통과 시련을 겪었다고 생각했죠. 그런데 작년에 비로소 인정했어요. 내가 너무 온실에서 곱게 자랐다, 그리고 학교 다닐 때도 친구들은 많았지만 그것도 온실이었고. 내 주변과 다른 세계가 있다는 걸 상상하지 못한 거예요. 그러다 결론적으로 내가 어떻게 상처를 회복할 수 있었을까를 생각해 보았어요. 어리석게는 살았지만 한 번도 자신한테 부끄럽게는 살지 않았기 때문인 거 같아요."

이제 그녀는 자신의 '순진함' 과 감상성을 솔직하게 인정하고 이것들을 정면돌파해서 정말로 '어른' 이 되려고 한다. 그래서 그녀는 사회생활을 하면서 잘나가는 남자친구들로부터 '처세술' 이라는 것을 전해 듣고는 이걸 배우겠다고 마음먹기도 했는데, 이것은 양보할 때와 싸울 때를 확실히 아는 것이고, 지더라도 여기서 더 물러서다가는 내가 호구가 될 때, 그때는 이익을 불사하고 싸우는 것이기도 하다. 그런데 이것을 뒤집어서 들으면 지금까지의 그녀가 열심히 순진한 마음으로 그저 모든 이들에게 잘해 주기만 하다가, 어느 순간 뺨을 맞고 상처를 입기도 한 '착한 여자' 였다는 얘기다.

다른 인터뷰에서 그녀는, 이제는 자신이 토끼나 고양이가 아니라 호랑이일 수 있음을 자각하고 때로는 발톱을 세워 싸우는 법을 배워야겠다고도 했다. 그 뒤로도 그녀는 여러 번 비슷한 요지의 말을 했는데, 세상에 싸우기를 배워야 한다니. 하지만 이것은 나 자신 역시 잘 되지 않는, 어쩌면 많은 여성들이 공유하는 난제(難題)가 아닌가. 아, 바로 그래서 그녀가 『착한 여자』를 쓰게 된 모양이로구나. 페미니스트가 되기 위한 필수적인 전제조건으로 경제적인 능력 말고도, 아니 그것보다 우선해서 '내공'을 들었던 것도, 자신이 어디까지나 페미니스트의 자리로 밀려왔을 뿐이지 페미니스트는 아니라고 생각한다는 말을 자꾸만 되뇌었던 것도 바로 이 같은 맥락인가.

싸우기 말고도 그녀가 요즘 새롭게 배운 또 다른 처세술 항목들은, 아니 싸우기나 이것들이나 따지고 보면 처세술이 아니라 마음먹기의 문제이기도 한데, 바로 '더 이상 미안해 하지 않기'와 '가장 자신다운 아름다움을 자랑스럽게 추구하기' 등이다. 그녀는 이야기 도중 여러 번 커피잔을 다시 채워달라고 요구했는데, 그 경쾌한 당당함이 자못 인상적이어서, 그래도 되냐고 물어봤다. 그녀는 미소지으며 대답했다.

"예전엔 꼭 이렇게 말했어요. '저 굉장히 죄송한데요, 커피 한 잔만 주실래요?' 택시를 타면 기사 아저씨한테, '아저씨 저 굉장히 죄송한데요, 저기까지 좀 들어가 주실래요?' 하지만 요즘엔 앞에 말은 다 **빼고** 말하죠."

예전에는 자신의 책이 너무 잘 팔리는 것도 미안했고, 중산층에서 자란 것도 미안했고, 온통 미안한 것 투성이였는데, 이제는 미안해 할 필요가 없다고 생각한단다. 대신 많이 가진 만큼 더 착하게 베풀면 된다고, 나눠줄 게 더 많이 생긴 거라고 생각하기로 했다고. 그래, 우리들은 그렇게 미안해 하면서 80년대를 지나왔고, 이제는 무작정 미안해 하기보다는 이미 가진 것을 함께 나눌 수 있는 방법을 찾아보려고 두리번거리고 있지 않은가. 내가 가진 것들이 정말 알짜배기 내 것인지를 돌아보기도 하면서 말이다.

그녀가 든 또 한 가지 새로운 처세술 혹은 깨달음인 '가장 자신다운 아름다움을 자랑스럽게 추구하기'의 의미를 제대로 이해하기 위해서는 지난 시대, 그러니까 80년대 젊은이들의 어떤 성향을 되짚어볼 필요가 있다. 이것은 말하자면 민중적인 삶에 다가가기 위해서 대체로 소시민적이거나 부르주아적인 태생성을 부정함에서 시작되는데, 이 같은 성향은 점차로 확대되어 결국 자신의 아름다움을 추구하지 않을 뿐 아니라 자신을 끊임없이 없애고 지우는 자기부정의 경향을 체질화시키는 데까지 이르게 된다.

이것은 요즘 들어 모래시계 세대들이 내공 키우기의 의도를 강하게 지닌 자기수련으로 빠져드는 역사적 이유이기도 하다. 그녀 역시 이제 새삼스레 자신의 아름다움을 당당하게 추구해야 되겠다고, 당연한 이야기를 굉장히 자랑스럽게 말하는 이유가 바로 여

기에 있다. 그녀는 '여성성'도 그래서 찾아낸 거고, 최근에 펴낸
『착한 여자』를 이 여성성에 근거한 페미니즘으로 그려낸 것도 그
런 맥락에서였다고 한다.

그녀는 어쩌면 냉전의 시대였던 80년대보다 그 시대가 끝나가
기 시작한 90년대를 전후해서 더 많은 일을 겪어냈던 것 같다. 두
번의 이혼을 앓았고, 두 명의 아이와 겹쳐져서 아파 오는 마음의 상
처로 괴로워했을 것이며, '자고 나니' 유명해진 자신의 새로운 자
리 때문에 많이 버성기기도 했을 것이다. 앞에 든 그녀의 새로운 처
세술 혹은 깨달음이 그녀에게 절실했던 것도 아마 이 같은 정황과
무관하지 않을 것이다. 그렇다면 이 같은 항목들이 그저 처세술만
은 아니었음이 새삼 분명해지는데, 그녀가 그 같은 깨달음의 큰 줄
기를 어떻게 잡아갈 수 있었는지 물어봤다.

"제일 많은 도움을 받았던 건 불교책이에요. 그 중에 '태산 같은
자부심으로 한없이 낮게 말하고, 왕처럼 생각하고 시종처럼 행동
하라'는 말이 저의 화두처럼 다가왔어요. 저는 거꾸로였거든요.
요만큼의 자부심도 없이. 그런데 자부심 없는 사람들이 오만해요.
정말 자기 자신에 꽉 찬 사람들이 겸손할 수 있을 거 같아요."

그녀는 가끔 절에 가서 그냥 절하는 걸 좋아한다. 절을 하면서 종
종, 내가 더 낮게 엎드려 봤으면 좋겠다, 왜 여기까지밖에 못 엎드
릴까, 난 정말 여기 마루가 아니고 저 땅바닥에서 절했으면 좋겠다

는 생각들을 한다고 했다. 그리고 그건 자기비하가 아니라 겸허해지고 싶은 마음이라고 덧붙였다.

그녀는 이른바 오체 투지(五體 投地)의 손동작, 그러니까 손을 바닥 쪽으로 한 번 폈다가 등 쪽으로 한 차례 뒤집는 동작을 해보이면서, 이렇게 하는 순간 눈물이 참 많이 나왔다고 했다. 공(空)이라는 의미에 대해 많이 생각했다고. 그렇게 하는 순간 정말로 우주가 내 손에 들어온 것 같은데, 사실은 아무 것도 없는. 부처님이라는 사람의 일생에 경의를 표하고, 나는 가장 낮게, 라는 생각을 하면서 마음이 편안해졌다고. 문득, 그녀처럼 이제 자기비하 비슷한 내면 풍경을 거쳐 참된 자기긍정 혹은 자기사랑을 향해 힘들고 고통스럽지만 의미 있는 역정을 걸어가는 그 시대의 젊음들을, 요즘 들어 난 참 우연찮게 많이도 마주쳐왔다는 생각이 들었다.

착한 여자, 이제 끝내기로 했어요

그녀는 한겨레신문에 연재했던 소설 『착한 여자』를 최근 두 권의 단행본으로 엮어냈다. 이 소설은 고등학교만을 졸업한 한 여성의 비극적인 서른 셋 생애를 그린 것이다. 이것은 지금까지 80년대를 배경으로 자아가 강한 지식인 여성이 주인공으로 등장한 앞의 소설들과 확연히 구분된다.

앞서의 대화에서 그녀는 때로는 발톱을 세워 싸울 줄도 알아야겠으며, 더 이상 쓸데없이 미안해하지 않겠으며, 가장 자신다운 아름다움을 당당하게 추구하겠노라고, 그녀가 소설에서 자주 사용하는 표현에 따르면 '입술을 앙다물고' 말했다. 그렇다면 이제 새삼스레 그것들과 정반대의 삶을 살아가는 '착한 여자' 정인의 이야기를 하는 까닭은 무얼까.

그것은 우선 지난 시절 자신의 젊은 날에 대한 뼈아픈 고백을 마치 '오체 투지' 하는 심정으로 정리하고픈 마음 때문이었을 테고, 다른 하나는 이제 비로소 그 같은 '착함' 의 내면에 대해 비판적인 거리 두기가 가능해졌기 때문일 것이다. 이제 비로소 그녀는 오랜 '자기연민' 에서 벗어나려는 마음이 생겨난 걸까.

"그때 그 청춘을 왜 그러고 살았는지 몰라요. 다시는 20대로 돌아가고 싶지 않아요. 지금이 제일 편하고 좋아요. 그땐 몰랐죠. 그런데 나중에 일년 동안 나 자신을 정리하면서 깨달았어요. 저 착하기로 유명한(?) 여자예요. 근데 왜 그랬을까. 나중에 생각해 보니 사랑 받고 싶어서였던 것 같아요."

그녀는 이제, 도대체 '착함' 이라니, 그것은 사랑 받기 위한 '거래' 였을 뿐이라고, 아니 결과적으로 그렇게 될 뿐이라고 매몰차게 밀쳐 버린 나음, 새롭게 시삭하겠노라고 말한다. 그리고 수많은 여성들을 향해서 그렇게 생각하지 않느냐고, 자기와 함께 새롭게 시작하지 않겠느냐고 물어온다. 연민으로 가득 찬 자화상 그리기에서 벗어나 비로소 거울 저편의 자기를 질근거리는 잔인함으로 차갑게 응시할 수 있게 된 공지영. 그녀는 이제 진정한 작가로서의 이력을 새롭게 출발하려는 것처럼 보인다. 그래서 그녀는『착한 여자』의 후기에서 이제 비로소 나이를 먹었노라고 힘주어 말한 것 같다. 그것이 정말 성공적으로 그렇게 되었는지에 대한 판단은 물론 그녀의 몫이 아니지만 말이다.

『착한 여자』는 크게 두 부분으로 나눌 수 있다. 앞부분은 분량으로 봐서 작품의 거의 대부분을 차지하고 있으며 뒷부분은 마치 사족처럼 작품의 뒤쪽에 잇대어 붙어 있다. 착한 여자 정인이 끊임없이 상처받고 무너져 내리는 것이 앞부분이며, 그녀가 절망의 끝에서 새롭게 일어나는 것이 뒷부분이다.

얼핏 보아 김수현의 소설과 매우 흡사한 앞부분은 요즘의 독자들이 읽기에 그리 쉽지만은 않을 것처럼 보인다. 독자들의 입장에서 볼 때, 그것은 마치 아직 있는지조차 분명치 않은 광명(光明)의 저편에 가 닿기 위해, 대단히 길고 험한 굴속을 낮은 포복으로 기어갈 것을 일방적으로 요구 당하는 형국일 테니까. 하지만 인내심을 갖고 굴속을 빠져나간 독자를 향해 그녀는, 이제 가장 자신다운 아름다움에 대한 사랑과 닿아 있는 여성성에 대한 자기긍정, 그리고 그것에 기반한 사회적 모성, 나아가서 소규모 가사—육아 공동체의 성격을 지닌 대안적인 가족의 모습을 제시한다.

그녀의 이 같은 대안은 요즘 우리 사회에서 조금씩 생겨나기 시작한 가사—육아 노동의 사회화에 대한 단초들을 엮어낸 것이다. 이 같은 주장의 이면에는 사회적으로 의미 있는 일을 하고 싶어하는 모래시계 세대 여성들의 잠재적 가능성에 대한 믿음이 자리잡고 있다.

"『고등어』에서 은림이라는 여자가 마지막에 그런 얘기를 하잖아요. 우리 세대에서 대통령도 나올 거고 예술가도 영화감독도 나오고, 그래서 우리 세대를 기억하게 만들 거라고. 우리가 이제 나라를 이끌어갈 거라고. 저는 그 부분에 대해서 낙관해요. 사실 안 좋게 변한 사람들도 있고 다들 지금은 먹고사느라 힘들지만, 저는 그사람들이 그런 갑갑함에서 좀 벗어났을 때 그들이 80년대에 걸어간 발자취가 굉장한 힘으로 다시 분출할 거라고 믿어요."

물론 지난 시대와 달리 이제 그녀는 혁명적인 방법은 혁명으로 대응할 수밖에 없는 상황 속에서만 선택돼야 한다고 생각한다. 그러니까 그녀는 혁명에 대한 기대를 일단 놓아 버린 것이다. 하지만 또 좋은 작가, 진정한 페미니스트 작가가 되려면 결국 혁명적 사고를 할 수밖에 없으며 사회구조와의 싸움을 벌일 수밖에 없다고도 말한다. 혁명적인 사고를 하면서도 혁명적인 방법은 최후의 카드로 남겨 놓는 그런 방법, 그녀는 그걸 어떻게 찾아갈 것인가.
『착한 여자』에서 흥미로운 것은 그녀가 고졸의 평범한 여성인 정인에게 몰두한 나머지, 이제까지 그녀 소설의 주인공이었던 특별한 지식인 여성들에게 지나치게 소홀할 뿐 아니라 때로는 매몰차기까지 한 점이다. 그녀는 정인만 따라가기도 힘이 들다 보니까 그 부분에 있어서 구성상의 허점을 드러냈다고 하지만, 내가 보기에 그녀는 거의 위악(僞惡)적이라고 할 정도로 자기부정을 하려는 심사가 있는 것 같았다. 하지만 이 같은 해석을 그녀는 완강히 거부했다. 단지 이와 관련해서 그녀가 이런 말을 했다는 사실 정도는 덧붙여 둠직하다.

"사실 그 동안 운동권 묘사를 너무나 후하게 했어요. 그런데 이제 정직하게 얘기해야 되겠다는 생각이 들어요. 예전에 한 친구가 이런 얘기를 했어요. '방만한 진보가 가장 무서워하는 적이 성실한 보수'라고. 지금부터라도 정신 차려서 좀더 건강하고 성실해져야 하지 않겠어요? 그 힘으로 밀고 나갔었잖아요?'

가장 존경하는 소설가가 누구냐는 질문에 그녀는 박경리 선생을 들면서 여학생 때 『토지』를 다섯 번쯤 읽었노라고 열을 내었다. 그래서 나는 『토지』의 밑바탕에 깔린 '업'의 준열함에 대해 생각해봤느냐고 물었다. 그녀는 갑자기 단호하고 빠른 어조로 이렇게 말했다.

"요즘은 쓰리쿠션들이 빨라져 가지고 당대에 다 받아요. 어떤 스님도 얘기하셨듯이 옛날에는 농경사회라 결국 자식한테 갔고 삼대에 걸쳐서 나타나기도 했지만, 요즘은 당대에 다 돌아오는 것 같더라구요. 전 그렇게 믿어요. 그래서 요즘 제 화두가 정말 착하게 살자, 올바르고 착하게 살자예요."

또다시 착한 여자 타령인가. 하지만 그녀는 이제 더 이상 예전의 그녀가 아닌 것 같았다. 그녀의 마지막 말은 이랬으니까. 그리고 우리는 정말 눈물이 나도록 웃었으니까.

"제가 바로 공자의 78대 손이에요. 이문열씨가 집안 얘기를 하면 전 농담으로 그러죠. 집안? 우리 집안이 공자 집안인데!"

강
영
희
가
만
난
사
람

소
설
가

장정일

장정일 / 1962년 경북 달성 출생, 성서중학교 졸업. 1984년 무크 『언어의 세계』 3집에 「강정 간다」 외 4편의 시를 발표하면서 작품활동을 시작했고, 1987년 동아일보 신춘문예에 희곡 「실내극」이 당선되었다. 시집 『햄버거에 대한 명상』(1987) 『길안에서의 택시잡기』(1988), 장편소설 『아담이 눈뜰 때』(1990) 『너에게 나를 보낸다』(1992) 『너희가 재즈를 믿느냐』(1994), 희곡집 『긴 여행』(1995), 에세이 『장정일의 독서일기』 등이 있다. 시집 『햄버거에 대한 명상』으로 제7회 김수영 문학상 수상. 장편소설 『내게 거짓말을 해봐』로 인해 음란문서제조죄로 유죄판결을 받았다.

자기모멸과 현시욕,
그 악마적 정직의 늪에서

정월 열 이튿날 오전 10시, 장정일을 만나기 위해 대구행 새마을 호에 몸을 실었다. 흔들리는 열차에서 그의 글과 그에 대한 평문을 들척이던 나는, 그가 상반된 양극단의 시선에 둘러싸여 있다는 사실을 다시 한번 확인했다. 그에게서 시대를 선취(先取)하는 재기발랄한 추진력을 발견하는 사람이 있는가 하면 애당초 그가 시대를 향한 진지한 탐구를 행한 적이 있는가를 의심하는 사람도 있었다. 그에 따라 그의 작품들이 그저 알맹이 없는 겉껍질에 불과한 것이라는 사람도 있었고 독특한 스타일과 개성을 지닌 것들로 높이는 사람도 있었다.

1996년 10월에 발간된 소설 『내게 거짓말을 해봐』 때문에 음란물 제작 및 배포 혐의로 불구속 기소된 이번 일에 대해서도 마찬가지다. 작품성을 논할 가치조차 없는 저질 음란물이라는 입장과 어쨌든 시대를 한발 앞서가는 작가정신의 표현일 수 있으므로 존중되어야 한다는 견해가 극단적으로 맞부닥치고 있었다. 물론 이것은 이즈음 우리 사회가 모든 분야에서 진통을 겪는 문제, 그러니까 권위주의를 청산하고 열린 사회로 나아가는 문제, 그리고 우리식의 자율권을 어떻게 만들어 갈 것이냐 하는 문제와 맞닿은, 논쟁의 초점이기도 했다.

대구 시내의 호텔 로비에서 마주친 그는 녹색 줄무늬의 군고구마 모자에 연신 손을 가져가며 두릿두릿 알은 체를 했다. 순간 나는 지면 곳곳에서 여러 번 본 그의 얼굴—볼멘 우울을 조심스레 머금은 채, 그가 있는 '저쪽'에서 우리가 있는 '이쪽'을 물끄러미 응시하던 예의 동글납작한 얼굴이 떠올랐다. 그러고 보니 군고구마 모자가 참 잘 어울리는군.

하지만 여섯 시간에 걸친 그와의 만남이 끝날 때쯤 다시금 그의 얼굴을 뜯어보니, 느닷없이 링 한복판으로 나와 처음 세상과 스파링을 벌이는 병아리 복서인 양 불안하면서도 시원한 구석을 지닌, 전과 다른 분위기가 눈에 들어왔다. 그러고 보니 언제나 한 마장 떠 있던 그와 세상의 거리가 한순간 좁혀진 것 같기도 했다. 그렇다면 『내게 거짓말을 해봐』라는 '음란물' 사건은 어쩌면 그에게 있어 세상과 맞붙는 첫 번째 시합이거나 성년식(成年式)일 수도 있겠다는 생각이 들었다. 그것이 누군가의 지적대로 자멸적인 일탈의 시작을 의미할지, 아니면 그의 소망대로 성공적인 분가(分家)로 귀결될지는 오랫동안 지켜봐야겠지만 말이다.

그러니까 사법처리가 통탄스러운 거죠

그와 마주앉자마자 단도직입적으로 이렇게 될 줄 예상했느냐고 물었다. 이것은 출판사 대표를 구속시키고 작가인 그에게 인신구속의 족쇄를 채울 뻔한 이번의 필화사건이 '의도된 선택'인가, 아니면 '당혹스런 떠밀림'인가 하는 궁금증을 풀기 위한 것이었다 (만약 최근 신설된 영장실질심사제도가 아니었다면 그는 지금쯤 십중팔구 사전영장을 발부 받고 구속되어 차디찬 감방에서 재판 날짜를 기다리고 있을 것이다). 물론 사전영장은 기각되었지만 불구속 기소상태로 재판 날짜를 기다리고 있으며 만에 하나 법정구속도 배제할 수 없는 현재진행형의 상황에서 이 같은 문답이 쉽지 않으리라는 건 예상할 수 있었다. 하지만 그는, 자신한텐 굉장히 복잡한 문제'라며 고민스레 토를 달면서도 결국 자신이 '무죄를 믿어 의심치 않는' 확신범(!)이라는 얘기를 늘어놓았다.

"쓰면서 사회통념과 제가 쓰려는 의도나 상상력이 차이가 많이 난다는 거는 알았습니다. 그것 때문에 정신분열에 걸릴 것 같은 고통이나 괴로움도 겪었어요. 하지만 이런 정도의 몰이해가 있으리라고 생각을 하면서도, 제 작품의 발전과정상 필히 쓸 수밖에 없었죠. 물론 마광수 선생의 경우에는 인신구속도 있었지만 그것만 해도 4년 전 이야기라 실은 거기에 대한 태도가 좀더 성숙되었기를 기대했죠. 그런데 하나도 달라진 게 없어서 착각이었다 싶기도 하네요."

그는, 작가들은 작품 하나만 똑 떼어내서 쓰는 게 아니라 작품들이 유기적으로 연관되어 '내적 발전'을 이룬다는 사실을 강조했다. 그리고 그 시점에서 자기는 이 소설을 꼭 써야만 했다고 거듭 힘주어 말했다. 쓰기는 작년 4월쯤부터였지만 구상은 오래 전부터 했다고도 한다.

『내게 거짓말을 해봐』의 135쪽을 보면 다음과 같은 내용이 들어 있다.

'지금까지는 나도 아슬아슬하게 버텨왔는데 이번에는 조심해야겠어. 누구처럼 개피보지 않으려면 말이야.' 그때 제이는 이렇게 대꾸해 주었다. '나라면 개피를 뒤집어쓰겠어. 내 주먹을 스스로 망치질해서 뭉뚱그릴 용기가 없다면 누군가 강제로 나의 손발을 묶어주는 것도 좋은 방법이지'라고 대답했다. 만약 제이가 친구와 같이 소설을 쓰는 입장이라면 예술과 외설의 선을, 검열과 표현자유의 경계를 아슬아슬하게 밟고 있으며 처벌을 면하는 게 아니라 그 선을 훌쩍 넘어가 버리기를 원했을 것이다. 구속당하기를, 감옥에 갇히기를. 그리하여 예술이 아버지나 권력의 대항물이 아니라 권력과 아버지에게 바치는 고해에 불과했음을 드러내고 싶었을 것이다.

그의 주장을 따라가 보면 그가 이 소설을 쓴 것은 자기 작품세계의 내적 발전 법칙을 따른 것일 뿐 아니라 '검열과 표현자유의 경계'를 한달음에 넘어서려는 의도를 포함하고 있었고, 따라서 '미래의 선악을 선취하는' 문학의 선구자적 본령을 수행할 각오가 어떻게든 포함되어 있었다는 것이다. 그렇다면 그는 작품세계의 내적 발전 법칙에 따라 자신의 테마를 적실하게 표현하기 위해 이런 형식을 선택했을 뿐 아니라, 각별히 시대의 분위기와 적극적으로 조응하는 차원에서 다분히 의도적으로 이런 형식(날내 나는 포르노 그라피)을 선택했다는 얘기다.

하지만 우리사회의 상식 혹은 통념에 근거한 도덕적인 문제제기는 일단 한쪽으로 치워놓더라도, 그 소설이 선택한 형식이 그의 테마를 표현해 내는 데 과연 효과적이었는가, 오히려 포르노라는 형식에의 골몰이 그 자체로 튀어 버려 그가 말하고자 했던 테마는 희미한 실루엣으로만 남았던 게 아닌가, 말하려는 바를 그렇게 표현한 것이 혹 상업적인 고려와 무관하지 않은 약빠른 시대감각의 발휘와 닿아 있는 것은 아닌가 하는 의혹들이 여전히 따른다. 그런데 이 같은 의혹을 늘어놓는 나에게 장정일은 느닷없이 이런 말을 던졌다.

"그러니까 사법처리가 통탄스러운 거죠. 사법처리나 고소가 없었으면 논란이 벌어졌을 테고, 충분히 싸웠겠죠. 그리고 텍스트를 둘러싼 논쟁을 했을 텐데, 사법처리가 되는 바람에 완전히 막혀 버렸죠. 그래야 작품이 미완성이라거나 쓰레기라거나 하는 논쟁도 있었을 것이고 뭐라도 배울 수 있었을 텐데. 그랬다면 완성도와 관계없이 내가 원하는 걸 얻었을 텐데 ……."

그의 말마따나 일방적으로 결정 내려져서 논쟁을 원천봉쇄해 버린 사법처리는 마치 날치기로 무사통과된 노동법이나 안기부법처럼, 민주적 과정은 생략되고 독단적 결과만이 주어지는 구시대적 권위주의의 상징처럼 보인다. 이처럼 이른바 대화와 토론의 자리가 없는 곳에서 탄력 있는 자율권의 성장을 어찌 기대할 수 있으며 문화적 자생력의 싹을 어떻게 소망할 수 있겠는가. 이렇게 볼 때 분명 열린사회의 자율권 획득을 위한 첫 번째 전제조건은 관료적이고 독단적인 권위주의의 타파임에 틀림없다.

하지만 이 같은 방식으로 싸움을 건(혹은 장애물에 걸려 넘어진) 장정일식 게릴라전을 자율권 획득으로 가는 유일한 모범답안이라 할 수 있을까. 이것을 따져 보기 위해서는 그의 지난날 문학에의 입신(立身) 과정을 다시 한번 꼼꼼히 되새겨 보는 데서부터 논의를 시작해야 될 것 같다.

포스트모더니즘과 장정일

다시 이야기의 출발로 되돌아가 그에 대한 편견 없는 평가를 내리기 위해서는, 무엇보다 그가 포스트모더니즘 시대의 총아로서 문단의 중심에 등장하기 시작했다는 사실로 거슬러올라가야 한다. 그렇다면 장정일은 자신과 포스트모더니즘의 인연을 어떻게 생각하고 있을까.

"어차피 저는 성향이 자기분열적이거나 자기해체적이에요. 또한 권위라는 것들에 의지해서 작업을 해온 것도 아니거든요. 그런

점에서 포스트모더니즘의 논리와 맞아떨어지는 부분이 있었겠죠. 게다가 한국사회는 꼭 포스트모더니즘의 유입이 아니더라도 6·29 이후로 격동기였지 않습니까. 90년대 이후로는 더욱 그랬구요. 그런데 이전에는 대항운동이나 사회운동 모두가 마르크시즘 하나에 기대어 있다가 갑자기 그것이 없어지자 더더욱 공허함이 생겼을 테고, 그래서 상대적으로 포스트모더니즘이 각광을 받지 않았나 싶네요."

세상사람들에게 베스트셀러 작가로 알려진 것과는 달리 그는 자신이 2만 부짜리 작가라고 힘주어 말했다. 나는 그런데도 20만 부쯤은 팔리는 작가로 느껴지는 이유를 캐물었고, 그는 일단 포스트모더니즘에 대해 잘 모른다고 전제한 다음 위의 말로 답변을 대신했다. 요컨대 리얼리즘이 급작스레 빠져나간 썰렁한 자리를 순간적으로 차고 들어앉은 포스트모더니즘과 자신의 무언가가 우연히 맞아떨어진 것이 주목을 받은 이유라는 얘기다.

하지만 애당초 80년대의 현장에 있었거나 그 시대의 뜨거움을 올려다보지 않았던 그가 지난 시대의 리얼리즘을 대신한 이 시대 포스트모더니즘의 속살 따위에 깊이 있는 관심을 가졌을 리는 없다. 따라서 양진영이 주고받는 말없는 신경전 따위가 그의 직접적인 관심사는 아니었던 것 같다. 오히려 그는 '여호와의 증인' 이라는 그의 모태 종교에 의해 그의 심장에 각인된 세상에 대한 환멸 같은 것, 그러니까 종교적인 피안의 '저쪽' 에서 바라본 속세의 '이쪽'의 황량함에 문학적으로 혀를 찼다고나 할까. 그러면서 거기서 느끼는 불협화음이나 소외감 따위를 시적 운율, 또는 소설적 형식에 실어낸 쪽일 것이다. 그런데 리얼리즘과의 물밑 신경전으로 한창 달아오른 포스트모더니즘 진영에서 그를 자신들 쪽으로 한껏 끌어당긴 것이다. 심지어 환대받은 그가 약간의 어색한 거리감을 느꼈을 정도로.

"사후에 덮어씌우는 거죠. 그런 건 기분 나빠요. 원래 「길안에서의 택시잡기」나 「길잃은 사람들」 같은 시에서도 그런 것을 보여줬지만, 그건 나름대로 제가 해온 작업을 해석할 만한 논거가 없어서 묻혀왔죠. 그런데 그 후에 포스트모더니즘이 들어오자 이것을 제가 해온 작업에 뒤집어씌운 거죠. 사실 저하고 포스트모더니즘은 별 상관이 없어요."

하지만 그는 포스트모더니즘의 애드벌룬에 올라탈 기회 자체를 거부하지는 않았으며, 오히려 그것을 적극적으로 타고 날아오르려 했던 것 같다.

"저는 '한번 이렇게 써볼까' 하는 생각으로 무언가를 써본 적은 없어요. 말하자면 포스트모더니즘 사회에 있을 만한 이야기를 먼저 포착해서 맞아떨어진 것도 있었을 거구요. 또 『너희가 재즈를 믿느냐』는 완전히 전략적인 글쓰기의 산물이에요. 원래 제목은

'너희가 포스트모더니즘을 믿느냐' 였구요. 또 포스트모더니즘의 논거 중 하나가 바로 기의와 기표가 일대일로 상응하지 않을 뿐 아니라 따로따로 미끄럼질쳐 나간다는 것인데,『재즈』가 바로 그런 소설이에요. 그때는 각종 광고라든가 문화 속에서 재즈의 음을 마구 빌려쓰고 젊은이들이 한창 재즈를 들을 때였거든요. 그래서 제가 거기에 맞춰『재즈』를 쓴 겁니다. 이처럼 시대를 분석해가면서, 어떤 걸 가지고 맞춰야 할까를 생각했죠. 그런 게 조금 유효했고, 그래서 조금 앞서간 게 있지 않았나 하는 생각이 들어요. 지금이야 다른 젊은 작가들도 똑같은 이야기를 하고 있지만 그런 식으로는 제가 제일 먼저였죠. 그런 계산이라든가 전략이 있기도 했어요."

결국 그의 소설은 점차 포스트모더니즘적인 현실지형도이자 풍유(諷諭)가 되어갔고, 또한 그렇게 해석되는 것이 정설이 되어갔다. 그래서 그의 소설을 향해 '미식가적 형식 탐닉' 이나 '참을 수 없는 존재의 가벼움' 식의 경박함을 이유로 불쾌한 손가락질을 한 리얼리즘 진영에서조차, 그가 현실의 권위주의나 기성 도덕에 대해 딴지를 걸거나 천둥 벌거숭이처럼 덤벼든 점에 대해서는 이의의 여지가 없었던 것 같다. 하지만 그의 풍자가 결코 리얼리즘 진영과 겹쳐질 수 없었음은 다음의 말로 다시 한번 확인된다.

"문학이 무슨 대안을 제시해줄 수 있을까요? 예를 들어 우리가 대문호라고 말하는 도스토예프스키, 발자크, 카프카가 어떤 대안을 만들어 주었나요? 대안은 없어요. 그리고 살기 좋은 세상은 정치인과 경제인들이 만드는 거지 작가가 어떻게 그걸 마련하고 또 제시합니까?"

내 소설의 주제는 풍자가 아니라 자기모멸

하지만 『내게 거짓말을 해봐』라는 새로운 소설을 세상에 내놓음으로써 시끌벅적한 논란의 한 가운데 섰던 그는, 자신에 대한 이전의 평가에 대해 새삼스럽게 딴지를 걸고 있었다.

"그건 오해였던 것 같아요. 제가 이 소설을 쓰면서 제 주제를 새롭게 발견했는데, 그건 풍자가 아니라 자기모멸이에요. 풍자란 자기를 특권적인 자리에 놓고 상대방을 욕하는 건데, 그래서는 안 된다는 생각이 들어요. 왜냐하면 그렇게 되면 신성(神聖)의 자리에 있게 되어 자기 반성을 하지 못하기 때문이죠. 그러면 근엄한 교사나 계몽주의자의 목소리가 실리게 되거든요."

이처럼 풍자에서 자기모멸로 돌아가겠다는 것, 아니 자신의 주제는 원래부터 그쪽이었다고 주장하는 것은 사회현실을 향한 발언보다는 내면을 향한 고백 쪽으로 방향을 잡아가겠다는 것을 의미한다. 또한 이것은 자기 속에 있는 아버지를 죽이고 자본주의 질서의 밑그림을 이루는 가부장적 권위주의를 내면에서부터 파괴하기 위해 스스로를 향한 파괴를 감행하겠다는 것이기도 하다. 그래서 그는 이 같은 파괴의 방식으로 마조히스트를 자처하는 자기모멸을 선택했고, 필연적으로 '포르노키치'—그는 『내게 거짓말을 해봐』를 이런 이름으로 규정하길 원했다—라는 소설 형식을 낳았다는 것이다.

나아가 그는 소설가인 자신의 근거이기도 한 '소설'이라는 양식마저 모멸한다고 말했다. 소설은 원래 거짓말이면서도 그럴 듯한 전개를 통해 거짓말이 아니라고 믿게 해왔는데, 이제 통사구조를 비롯한 여타의 소설 공식도 마구 바꾸어 그럴 듯함의 근거를 없앰으로써 소설과 소설가인 자신까지 모멸하고, 나중엔 자신의 근거마저 지우겠다는 것이다.

하지만 그에게 있어 가부장적 권위주의란 시대인식이라기보다는 개인적인 내상(內傷)에 가까운 것이다. 권위적이며 폭력을 선호한 아버지로부터나 자라온 환경, 개인심리 등 원초적인 측면에서 깊은 내상을 입은 채 출발한 까닭에 그 같은 작가의식의 원형이 빚어졌으며, 또한 그 같은 내상이 그를 작가의 길로 이끈 강렬한 추동력으로 작용하기도 한 것이다.

그런데 흥미로운 것은 그가 이 같은 자기모멸에 대해 여전히 시내적 의미를 붙인다는 사실이다.

"가부장적인 자본주의의 억압 속에서 아버지 신드롬과 소설 『내게 거짓말을 해봐』는 원인과 결과입니다. 잘 살아보세가 옛날의 꿈이었다면, 보릿고개를 넘어선 이즈음, 갑작스런 실종자, 그러니까 마조히스트가 되려는 인물이 나올 만도 하죠. 이 소설에서도 명망 있는 조각가가 마조히스트가 되지 않습니까."

모든 보수주의와 한번 싸워 봐야겠어요

장정일은 사회적 사안이 있을 때마다 신문에 글을 쓰는 지사형 작가들을 '작가적 자의식이 없는 사람들'이라고 생각하며 싫어했었다고 한다. 그 때문에 예술지상주의 작가로서 예술가의 홀로서기를 지향해 왔다고. 하지만 이제 그는 생각이 달라졌다.

"하고 싶은 일이 하나 있어요. 모든 보수주의와 싸워 봐야겠다는 거예요. 그냥 이렇게 가만히 있으면 이런 일이 또 벌어질 거고 다른 작가들이 또 당할 겁니다. 그래서 끊임없이 싸워야 한다고 생각해요. 예를 들어 마이클 잭슨을 못 오게 하면 왜 못 오게 할까, 패닉이 쓴 '어머니를 죽이라'는 가사를 왜 제지하려는 걸까, 부산국제영화제에서 필름 하나를 끊었는데 그것이 잘된 일인가, 미스코리아 선발대회를 하지 말자고도 하는데 그건 무슨 소린가 등등. 문화에서의 이런 싸움은 거의 매일 벌어지잖아요. 그래서 이것들과 한번 싸워 봐야겠다는 생각이 들어요. 무슨 단체 같은 데 들어가는 건 제성향에 안 맞지만, 하여튼 청탁이 오는 대로 문화에서 일어나는 싸움들에 대해 부지런히 써서 모든 보수주의하고 좀 싸워야겠다는 생각을 하고 있어요. 작품은 앞으로 계속 아버지하고 싸우는 이야기를 더 해야 되고……."

그는 이제 성년식을 막 치르고 분가(分家)를 시도하는 얼굴을 하고 있다. 아버지로 상징되는 권위주의라는 본가로부터는 물론이요 포스트모더니즘이라는 본가와도 말이다. 게다가 그 동안 뚜렷이 금을 그어온 지사형 문인의 자리로까지 나아가려 함으로써, 피안과 현실만큼이나 먼 거리였던 그와 세상의 거리가 한껏 좁혀진 셈이다. 그렇다면 이 같은 그의 변화는 표현자유의 쟁취와 권위주의의 타파를 통해 열린 사회로 나가려는, 오늘의 시대정신을 선취하는 선구자적 문학인의 그것인가, 아니면 그저 재간꾼 예술가의 형식 근지럼증을 마음껏 발휘하기 위한 시대에의 영웅적 편승으로서, 작가로서는 그저 자멸적인 일탈의 신호탄일 따름인가.

이에 대한 판단을 긍정적인 쪽으로 가져가는 데 우리를 머뭇거리게 하는 것은, 그가 급작스런 이념 퇴조기의 썰렁한 공터에서 포스트모더니즘이라는 꾸어온 손전등이 희번득이는 상황에 의식 무의식으로 편승하면서 문학동네의 중심으로 걸어 들어온 혐의가 짙기 때문이다. 왜냐하면 그는 스스로 '장정일적인 속살'과 '포스트모더니즘의 깃발'이 걸맞지 않다고 느끼면서, 또한 그것이 자신에게 어색하게 덧씌워졌다는 불평을 늘어놓으면서도, 그것에 은연중 몸을 기대어 자신을 키워왔기 때문이다. 이것은 마치 그의 소설 『너희가 재즈를 믿느냐』의 기표와 기의의 미끄러짐을 연상시킨다. 그렇다면 이것은 오늘날 '장정일적인 포르노'와 '권위주의 타파의 과제' 사이의 거리를 우회적으로 암시하는 것일 수도 있다. 왜냐하면 그는 지난날 자신의 말에 밑줄을 긋기 위해 포스트모더니즘의 확성기를 은근 슬쩍 빌렸던 것처럼, 이제 자신의 '형식 근지러움증'에 든든한 면죄부를 주기 위해 표현의 자유라는 시대의 프리즘을 활용하는 건지도 모르기 때문이다.

따라서 그의 이번 '음란물' 사건에 표현의 자유와 권위주의 타파라는 시대의지가 포함되어 있는 것은 분명하지만, 그러한 시대정신을 곧바로 그의 사건과 일치시켜 버린다면 결과적으로 오늘의 과제를 다소간 왜곡시키는 결과에 도달할지도 모른다. 왜냐하면 지난날의 포스트모더니즘이 사실상 사사건건 리얼리즘의 그림자로서 존재했지만 장정일식의 접근은 결과적으로 그 역사성을 평면화한 한계를 지녔듯이, 이제 오늘의 표현의 자유와 권위주의 타파의 문제는 '장정일식 포르노'처럼 단순히 저지르고 쟁취하는 게 아니라 열린 사회로 가기 위해 우리식 자율권을 어떻게 만들고 행사할 것인가 하는 더 큰 문제를 머금고 있기 때문이다.

작가 장정일에 대해 우리는 그저 지켜볼 수 있을 따름이다. 하지만 그가 자의반 타의반 떠맡으려는 열린 사회로 가는 첫 단추에 대해 그저 팔짱을 끼고만 있을 수는 없다. 왜냐하면 그것은 그 혼자만의 문제가 아니라 우리 모두가 한데 얽혀 있는, 우리 모두의 문제이기 때문이다. 그리고 또 그저 열어젖히는 것만이 아니라 우리식의 열고 닫음의 탄력성을 어떻게 만들어 나가는가, 그 과정에서 어떻게 합의와 자율권을 얻어내는가 하는 시험대 위를 우리 모두 함께 걸어가고 있기 때문이다. 따라서 그는 수많은 우리 중의 한 사람일 뿐이다.

단지 그는 자기식의 욕망이 오늘의 시험대 위에서 좀더 뜨겁게 타오르고 있는 사람이다.

　마지막으로 그가 던진 발언을, 문득 어느 평론가의 말을 빌려 '악마적 정직'이라고 불러보고 싶어진다.

　"어느 한순간 자기모멸과 현시욕이 이렇게 어우러져 있을 수 없다는 얘길 합니다. 자기 몸을 오브제로 바친다는 건데, 어쨌거나 그 사람은 예술가죠. 자기의 멍든 몸을 전시하고 싶은 욕망도 불쑥불쑥 일어나고, 그러면서 자기모멸과 현시욕이 이렇게 함께 되어 있는 줄 몰랐다고 이야기를 하는데, 이것도 무슨 자기예술이겠죠. 그것조차도 예술가의 욕망이겠죠."

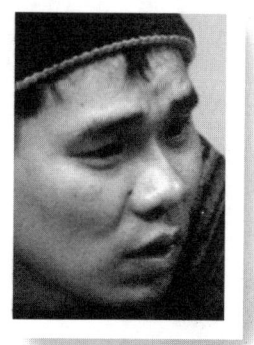

이인화

이인화 / 1966년 경북 대구 출생, 서울대학교 국어국문학과 및 동대학원 졸업, 1988년부터 문학평론을 시작했으며,
1992년 『내가 누구인지 말할 수 있는 자는 누구인가』로 제1회 작가세계 문학상을 수상하며 문단에 데뷔했다. 장편소설
『영원한 제국』(1993), 편저 『이문열 연구』(1993), 역서 『한국과 그 이웃나라들』(1994) 등이 있고, 현재 1997년 1, 2, 3권
이 출간된 장편소설 『인간의 길』을 집필중이다. 1995년 오늘의 젊은 예술가상을, 1996년 한중 청년학술상을 수상했다.

박정희, 그분이 한 일은 다 옳았다

　1997년 4월 어느 날 아침, 일찌감치 눈을 비비고 신문을 펼쳐보니 '이인화 장편소설 인간의 길' 이라는 대문짝만한 광고 문구가 대뜸 눈에 띄었다. 포인트가 주어진 앞머리에는 『영원한 제국』이후 4년간 심혈을 기울인 역작' 이라는 수식어구가 붙어 있었고 아래쪽의 광고카피를 자세히 보니 '박정희 전 대통령의 일대기' 라는 구절이 들어 있었다. 광고의 중앙상단에는 '신이 내게 이승에서 무엇을 했느냐고 물으신다면 나는『인간의 길』을 썼다고, 내가 그 소설을 쓴 바로 그 사람이라고 말하고 싶다' 는 다분히 자기도취적인 문장이 씌어 있었다. 순간 나는, 모든 것을 알아 버렸다. 그리고 곧바로 '일어나서는 안 되는 일' 이 일어났다는 편안치 못한 느낌에 휩싸였다. 마치 '소문' 으로 시작되어 '진실' 로, 그리고 '사실' 로 점차 또렷이 다가왔던 광주의 피냄새처럼 말이다. 이 경우 '소문' 대신 '소설' 이라는 향수가 뿌려져 있기는 하지만.

　'인간' 이라는 단어와 독재자 박정희로 상징되는 아득한 악몽의 기억은 도대체가 버성기는, 충돌을 일으키는 배합이다. 그리고 이것은 수많은 '인간' 들에게 불편한 혐오의 감정을 가져다 줄 것이다. 하지만 사진 속의 작가 이인화는 눈을 내리깔고 입 매무새를 단정히 한 채 어딘지 비장한 표정으로 응수하고 있을 따름이었다.

살림출판사에서 펴낸 소설『인간의 길』의 첫 대목은 '이 놈을 뭐라고 부를까. 눈은 샛별처럼 빛나고 코는 봄날의 훈기처럼 새끈거리는 이 놈'으로 시작된다. 주인공 허정훈의 아버지 허선영이 태어나는 장면이다. 그는 백마의 별자리를 타고난 난세의 영웅, 동학혁명에 가담했다가 처형 직전 하늘의 뜻(무끼가 있는 아내의 도움)으로 명이 보전된 인물로 묘사되며, 그의 아들 허정훈(박정희)은 황제의 현손인 곤과 여희의 아들이자 중국 고대의 현군 우 임금에 비유된다. 요컨대 이 소설은 영웅서사적인 틀거리를 육전소설(六錢小說)의 문체로 풀어낸 것인데, 결국 작가는 독자에게 지난 시대 사랑방에서 손에 땀을 쥔 채 낭독자를 지켜보던 청중의 자리로 내려가, 박정희라는 '영웅' 의 일생에 일희일비 귀를 기울이라 하는 셈이다.

애초에 작가 대신 '이야기꾼' 을 자처한 지은이와 주인공 허정훈의 사이에 틈새(소설적 거리 혹은 비판적 공간)가 없는 만큼, 독자 대신 '청중' 으로 자리매김 되는 읽는 이와 주인공 사이에도 틈새(되물음 혹은 사유의 공간) 따위가 주제넘게 끼여들 까닭이 없다. 이제 청중들은 어줍잖게 몸에 밴 고집스런 지성 따위는 한옆으로 부려놓은 채, 마치 무협지에 빠져들 듯이 이야기의 파도에 몸을 싣기만 하면 된다. 그 같은 약간의 '겸손' 만 준비한다면, 지난날 '독재와 민주' 라는 시대적 이분법의 맹목에 가려졌던, 독재자 아닌 '인간'

박정희의 위대한 고뇌에, 뒤늦게 반성하는 심정으로 동참할 수 있게 될 것이다.

이렇게 어느 순간 모든 것이 너무나 분명해졌다. 하지만 나는 믿고 싶지 않았다. 설마 하는 심정으로, 소설에 대한 믿음 때문에, 혹은 인간에 대한 신뢰 때문에. 결국 나는 자신의 어줍잖은 신뢰에 대한 현장검증을 위해 이인화를 만나기로 마음먹었다.

나의 인터뷰 요청을 전해들은 이인화는 아무 거리낌없이, 마치 기다렸다는 듯이 응낙했다고 한다. 나와 약간의 안면이 있던 그는 나를 가리켜 '그 어른'이라고 정중하게 지칭했다고 한다. 그리고 두 시간 정도, 그러니까 '정들어서 욕도 못하지 않을 만큼' 이야기하자는 농담도 던졌다고 한다. 그러니까 '욕'은 얼마든지 먹을 자신과 여유가 있다는 얘기였다.

박정희 복권과 '서민'이라는 방패막이

이화여대 국문과 교수 연구실로 그를 만나러 간 나는 교정을 한동안 헤맨 끝에 근사하게 새로 지은 하얀색 건물을 간신히 찾아냈다. 산뜻하고 위엄이 있는 인문대 교수회관 302호에 자리잡은 그의 연구실에 들어섰을 때, 문화방송의 시사고발프로 〈시사매거진 2580〉 팀이 막 취재를 끝내고 돌아가는 중이었다. 뒤에 물어보니 '박정희 복권' 현상에 대해 인터뷰를 따갔다고 한다. 복권(復權)이라고? 그의 표현을 빌리면 '대역죄의 교수대 위에 걸려 있는' 박정희를 제자리로 되돌린다는 것인데, 복권이란 것이 본래 잘못 적용

된 형(刑)을 거두는 것을 의미한다면, 대체 '독재' 라는 그의 죄목이 거두어들여야 할 잘못된 것이었다는 말인지 이해하기 어려웠다. 당신말고 누구를 인터뷰했는지 아느냐고 물었더니 한두 명의 지식인과 수많은 서민(庶民)들이라고 했다. 그러니까 그는 '박정희 복권' 의 주역이 서민이라는 주장을 하고 있었으며, 이것은 인터뷰 중에도 끊임없이 되풀이됐다. 그런데 그는 인터뷰의 뒤쪽에서 이런 말을 했다.

"그 부분에는 지식인들의 심정적인 수사학이 들어가 있죠. 국민을 예찬하면 불특정다수의 국민들은 다 기분 좋아하죠. 책임지지 않아도 되는 말. 국민들은 국민이나 민중 같은 불특정다수를 지칭하는 보통명사를 자기에게 피해가 돌아오지 않는 한도 내에서 좋아합니다."

그렇다면 국민 혹은 민중 대신 '서민' 이라는 다분히 '심정적인 수사학' 이 들어간 단어를 내세우면서 자신은 옆으로 슬쩍 비껴선 채 '박정희 복권' 을 대세로 밀어붙이려는 것 아닌가. 지난 5월 13일자 한겨레신문에 실린 홍세화의 글 「그의 독기는 살아 숨쉬고 있다」가운데 이런 대목이 있다.

오늘의 박정희 찬양 움직임은 이들 수구세력과, 이에 편승하는 일군의 문사 프로피퇴르(이익을 챙기는 자), 그리고 불만스런 현실을 미래 지향으로 개선시키려는 의지도 전망도 없는 회고파들의 합동작품이라고 보면 거의 틀림이 없다.

여기서 '수구세력' 이나 '문사 프로피퇴르(profiteur)' 에 대해서는 따로 설명을 붙일 필요가 없겠다. 하지만 '불만스런 현실을 미래 지향으로 개선시키려는 의지도 전망도 없는 회고파들' 을 서민이라는 '심정적인 수사학' 으로 분칠하고 내세우는 것은 목구멍의 생선가시처럼 걸리는 대목이다. 왜냐하면 김영삼 정권의 무능과 부패 및 북한 주민의 대책 없는 기아를 지난날 박정희식 개발독재에 대한 합리화로 연결시키는 논리가 바로 박정희 복권의 토대라면, 잊기 잘하며 원칙보다는 인정에 끌리는 우리 국민의 미달된 의식 수준이야말로 이 같은 엉터리 논리의 방패막이로 활용되고 있기 때문이다. 그리고 또한 이 같은 엉성한 논리가 별다른 검증 없이 우리 사회에 퍼지는 데는, 상업주의적 저널리즘의 얄팍한 도미노 현상에 기대어 이 같은 논리의 유포에 앞장서는 언론지식인들의 기회주의가 큰 몫을 하고 있다. 서울신문 4월 17일자에 실린 이인화의 인터뷰 내용 중에는 이런 대목이 있다.

하지만 이씨는 이 같은 시류(時流)가 반갑지만은 않다. 사회 분위기가 지식인들의 몸사리기를 불러와 거쳐야 할 논쟁을 가로막는다고 여기기 때문이다.

여기서 그가 한편으론 '반갑지만' 또 한편으로는 '반갑지만은 않다' 고 말한 까닭은, 민감한 뇌관을 장착하고 있는 박정희 복권의 흐름에 문학적 기름을 부으면서, 또한 이 박정희 복권의 흐름을 타면서 자신의 작품이 공전의 히트를 치기를 바라는 마음이 간절하기 때문이 아닐까.

"저는 사실 이 소설은 출간하자마자 몰매를 맞을 것이라고 기대를 잔뜩 하고 있었죠. 소설이 던지는 메시지라는 건 소설 자체로 독자에게 수용되어 공론이 되는 게 아니거든요. 작가는 비판을 받음으로써 '오피니언 리더'가 되는 겁니다. 그런데 이건 아무도 비판을 안해 주고 모두 『선택』만 비판하니까 이문열씨는 자연스럽게 90년대 작가로까지 살아남게 된 거죠. 이문열씨는 이 시대의 힘이, 이 시대의 독자들이 쟁점으로 느끼는 토픽이 어디에 있는지를 예민하게 읽고 있는 거죠. 저는 거기에 너무나 둔감했던 거고. 그러니까 이 책이 일으킬 반향에 대해 과잉기대를 하고 실망했죠. 아무도 비판을 안 하고, '그 책이 나왔냐' 뭐 이런 식이니까. 제일 비참한 건 비난이 아니라 무관심 아닙니까."

그는 그렇게 안타까운 표정으로 웃고 있었다. 그는 『인간의 길』을 쓰면서 아내에게 늘상 1억 부를 팔겠노라 호언을 했다고 한다. 그때마다 아내는 자신을 과대망상증이라 놀렸다고 너털웃음을 웃었지만, 그는 아직까지 그 꿈을 버린 것 같지 않았다. 왜냐하면 『인간의 길』은 이제 겨우 1부(전3권)만이 나왔을 뿐이고, 2 · 3부는 한

숨 돌린 뒤 21세기로 옮아가서 천천히 쓰여질 것이며, 무엇보다 그의 생각에 박정희 복권은 시간이 흐를수록 모양새를 갖춰 진전될 가능성이 많기 때문이다. 또한 그것에 대한 말이 나올 때마다 그의 소설『인간의 길』은 이야깃거리 풍부한 패키지 상품으로 거론될 것이며, 지식인들 역시 언젠가는 등을 떠밀려서라도 예의 몸사리기를 그치고 논쟁을 벌이게 될 공산이 크기 때문이다.

추잡하지만, 이런 발전의 플랜을 따라왔던 게 아닌가

이인화는 나를 정말 반갑게 맞았다. 나도 어쩐지 반가운 마음에 젖어들어 한동안 그와 유쾌한 한담을 나눴다. 그러고 보니 내가 국문과 대학원을 다닐 때 그는 같은 대학의 재학생이어서 몇 번 마주친 기억이 있었던 것이다. 그 시절의 그는 그런 대로 참한 느낌을 주는, 그의 말대로 하면 공부권(圈) 학생의 이미지를 지녔었다.

그의 첫 소설『내가 누구인지 말할 수 있는 자는 누구인가』와 두 번째 소설『영원한 제국』의 광고사진에서는 대체로 예의 똑똑한 학구파 이미지가 유지되면서 어딘지 당돌한 느낌이 새롭게 덧붙었다. 이것은 평론가 류철균(본명)과 소설가 이인화(필명, 이것의 한자는 二人化이며 평론가와 소설가 두 역힐을 한다는 뜻을 지닌다고 한다)가 '지킬박사와 하이드'를 자처함으로써, 어떤 평론가의 지적에 따르면 '세계문학사상 유례가 없는' 자기 작품 자기가 칭찬하기 해프닝을 벌였다든지, 두고두고 논란거리를 만들어 내는 포스트모더니즘이라는 플래카드를 펄럭이며 문학적 조각이불(패스티쉬)

논쟁을 벌였다든지 하는 저간의 행적과 관련이 있을 것이다.

그 뒤 이화여대 국문과 전임강사로 임명된 직후인 1995년, 동아일보에 연재된 소설 「초원의 향기」에 관한 인터뷰 사진에서, 그는 소년처럼 짧게 깎은 스포츠머리에 싱싱한 청년의 웃음을 머금고 있었다. 그리고 이제 이화여대 국문과 조교수로 자리잡은 그는 단정한 양복 차림을 한 채 중후한 느낌의 안경테 뒤에서 부드러운 미소를 머금고 있다. 최근 『인간의 길』에 대한 한 여성지의 인터뷰 기사에서 그는 멋지게 담배연기를 피워 올리며 흐뭇하게 파안하는 여유 넘치는 분위기를 연출하기도 했는데, 그 사진에서는 『인간의 길』이라는 멋진 승부수를 던진 것을 자축하는 속내가 엿보이기도 했다.

본격적인 인터뷰에 들어가기 전, 나는 그에게 오늘 여기에 온 것은 내공을 쌓기 위한 것이라고 농을 던졌다. 그 역시 농으로 받았다. "저한테 좀 전해 주고 가십시오. 지금 저는 주화입마 상태에 빠졌거든요, 하하." 주화입마라면 내공이 과해져서 몸 안의 기가 거꾸로 돌아 몸을 망친 것을 말할 텐데. 나는 설핏 그의 웃음소리에 나의 웃음소리를 덧입혔고, 곧바로 『인간의 길』을 왜 썼느냐는 질문을 들이밀었다.

그의 대답은 이랬다. 자신은 시바 료따로의 『대망』 같은 고꾸민쇼세스(國民小說)를 쓰고 싶었는데, 우리나라에서는 시민사회 아닌 고꾸민(國民)국가를 생각할 때 떠올릴 수 있는 인물이 박정희밖에 없어서, 그를 가지고 한국의 『대망』을 써보기로 결심했다는 것이다. 여기서 그는 당대의 아웃사이더 자리에 선 예술가로서 남다른 내면의 진실을 보여 주는 예술적인 소설은 '능력이 안 돼서' 포기했다는 말을 덧붙였다. 하지만 다른 한편으로는 소설의 독자는 지식인 아닌 대중이고 우리소설의 주류는 누가 뭐래도 장편대하소설이며 '문단소설'은 완만한 퇴보가 있을 뿐이라는 딱 부러진 말을 했다. 요컨대 그 자신이 국민소설이라 지칭하는 대중적인 장편대하소설을 쓰겠다는 것은 그의 적극적 선택이었던 것이다.

그렇다면 왜 그의 목표는 시바 료따로이며, 『대망』이며, 국민소설이며, 국민국가인가. 어째서 그는 시민사회 대신 국민국가라는 것에 그토록 집착하는 걸까.

"저는 우리사회가 일본에 30년, 20년쯤 뒤처져서 발전해 간다는 속설을 믿습니다. 그러다 보니 일본을 공부하지 않고 대사회적인 발언을 한다는 것이 굉장히 위험하다는 생각이 들었어요. 모범은 아니지만 일본은 우리와 가장 비슷한 운명을 겪고 있는 국가죠. 대한민국이라는 국가는 1931년 만주국이 건국되면서 이미 그 발전의 맹아 혹은 도식이 마련됐다고 봐요. 일본인이 일등국민, 조선인이 이등국민, 중국인이 삼등국민, 몽고인, 만주인……, 이런 체제로 만주국이 출발하지 않습니까. 일본이라는 자본주의 종주국 옆에 종속된 자본주의 국가로서 발전하고, 나중에는 어느 정도 자본 축적을 하고 나서 필리핀이나 베트남에 대한 아류제국주의 국가로서 발전해 가는 이 도식. 추잡하지만 이런 발전의 플랜을 우리나라가

20세기 내내 따라왔던 게 아닌가."

그렇다면 '추잡하지만', 소설가인 자신도 그 같은 발전의 도식을 따르지 않을 수 없다는 것일까. 그리고 이 같은 생각에서 자유민주주의를 이상으로 하는 시민사회니 하는 쓰잘데없는 가치 대신 고꾸민 국가의 이상을 전국민에게 심어 주는 고꾸민쇼세스를 쓰기로 마음먹었고, 마침내 박정희에 주목하게 됐다는 얘기인가.

"우리는 이미 일제시대를 겪으면서 군국주의의 대규모 노동력 동원의 노하우들을 배웠죠. 이걸 왜 써먹지 않느냐, 이게 지금까지 배운 기재들 가운데서 제일 새롭고, 단순노동력을 대규모 동원해야 하는 당장의 시점에서 효율적인데. 중요한 것은 수단이 아니라 결과가 아니냐, 국가발전을 이룩하는 최단 거리로, 국가이성이 가리키는 목표를 향해 돌진해 보자. 이게 박정희 대통령의 생각이었다면, 그게 일본 것이든 미국 것이든 무슨 차이가 있냐는 거죠. 이미 국민들은 이 메커니즘을 다 학습하고 있었는데, 그게 일본 것이라서 안 된다는 건 말이 안 되는 겁니다."

인간쓰레기 같은 지식인들보다는 박정희가 백번 위대하다

얘기가 여기에 이르자 소설가 이인화의 생각과 주인공 허정훈(박정희)의 생각이 행복하게 오버랩되는 것 같았다. 나는 당신처럼 생각하는 지식인은 처음 봤다, 주변에서 그런 생각을 하는 지식인을 만난 적이 있냐고 물었다.

"그렇게 생각하는 지식인은 못 만나 봤지만, 군인들, 검사들, 기자들, 이런 사람들은 많이 만나 봤습니다. 저는 지식인에는 두 부류가 있다고 생각합니다. 대중의 감성과 완전히 고립된 아류 인텔리겐치아와, 국가라는 것을 자기 사상의 중심에 놓는 지식인. 시민사회의 자유라는 것을 가지고 국가를 비판하는 게 아니라 국가이성을 가지고 국가를 비판하거나 국가에 동조하는 지식인.

그런 것들이 우리 변방의 지식인들에게는 너무 희박했던 게 아닌가. 그런 사대주의적이고 시대 추수적인 성격들을 벗어 버리지 않으면 금방 냉소주의와 환멸로 빠져 버리지 않겠습니까. 우리 87년 6월 세대들이 얼마나 빨리 세상을 포기했습니까. 문학은 일제히 회고담문학으로 가고, 정치적 허무주의를 얘기하고, 그토록 무력하게 자기 입장을 바꾼 것이 바로 그것이라고 생각합니다.

우리사회는 한번도 대(大)지식인을 가져본 적이 없죠. 그랑 인텔리겐치아를 가져본 적이 없어요. 국가와 시민사회의 문제를 같이 얘기하는 지식인, 예를 들어 마루야마 마사오 같은 지식인, 앙드레 말로 같은 지식인을 한번도 가져본 적이 없죠."

이 같은 생각의 뒤쪽에는 그의 말대로 지식인 사회에 대한 혐오와 증오가 자리잡고 있다. "저들은 인간 쓰레기라는 생각을 많이 했습니다. 줏대도 없고 주변도 없고 시류와 유행에 편승하는 저런 인간들이 옳다고 할 바에야 박정희가 백번 위대한 사람이라는 생각을 했죠."

늘 국가에 은혜를 갚아야 한다고 생각해요

"늘 잊혀지지 않는 장면이 그겁니다. 남아프리카를 갈 때였어요. 사우스 아프리카 에어라인의 스튜어디스들이 나하고 일본 사람들은 아너러블(honorable) 화이트라고 쓰인 자리에 앉히고, 그 다음에 화이트, 블랙, 그리고 화장실 바로 옆자리에 중국 사람들을 앉혀요. 못 사니까. 그리고 중국 사람들한테서 계속 냄새가 난다고 하면서, 냄새가 좀 나긴 납디다, 거기다 왜 삼천 원짜리 방향제 있잖습니까. 그 방향제를 뿌리더라구요. 자기네들은 화이트니까. 그 걸 보고, 아 우리가 바로 33년 전에 저꼴이었겠구나, 하는 생각이 들었죠."

이처럼 단군 이래 최대의 번영을 누리는 오늘, 어쨌거나 박정희라는 인물이 오천 년의 가난을 몰아낸 시대를 살고 있는 오늘 우리는 필리핀이나 터키에서 태어나지 않은 것을 감사해야 하며, 또한 지식인들은 이른바 대지식인으로 거듭나야 한다고 말했다. 그리고 자신이 국가를 먼저 생각하는 대지식인 혹은 보수주의자의 길을 선택한 까닭을 덧붙였다.

"저는 정말 늘 국가에 신세를 졌다고, 은혜를 갚아야 한다고 생각해요. 솔직히 얘길 해보자는 거죠. 저의 집사람은 아무 것도 없는 가난한 집의 딸로 한달 하숙비만 가지고 올라왔죠. 저도 불알 두 쪽만 차고 서울에 올라와, 이제는 둘이 벌어서 집 사고, 모아 놓은 돈과 땅도 좀 있고, 둘 다 자가용 타고 다니고, 무엇보다 공인으로서 봉사할 직장을 가지고 살 수 있게 해준 이 나라. 이 나라가 정말 고맙지 않으냐. 저는 집사람한테 늘 그렇게 얘기하죠. 그 사람도 맞다고 그럽니다.

『영원한 제국』이 104만 부 팔렸는데, 지금 같은 불경기에는 그만큼 팔리지 않습니다. 그 당시의 엄청난 호황이『영원한 제국』을 팔게 해주었고, 그렇게 해서 내가 입신할 수 있게 해주었고, 그 여파로 저는 꿈에도 그리던 공직(이대 교수직)을 갖게 되었죠."

듣고 보니 그의 입장에서는 그럴 수도 있겠다는 생각이 들었다. 그런데 여기서 그가 말하는 나라는 박정희 시대를 거치면서 이만큼 잘 살 수 있게 된 나라, 이승만 때 그토록 가난하고 저열하고 형편없던 국민들을 갑자기 근면하고 똑똑하고 유능하게 만들어 오늘의 이 나라를 있게 한 위대한 지도자 박정희의 힘을 통해서 비로소 존재하게 된 나라나. 그렇나년 박성희의 위대한 지노력만이 오늘의 번영을 가능케 했을까?

박정희 증후군의 허구성을 입증할 수 있는 결정적인 논점. 그가 아니었다면 60 · 70년대의 경제성장이 불가능했겠냐는 것이다. 결론은 당시 구미의 선진 자본주의 국가들이 경쟁력을 상실한 산업들을 이전하면서 동아시아 국가들이 자국산 상품을 구매할 경제력을 갖출 수 있도록 돕지 않았다면 한국의 경제성장은 제아무리 박대통령이 경제개발에 혼신의 힘을 쏟았다 하더라도 불가능했을 것이라는 점이다.

　한국의 경제성장은 이처럼 세계 자본주의의 중심부인 선진국들이 주변부인 저개발 국가들과의 완충지대로서 한국, 싱가포르, 대만 등 반주변부 국가들을 지원하지 않았다면 어려웠다. 따라서 경제성장을 박대통령의 업적으로 인정하는 차원을 넘어서서 그가 없었다면 산업화는 불가능했을 것이라는 인식은 잘못이라는 지적이 많다.(『시사저널』 1997년 5월 22일자. 「누구를 위하여 박정희는 살아오는가」 중에서)

솔직히 그분이 한 일은 다 옳았다고 얘기하고 싶어요

　하지만 이인화에게 있어서 대한민국의 눈부신 발전은 곧 박정희와 동의어이다. 그래서 그는 박정희가 한 일은 궁극적으로 다 옳았다고 생각한다. 물론 '그 최대의 공로자로서 장밋빛 미래를 위해 허리띠를 졸라맨 산업역군들의 진한 땀과 삶의 고통'에 대해서는 단 한마디도 언급하지 않았다.

　"솔직히 말하면 저는 쿠데타를 포함해서 그분이 한 일은 처음부터 끝까지 옳았다고 얘기하고 싶어요. 그런데 지식인으로서의 제 외적인 그게 솔직함을 계속 막네요. 저는 그분이 유신을 한 것이나 그 밖에 모든 게 다 옳았다고 생각해요. 전부 다 이해할 수 있어요."

물론 그는, "왜냐하면 저는 지금 그 사람한테 미쳐 있거든요, 내 소설의 주인공한테 말이에요"라는 말을 덧붙였다. 하지만 만약 당신이 그 시절의 지식인이었다면 어떻게 했을 거냐는 질문에 대해서도 역시 별 망설임 없이 대답했다.

　"저는 박정희 정부를 지지하고, 그 밑에 어용학자로 들어갔다가 나중에 파멸했을 겁니다. 한국적인 이런 것에 동원된 뒤 나중에 어용학자로 몰려 파멸한 법학자들 많잖습니까. 그 사람들이 훨씬 솔직했다는 생각이 듭니다."

　그의 말에 따르면 대지식인에 대한 이 같은 집착은 사실 우리 지식인사회에 대한 환멸에서 기인한다는 것이다. 어쨌든 그는 오늘의 지식인사회가 온통 쓰레기 같아 보여서, 지식인사회의 안티테제처럼 존재하는 박정희에 대한 영웅서사인『인간의 길』을 출간하는 날 지식인사회라는 항공모함을 향한 가미가제가 되어 자폭 돌격하는 심정이었다고 한다. 물론 의외로 너무 순조롭다는 말도 덧붙였지만. 그렇다면 '자폭'의 대가는 뭔가. 그는 죽은 박정희에 대한 약간의 생색을 덧붙여 이렇게 말했다.

　"그렇죠, 제가 자폭하는 거죠. 나한테 아무 것도 잘해준 게 없는 이 인간한테. 이건 한국소설사에서 저밖에 쓸 수 없는 소설이고, 저밖에 창출하지 못한 캐릭터거든요. 저는 이거 하나로, 이 사람

하나로, 소설사에 남을 수 있습니다. 그러면 자폭할 수 있죠. 이런 인물을 만들었다는 거예요. 지금까지 어떤 작가도 꿈꿔 보지 못한 인물. 정말 도스토예프스키적인 인물, 스타브로긴이나 라스콜리니코프 같은 인물을 ……."

그가 박정희라는 인물에게 매혹 당한 이유는, '이 사람의 사상이 가진 철저한 국적성'이라고 한다.

"그는 '나는 한국인이다, 그리고 보편적인 진리란 없다'는 의식을 가지고 있었습니다. 민주주의는 절대 보편의 진리가 아니기 때문에 그냥 민주주의여서는 안 되고 한국적 민주주의여야 한다는 의식. 물론 자기의 독재를 정당화하는 논리이기도 하지만 이 사람의 철저한 국가의식을 지식인사회는 잊었던 게 아닌가. 우리는 보편진리로서의 민주주의와 사회진화를 얘기하지만, 우리 국가가 어떤 것이라는 국적성, 그래서 그 국적성 때문에 진리 자체가 변할 수 있다는 생각은 한번도 안해 봤던 게 아닌가 하는 생각이 듭니다."

나 역시 사상의 철저한 국적성을 믿는 쪽이다. 하지만 사상의 보편성을 이런 식으로 깔아뭉개서는 곤란할 거라는 생각이다. 문득 '한국적인' 무엇의 미래를 위해서, 이인화가 이쪽 편을 들고 있다는 사실이 그리 도움이 되지 못할 거라는 생각이 들었다.

우리는 자유로에서 다시 만났다

『인간의 길』이라는 우회로를 선택한 이유

원래 『인간의 길』의 초고는 박정희가 죽기 이틀 전 청와대에서 지난날을 회상하는 장면에서 시작하여 800매 가량 쓰여졌었다고 한다. 뒤에 이 부분을 버리고 새롭게 시작했는데, 그것은 무엇보다 이런 형식으로는 열 권을 끌고가기 어려우며 '그 사람을 형성시킨 너무 많은 것들이 빠지게 되기' 때문이었다고 하다. 하지만 다른 한편, 이것은 인간적인 캐릭터의 특이함으로 접근하는 것이 정치적인 공과를 정면으로 다루는 것보다 훨씬 나을 거라는 판단에서 기인한 것 같다. 그렇다면 그가 본 박정희는 어떤 사람인가.

"박정희는 루스 베네딕트가 말하는 일본 사무라이의 전형적인 사생관을 보여주는 캐릭터입니다. 루스 베네딕트는 『국화와 칼』에서 '나는 죽음의 힘을 가슴에 품고 살아가리라' 는 말을 하지 않습니까.

언제든지 아침마다 죽고 또 죽어서, 나중에는 정말 죽는 것이 마치 하룻밤 이별을 하거나 풋잠이 드는 듯한 그런 깨끗한 결말. 벚꽃이 화려하게 지는 듯한, 그런 순간의 아름다움으로 승화할 수 있는 사무라이의 사생관을 갖고 있었던 사람이죠. 그러니까 남로당원이었다가 체포되어 사형선고를 받았다가 사면을 받고 풀려나지 않습니까. 그게 이 사람에게는 마치 가슴속의 암세포처럼 박혀져 있는 상태구요. 이 사람이 뭐라고 변명을 하건 간에 일단 헌정질서를 문란케 하고 새벽에 몰래 강을 건너와 총칼로 청와대를 차지한 사람 아닙니까."

그가 습관적으로 일본적인 틀거리를 갖다 대서 분석한 것인지 아니면 만주군 장교였던 박정희의 전력 때문인지는 알 수 없으나, 그는 박정희를 일본 사무라이의 전형적인 사생관을 지닌 인물로 약간의 감상주의를 섞어 표현했다. 하지만 그것은 그렇게 낭만적으로 들릴 수 있는 내용은 아니다. 게다가 뒤에 서술되어 있는 그 인생의 내용물이란 흔히 지적되듯이 기회주의적 출세주의자의 그것이 아닌가. 하지만 그는 결코 그렇게 생각하지 않는다.

"기본적으로 이 사람에게는 유교적인 윤리 위에 일제시대 때 배운 군국주의, 해방 이후 군대에 들어가서 배운 미국식 실용주의, 그리고 또 젊은 날 자기가 몸담았던 사회주의적인 민족주의들이 있어요. 이 한 거인이 나타나기 위해 얼마나 많은 체험과 그런 것들이 복합되었는가. 이건 바로 기적의 인간이라는 거죠.
그런데 제가 박정희가 악마적인 부분을 갖고 있다는 얘기를 했지만, 이 사람은 악마적인 부분만큼이나 엄청난 성군(聖君)의 캐릭터를 갖고 있어요."

그렇다면 흔히 '파쇼'라고 지적되는 그의 스타일에 대해서는 어떻게 생각하고 있을까.

"저는 이렇게 생각합니다. 두들겨 맞는다고 얘기하는데, 때리기 위해서 때리는 건 아니지 않습니까. 그러니까 어떤 물리력을 동반한 설득이죠."

순간 나는 '물리력을 동반한 강요'가 아니냐고 반문했고, 그는 수긍했다. 하지만 곧이어 이런 말을 덧붙였다.

"국가가 건설되는 초기에는 국가이성으로 판단해볼 때 어쩔 수 없는 물리력이 있어야 되는 게 아닌가, 말을 안듣는 걸. 그 필요악을 행하는 역할을 박정희라는 사람이 했던 것이 아닌가 ······."

하지만 이인화가 '필요악'이라고 말하는 이 부분은 사실상 박정희 시대의 '절대악'이라고 평가함직한 것이다. 그것은 요컨대 '과잉충성과 기회주의, 권모술수적 인간형의 양산'이자 '정의가 힘이 아니라 힘이 곧 정의라는 권력지상주의의 논리와 반지성주의의 사회화'이며 오늘날 우리사회를 '총체적으로 붕괴시키는' 역사적인 근원으로 기능하고 있는 것이다. 게다가 그 같은 '절대악'을 '필요악'이라고 주장케 하는 박정희 시대의 경제적 성과 역시 21세기의 세계화시대를 위한 창조적 패러다임의 관점에서 본다면, '자원의 왜곡배분, 경제정책결정과정의 중앙집중화, 정경유착의 구조화'처럼 오늘날 우리가 넘어서야 하는 최대의 경제적 걸림돌로 작용하는 것이다(한겨레신문 1997년 5월 13일자에 실린 글에서 부분 인용).

내가 누구인지 말할 수 있는 자는 누구인가

이제 박정희에 대한 이야기가 아니라 이인화의 얘기를 들을 차례가 되었다. 그래서 그에게 인간이란 무엇이라고 생각하는가, 물어보았다.

"인간에게 원칙이 있다면 그건 자존심이죠. 인간이 신입니까, 말을 한다고 해서 다 듣게. 인간은 신인 동시에 짐승인데. 그래서 저는 의식족이 지예절(衣食足而 知禮節)이라는 공자님 말씀을 금언이라고 생각합니다. 신과 짐승이 같이 들어 있기 때문에 훨씬 더 매력적이고 탐구해볼 대상이 되는 것 아니겠습니까. 짐승의 부분에 대한 해명과 통찰이 없는 한 모든 얘기들은 공허한 탁상공론 아니겠습니까. 특히 현실정치에 있어서.

인생의 내용이란 건 따로 있는 것이 아니라 결론을 향해서 가는 서로 다른 우회로라는 생각이 들어요. 이제 본론을 장황하게, 그리고 각기 다르게 쓰는 건데. 허망하지 않습니까. 탕진하는 거죠, 자기 생을. 시간을 소비하는 게 아니고 그냥 흥청망청 써버리는 것, 탕진하는 겁니다. 그 탕진의 정열 속에 인생의 의미가 있죠. 섹스나 먹는 것 같은 조야한 탕진에서부터 아주 고상한 상징적 탕진까지……."

이 대목에서 얼핏 그가 무섭다는 생각과 안됐다는 생각이 엇갈렸다. 문득 나도 모르게 당신은 성공할 것이며 그때 나도 좀 생각해

달라는 웃음기 담긴 말을 덧붙였다.

"왜 이러십니까? 성공 안 해도 그만입니다. 『인간의 길』을 쓸 때도 나 혼자 좋은 거야, 나 혼자. 나 혼자 이거 성공할 거야, 1억 부 팔거야, 하면 집사람이 미쳤다고 하죠. 안 되면 그만이지, 하면서 최후의 순간에는 항상 이성으로 돌아와요."

그가 편집위원으로 있는 계간지 『상상』 94년 봄호에 실린, 소설가 장정일과의 인터뷰에서 그는 이렇게 말한 바 있다.

그 말씀은 아름답지만 대국을 보는 태도는 아니라고 생각합니다. 한때 몸을 아껴 백년의 큰 계획을 도모한다면 후세에 무슨 부끄러움이 있겠습니까. 수치를 안고 치욕을 참으며 하기 싫은 일도 하는 것이 남자가 아닙니까. '올바른 삶'에 대해 잘 모르겠다면 그 차선으로 '좋은 삶'을 선택하여 살아남는 것이 진정 옳은 것입니다.

그가 말하는 올바른 삶과 좋은 삶은 어떻게 다를까.

"진리와 선의 문제죠. 지식인사회의 공동 전망에 대해 정의를 내리지 못할 때 이런 태도가 있을 수 있지 않겠습니까. 지식인사회의 공동전망이라는 건 원래 없었던 거다, 우리는 늘 제각기 살아오지 않았느냐, 제각기 있는 그 자리에서 최선을 다해서 살아가자. 이

때는 선의 문제가 되는 거죠, 진리의 문제가 아니라. 상당히 가치 상대주의적인 거죠. 순수하지 못할 수도 있고(웃음)."

보수주의가 이기죠

마지막으로 소설 『선택』에 대한 이문열−전여옥 논쟁에서 엿보이는 것과 같은 보수−진보 구도에 대한 그의 생각을 들어봤다.

"보수주의가 이기죠. 유림이라는 게 실체는 없지만, 핏줄에 기반을 두고 있어요. 예를 들면 전여옥의 그런 글이 나오면 이문열보다 먼저 바르르 떠는 건 재령 이씨 영일파 종친휩니다. 전여옥을 고소한다고 해요. 지금 문중대회를 소집해서 결의를 한다고 하던데, 아마 했을 거예요.

유림이 단순히 갓 쓰고 망건 쓴 사람들은 아닙니다. 그런 사람들은 그저 낡은 시대의 잔영들일 뿐이죠. 유교라는 종교의 핵심은 가족이에요. 가족 구성원들 안에서의 무한한 자기희생과 헌신, 유대, 이런 것들을 종교로 만들어 놓은 게 유림입니다. 그러니까 안정돼 있고 아들들을 건실한 사회구성원으로 키우고자 하는 모든 중산층의 아버지들은 광범위한 의미의 유림일 수밖에 없는 거죠. 그 사람들은 절대적으로 정통윤리 쪽에 설 겁니다. 이 유교라는 건 불가사리 같은 적응력을 가진 이데올로깁니다. 저만 해도 그 이데올로기를 우리 시대에 맞추어 전파하려는 이데올로그 아니겠습니까."

하지만 나 역시 명색이 문화평론가인지라 몇 마디 거들지 않을 수 없었다. 그래서 '아버지 신드롬'에는 표면과 이면이 있으며 표면은 당신이 말한 대로겠지만 이면에 숨어 있는 진실은 이제 아버지들도 이전의 거추장스러운 권위주의를 벗어 던지기를 원한다는 것, 그리고 더 이상 혼자만의 의무는 부담스러워한다는 것, 이제는 권위주의 대신 '열린' 관계를 내심 원한다고 말해 주었다.

그런데 사실 아까부터 그는 맞벌이 부부인 자신의 형편상 어린 두 딸을 어딘가에 맡겨놓았는데 이제 가봐야 될 시간이라며 나를 재촉하고 있었다. 그래선지는 알 수 없으되 그는 나의 이 같은 '진단'에 대해 별다른 이의를 달지 않았다. 그는 대단히 겸손한 투로 "말씀 듣고 보니 배우는 게 많네요. 보통 문제가 아니군요. 판단을 잘 못하겠습니다" 하고 답변했다. 그래서였는지는 알 수 없지만, 이제 그를 보내주어야겠다는 생각이 들었다. 다섯 시간의 인터뷰는 그에게 적잖은 고문이었을 것이며, 무엇보다 그는 그를 기다리는 두 딸에게 좋은 아빠가 되어야 할 테니까.

박재동

박재동 / 1952년 경남 울산 출생. 서울대학교 회화과 및 교육대학원 졸업. 휘문고등학교와 중경고등학교에서 교편을 잡으면서 미술그룹 '현실과 발언' 동인으로 활동함. 1988년 한겨레신문 창간 때부터 1996년 6월까지 '한겨레 그림판'을 그렸고, 현재 극장용 장편 애니메이션 〈오돌또기〉를 작업중이다. 작품집으로 『환상의 콤비』(1989) 『합당블루스』(1992) 『아이야 우리 식탁엔 은쟁반에』(1994) 『만화 내사랑』(1994) 『목 긴 사나이』(1996) 등이 있다.

천한 것 속에 귀한 것이 있어요

'한겨레 그림판'을 보고 탄복의 박수를 쳐댄 내가 정작 그것의 창조주격인 박재동과 만났을 때, 놀랍게도 머릿속의 수많은 그림판들이 한순간 어디론가 날아가 버렸다. 그는 분노와 설움, 재채기가 터질 것 같은 웃음, 그리고 단단한 결의로 이어지는 그림판의 한 칸보다 훨씬 넓고 탄력 있는 인간(人間)으로 다가왔기 때문이다. 비유컨대 예술가 박재동이 인간 박재동에게 더부살이한다는 발견, 이것은 참으로 즐거운 수확이 아닐 수 없었다.

부끄러움의 문화에서 아웃사이더의 자리로

『만화, 내 사랑』이라는 자전적 에세이에 등장하는 박재동의 자화상을 한 구절로 말하면, 이린 이마에 우울 한 조각을 새겨 넣은 '만화방 아이'였다고 할까. 화전민 증조부와 농민인 조부, 그리고 초등학교 교사인 아버지의 뒤를 이은 박재동은 남아도는 살 따위는 용납하지 않는 듯한 민중적인 강골(強骨)의 이미지를 타고났다. 하지만 거기에 어느 샌가 덧붙은 뒷골목 만화방의 분위기는 그에게 '천한 것을 알아야 귀한 것을 안다' 는 낮은 포복의 세계관을 가르쳐 주었고, 아울러 세상의 밑바닥에서 천장까지를 한데 꿰뚫어 보는 시야를 마련해 주었다.

"초등학교 3학년 때 부산으로 이사했어요. 그때 우리집은 만화 가게를 했죠. '만화라는 거, 하 이거 정말 재밌다' 하면서 빠져들기 시작했어요. 시골에서는 어른들도 공부에 대해 그렇게 집착들을 안하고 또 만화를 좋아하셔서 잘 몰랐는데, 부산에서 만화가게를 하다 보니 서서히 이게 창피한 거고 공인받지 못한 거라는 걸 알게 됐죠. 만화 많이 보면 꾸중듣잖아요. 초등학교 중학교 때 가정방문 같은 거 하면 비가 오거나 해서 선생님이 안 왔으면 하는 생각도 들고(웃음). 왠지 부끄러움이 있었어요. 하지만 만화에 대한 처음의 인상, 좋아했던 건 변함이 없었어요. 변할 수가 없죠.

처음엔 교사였던 아버지가 몸이 편찮으셔서 만화가게를 내신 건데, 대학교 때까지도 하셨어요. 만화가게 하면서 떡볶이, 팥빙수 같은 것도 팔아서 학비도 보내 주셨고. 그런데 학교에서 매일 불량식품 사먹지 마라, 만화가게 가지 말라는 소리를 들으니까, 문방구 같은 건전한 걸 하면 좋겠다고 생각했죠."

그가 애초부터 아웃사이더에서 출발했던 건 아니다. 초등학교 시절의 그는 '공부를 좀 하는' 모범생이었다. 그렇지만 주류(主流)에 속한 것의 편치 못함에 조금씩 부대끼던 그는 중학시절, 이를테면 '해방구'에 비유되는 미술실을 들락거리며 성적을 바닥까지 떨어뜨린다. 이른바 모범생의 겉옷을 벗어던진 것이다. 그렇다면 당시 그가 둥지를 튼 미술실이라는 공간은 어떤 곳이었을까.

"그곳에서는 큰 간섭 없이 마음대로 놀고, 그림만 그리면 되니까 너무 좋았어요. 보통 애들하고 다른 문화권에서 산 거죠. 지금 생각해 보면 문화예술계나 연예계 비슷한 공간인데, 딴 애들 특히 모범생들은 입시를 위해서 치닫는 동안 전 그림이라는 새로운 문화의 장에서 놀게 된 거죠.

그러다 보니 다른 애들하고 정신적으로 좀 다른 느낌이 들면서 남들을 굉장히 웃기는 개그맨이 됐어요. 오락도 잘하고 이야기도 잘해 주고, 또 만화책이나 만담집 같은 걸 직접 만들기도 했죠. 선생님도 제가 그린 것들을 정신 없이 볼 정도였어요. 어떤 선생님은 심지어 수업시간을 일부러 할애해서 얘기를 시키기도 하셨어요. 그래서 웃기는 이야기를 잘하는 학생으로 소문이 났었죠."

해방구 미술부, 세상으로 가는 탈출구

이렇게 모범생의 자리에서 걸어나온 그는 고등학교 시험에 떨어지고 재수를 하면서 담배도 피우고 술도 마시게 된다. 그는 이처럼 고등학교 재수생 때부터 담배를 피워 문 것은 '남자가 이 나이 되면 담배를 피워야 되지 않겠나' 하는 엉뚱한 자각 때문이라고 말하면서 웃음 지었다.

이 같은 일탈의 순간들은 마침내 그의 가슴 한구석에 싹터올랐던 모범생의식, 엘리트의식을 깨끗이 밀어내고 그를 열외의 인간으로 자리잡게 만든다. 그리고 만화방 아이의 부끄러움과 오기 역시 인사이더(insider)에서 아웃사이더(outsider)로 옮아가는 데에 결정적인 역할을 했으리라 짐작된다.

"고등학교 들어가선 공부 열심히 하는 애들이 티껍게 보이더라구요. 이 새끼들은 진심으로 공부하는 게 아니라 순전히 잘먹고 잘살려고 공부한다는 생각이 들었어요.

고등학교 입학하던 첫날 얻어맞았어요. 그때는 고등학교 시험치는 게 얼마나 힘들었습니까? 입학했으니까 다들 고등학교 생활에 대한 꿈이 있었죠. 그런데, 첫날 선생님께서, '너희들 인제 고등학교 들어와서 생각들이 많은 모양인데, 꿈 깨라, 대학교 가려면 지금부터 시작이다' 하시잖아요. 내 입에서 자동적으로 '웃기고 있네' 소리가 나오더라구요(웃음). 선생님이 들었죠. 불려 나가서 얻어터지고 수업 끝날 때까지 꿇어앉아 있었어요."

이제 그는 만화방의 부끄러움을 미술부의 자유로 이전시킨 채, 기존의 체제 바깥에 서서 그만의 새로운 세상을 꿈꾸고 있었다. 그런데 신천지를 꿈꾸는 자에게 흔히 있게 마련인 추상적이고 실험적인 성향, 그러니까 조급한 주관주의를 잡아누르는 것이 있었으니, 그것은 바로 미술부의 사실풍(寫實風)이었다.

"고등학교 들어갈 때는 그림을 그리기보다는 오브제를 사용해서 척 붙인다거나 추상화를 하려는 생각에 몰두해 있었죠. 그런데 미술실 분위기가 사실풍이라 내가 하는 게 먹혀들지 않았어요. 미술 선생님도 굉장한 사실파였구요. 어쩔 수 없이 서서히 사실풍에 젖어갔어요. 마구 처바르는 따위의 작업을 하고 싶었는데 못했죠. 하지만 후회하진 않아요. 사물을 진정하게 본다는 자체가 도움이 됐거든요."

만화가게의 뜨거운 단내를 일단 접어놓고 미술부를 거쳐 서울미대 회화과에 진학한 박재동에게 만화로의 귀로(歸路)를 마련해 준 것은 엉뚱하게도 이발소 그림이 준 평화(!)였다.

"그때 말하자면 민중이 숨쉬던 이발소 그림 같은 데 시선이 갔어요. 왜냐하면 딴 작품들은 너무 권위적이어서 실질적인 이익이 민중에게 돌아가지 않는다는 생각이 들었어요. 물론 이발소 그림은 기법이나 모든 면에서 정신이 제대로 담기지 않은 천박한 그림이긴 해요. 그런데 이발소에서 이발하는 동안에는 오리가 동동 떠다니는 그런 그림이(웃음) 평화를 주더라구요. 마치 유행가 음악을 듣듯이.

그리고 이발소 그림 말고는 일반 사람들이 접하지 못하잖아요. 그렇다면 실질적으로 사람들과 호흡하는 게 무얼까 하는 생각이 들었죠. 옛날에는 이발소 그림 같은 거나 춘향이 그네 타는 거, 꽃

피는 봄 풍경 같은 게 많았죠. 조야하지만 보통 사람들이 친근하게 즐기기 때문에 가치가 있다고 생각했어요. 그런데 저런 걸 너무 무시하고 천시한다는 생각이 들었어요. 또 이것들을 천시하는 '미술'을 보면서, 평론가들도 제대로 이해 못하는 것들이 어떻게 더 가치 있다고 말할 수 있으며, 사람들한테 무슨 도움이 되겠는가 하는 생각이 들었죠. 극단적이긴 하지만 일리는 있다고 생각했어요. 그래서 누구나 즐길 수 있고 볼 수 있고 감동할 수 있는, 생활 속에 살아 있는 예술을 원한 거죠. 자기네들끼리만 즐기는 건 무가치하다고는 말할 수 없어도 분명 의심스러운 거라고 생각했어요. 만화도 그런 점에서 맥락을 같이해요. 만화란 게 말하자면 '발전된 사실(寫實)'의 형식이거든요."

박재동은 결국 이발소 그림에서 받은 '천한 것'에 대한 감동을 만화에 실었고, 만화 그리기의 신명은 마침내 그를 문화판의 새로운 재편, 그러니까 '뒤집기'를 꿈꾸고 실천하는 쪽으로 인도한다.

"저는 미술교사 하다 만화가가 됐는데, 그림 하면 벌써 엄숙하게 느껴지지만 만화는 그야말로 천민문화였어요. 하지만 그런 천민문화가 결국은 인심을 얻어서 새로운 문화, 이 시대의 살아있는 신명의 문화가 되고 있어요. 왜냐하면 만화는 우리 시대에 부응하는 출판이라는 매개를 통해 많은 사람들에게 다가가는 위력을 갖고 있거든요."

하지만 만화를 '뒤집기' 의 선봉장으로 내세우는 데는 그럴 만한 이유가 또 있다.

"초등학교 갓 들어가서는 그림일기를 쓰죠. 그림과 글을 합쳐서 자기의 삶을 나타내는 것이야말로 자연스럽고 가치 있는 일이라고 생각해요. 그런데 점점 글이 많아지고 그림은 적어지면서, 나중엔 글만 남죠. 그림이란 건 지성적이지 않다 해서 점점 천시되고, 그림은 또 그림대로 독립해서 점점 문학성을 배제하고 완전히 관념적이거나 실험적으로 나가죠. 이것을 발전된 상태에서 새롭게 회복한 것이 만화라 할 수 있어요. 글이 필요할 땐 글이 들어가고 그림이 필요할 땐 그림이 있어야 자연스러운 거지, 그림은 무조건 있

으면 안 된다거나 글이 있으면 안 되는 건 아니죠.

초등학교 아이들이 그림을 그릴 때 말이 필요없으면 그림만으로 표현하면 되지만, 말이 필요할 때는 또 말을 넣어야 되는 거거든요. 그런데 지금까진 그런 자유가 없었죠. 이렇게 되면서 심각해지고 무거워지고 삶을 표현하는 데 많은 제한을 받기 때문에, 말하자면 무성영화처럼 돼 버리죠. 그렇지만 지금은 글과 그림, 소리 들이 필요할 때마다 자유롭게 섞일 수 있는 멀티(multi) 시대이기 때문에 가장 삶에 가깝고 자유롭고 풍부한 것이 당연히 위력을 가질 수밖에 없습니다. 이미 민심이랄까 애들의 자유로운 감성은 이런 걸 원하고 있어요. 수업도 이런 식으로 해야 될 시기예요."

그는 이처럼 발랄하게 생동하는 표현양식의 대표격인 만화가 '박물관으로 가는 길목에 있는' 고급화된 예술과는 달리, 특히 젊은 층의 대중으로부터 열렬하고 폭넓은 지지를 받고 있다고, 그래서 만화는 마침내 뒤집기의 전위(前衛) 역할을 맡을 거라고 한다.

"아직 예술로서 인정받지는 못했지만 우리네 삶을 권위 없는 솔직함으로 표현하는 만화는, 이미 충분한 세력을 얻고 있다고 봐요. 어린이와 청소년들에게 굉장한 지지를 받고 있고, 어릴 때부터 만화를 보며 자란 30대들로부터도 지지를 받고 있어요. 이처럼 대다수의 대중이 만화를 지지하기 때문에, 뒤집힐 가능성이 높은 거죠. 그 다음에는 만화의 솔직성과 민중성이 고급예술의 또 다른 쓸

만한 부분과 결합할 거라고 봅니다. 만화의 장점과 고급예술의 오랜 경륜이나 실험정신이 만나게 될 거예요. 그러니까 만화말고 다른 그림이 없어진다는 게 아니라, 다만 이들의 독재가 무너지고, 스스로 솔직하게 대중과 함께 하는 형태로 바뀌는 거죠.”

그는 만화에 뒤집기의 전위 역할을 부여하는 근거로서, 만화가 태어날 때부터 지닌 특성인 ‘권위 없는 솔직함’을 수없이 강조했다. 하지만 모든 만화가 그런 것은 아니다. 그렇다면 만화의 이 같은 본성을 생생하게 살려내는 만화가 박재동의 내면은 도대체 어떤 걸까.

천해질수록 삶의 폭이 넓어지는 거죠

“결국 선비정신 같은 지성과 장인정신 같은 예술성이 정점에서 부딪혀 빛을 발하는 건데, 저에게는 또 하나, 무당의 천민정신 같은 게 있어요. 이건 순전히 제 생각인데, 고상한 지성이나 자기를 표현하는 장인(匠人)정신만으로 되는 게 아니라, 말하자면 광대의 끼 같은 것이 있어야 돼요. 그러니까 천한 것 속에 귀한 씨앗이 있다고 생각해요.

저는 가끔 삼류영화 속에서 중요한 것을 발견합니다. 왜냐하면 부담이 없다 보니 솔직할 수 있고 새로운 느낌을 줄 수 있기 때문이에요. 물론 품위도 있어야 하지만, 중요한 것은 솔직성이라고 생각해요. 쉽게 말해서 그 말을 거지가 했든 미친놈이 했든 와닿기만 하면 되는 거죠. 제 속에는 짓궂고 익살스럽고 못된 놈, 놀기도 잘하는 고약한 놈, 음유시인에다 화가에다 술 먹고 이상한 짓 하는 날나리패 들이 있어요. 마음속에 그런 광대나 개그맨 같은 기질이 있어요. 사람들은 정작 자신은 천한 짓을 하고 싶어도 못하니까 그걸 부담 없이 대신 해 주는 무언가가 필요한 거죠. 옛날 사당패, 풍물, 만담이나 웃기는 소리하던 사람들이 지금은 문화인이 됐잖아요. 천해질수록 삶의 폭이 넓어지는 거죠. 악(惡)도 알고 천해져야 고상한 것, 고귀한 것을 알게 되는 거예요. 너무 내려가지 않으려 하고 고상하기만 한 건 와닿지 않잖아요.”

만화영화는 이 시대의 가장 총체적인 예술

요즘 들어 박재동은 무척 바쁘다. 정들었던 한겨레 그림판을 떠나 만화영화 〈오돌또기〉의 제작에 눈코 뜰 새 없다. 그렇다면 이제는 왜 '만화영화' 인가.

“기존의 예술계를 지배하는 사람들의 눈에는 만화영화가 예술이라기보다는 그저 아이들 상대의 판타지로 비치고, 자기들이 가진 고고한 정신세계를 계발하지 못하는 것으로 보이겠죠. 하지만 대중문화를 존중하고 대중문화에 생동감이 있다고 보는 저는, 이제 만화영화가 이 시대 문화의 주류로 서서히 발돋움하고 있다고 생각합니다. 아직은 만화영화가 우리시대 문화의 첨단을 달리는 것이라고 자신있게 말하는 사람은 별로 없습니다. 하지만 이 시대를 이끌어가는 가장 중요하고 총체적인 예술이 뭐냐고 물으면, 저는 주저하지 않고 만화영화라고 대답할 겁니다."

어쩌면 그는 만화의 뒤집기 전략을 실천하는 데 영화라는 최첨단의 옷을 덧입는 것이 대단히 효과적이라고 생각하는 것 같았다. 아니면 각자의 골방에서 따로따로 존재하는 뒷골목문화의 잠재적인 힘을 한데 모아 불지르는 '권력의 구심점' 같은 것으로서 만화영화를 생각하는지도 모른다.

"미술감독을 맡은 강요배 화백이 그린 〈오돌또기〉의 아름다운 배경그림은 참 좋아요. 만화영화는 만화적인 특성에다가 회화적인 것, 그리고 음악적인 것을 완벽하게 결합시킨 것이기 때문에 가장 강력합니다. 그 동안 회화와 음악, 문학이 발전시킨 좋은 것들을 만화가 결합시킬 수 있다면 가장 강력한 종(種)이 탄생할 수 있어요. 그래서 만화가 갖고 있는 비권위적인 솔직성을 수용한 문화가 비로소 자리잡게 되는 거죠."

박재동과의 인터뷰는 민화영화 〈오돌또기〉의 직품설명회 및 제작 기금 마련을 위한 전시회장에서 진행되었다. 제주민요인 오돌또기와 이어도사나가 은은하게 흐르는 전시회장에서는 똥갱이나 원생이, 해아, 누렁코처럼 해학 어린 정감이 듬뿍 묻어나는 등장인물들이 느닷없이 다가와 다정하게 말을 걸어오는 듯했고, 또한 제주의 역사적인 정서가 한순간에 확 끼쳐오는 진한 서정의 불꽃같은 게 느껴지기도 했다.

제주의 민속적인 삶을 밑그림으로 해서 4 · 3항쟁이라는 가슴 아픈 역사적 사건을 삼분지 일 가량 새겨 넣을 예정인 만화영화 〈오돌또기〉. 그날의 상처를 설득력 있게 보여줌으로써 화해의 치유책을 찾아보겠다는 이 작품이 어떤 모습으로 우리 앞에 다가올지 자못 궁금하다.

"풍경화에는 여러 갈래가 있어요. 이발소 그림같이 뺀질뺀질한 것, 북한 그림같이 그럴 듯하게 잘 그렸지만 주체적인 톤이 없는 것, 디즈니처럼 풍경화 하나하나가 느낌을 주진 않으면서 그냥 만화영화에 맞도록 그려진 것, 그리고 사물 하나하나를 찬찬하게 보아내서 서정적이고 깔끔하게 다듬은 일본식 그림이 있죠. 그에 비해 우리 그림은 생것 날것이라는 느낌이 들어요. 그래서 우리는 스스로 약간 거친 것을 인정하고 그림에서 다가오는 느낌만을 중시하면서 자연을 좀더 자연스럽게 바라보고 그려낼 생각입니다.

또 강요배 화백은 제주의 물과 바람 하나하나를 겪으며 자라선지 그만큼 제주를 잘 그리는 사람이 없어요. 우리 스케치에 그 정신을 깔아놓은 셈이죠."

얘기를 듣고 보니 만화영화 〈오돌또기〉는 어쩌면 이제까지와는 전혀 다른 새로운 판 하나를 벌이는 것을 의미했다. 그리고 이 같은

판 벌이기를 위해서 그들은 인간 박재동을 담보로 2년 후의 극장표 두 장씩을 예매함으로써 한 장의 셀(cell) 그림을 위한 비용을 지원해줄 8만 명의 후원자를 모으고 있었다. 8만 장의 셀 그림을 각각 붙들어 주는 8만 명의 지지자들을 꾸려내는 것, 이건 또 얼마나 힘겨우면서도 얼마나 신명나는 일인가.

어느덧 인터뷰를 마무리할 시간이 다가와 그에게서 알아내려고 마음먹었던 이런 저런 사항들을 마지막으로 점검하던 나는, 문득 연극배우인 그의 부인, 그러니까 영화 〈너에게 나를 보낸다〉에서 은행원(여균동 감독 분)을 공포에 몰아넣는 유한마담으로 등장하여 우리를 포복절도케 한 그녀의 유들유들하고 무시무시한 얼굴이 떠올랐다. 그래서 그에게 슬쩍 장난스러운 딴지를 걸어봤다.

"아내한테 꼼짝 못하는 공처가라던데 진짜예요?"
"맞아요, 도저히 반항할 수가 없어요."
"왜요?"
"제가 꼼짝 하면 분위기가
경직되니까, 제가 먼저 화해를
청해야죠."
"화해는 어떻게 청하세요?"
"몸으로 때우죠 뭐, 하하하 ……."

박광수

박광수 / 1969년 경기도 운천 출생, 단국대학교 시각디자인학과 졸업, 현재 디자이너,
만화가, 일러스트레이터로 활동중이다. 1997년 4월부터 조선일보에 만화 '광수생각'
을 연재하고 있고, 에세이집으로 『지금 달에는 닐 암스트롱이 산다』(1997)가 있다.

바보라고 생각한 천재

만화가 박광수를 만나기로 마음먹은 뒤, 그에 대해 주변에 물어보니 한결같이 동명의 영화감독을 떠올렸다. 너무나 확신에 찬 그들의 짐작을 어쩐지 거슬러오르는 심정이 된 나는, 최근 조선일보에 신뽀리라는 주인공을 등장시켜 인기를 끄는 동명(同名)의 만화가라고 조심스레 고쳐 말했다. 그러자 그의 만화를 본 적이 있는 사람은 거의 예외 없이 두 가지의 느낌을 드러냈다. 하나는 그의 만화에서 경험한 참신한 재미에 대한 즐거운 회상이고, 다른 하나는 만화가로부터 만화말고 무슨 다른 말을 들을 게 있냐는 시큰둥한 반응이었다.

나 역시 그들과 엇비슷한 이유로 망설여지는 면이 없지 않았다. 무엇보다 현실에서는 눈에 잘 띄지 않는 논리의 사각지대를 묘하게 파고드는 그의 만화를 생각하면 어쨌든 조리 있게 설명해 내고픈 나의 성에 찰 만한, 옹글게 떨어진 말들을 건져내기가 어려울 거라는 생각이 들었다. 그리고 도대체 그를 새삼 논리의 벌판으로 끌어낸다는 게 어딘지 걸맞지 않아 보이기도 했다. 게다가 촌철살인

(寸鐵殺人)하는 만화보다 한 걸음 더 나가는 글을 써내기가 애당초 어려울지 모른다는 생각도 껄쩍지근하게 따라붙었다. 하지만 어쨌든 인터뷰를 강행한 까닭은, 이전에는 초장부터 외면하고 싶어 했던 반듯한 논리 바깥의 것들에 언제부턴가 마음이 끌리고 있었고, 또 그가 그려낸 만화의 속내를 더듬어 보면 어쩐지 그것들을 향한 마음의 빗장을 열 수 있을 거라는 생각이 들었기 때문이다.

강변역 근처의 오피스텔에 있는 그의 사무실을 찾은 것은 오후 4시 반이었고 인터뷰를 마친 것은 밤 11시 반이었으니, 그의 주변에서 무려 일곱 시간을 어슬렁거린 셈이었다.

우리의 대화는 십리는커녕 몇 걸음도 못 가 발병이 나곤 했다. 그를 만나려는 손님이 줄을 지어 찾아온 데다 그와 이야기하려는 전화가 수도 없이 걸려왔기 때문이다.

일년 전까지만 해도 스트리트 페이퍼(카페 등에 비치하는 無價紙)에 만화를 연재하는 병아리 작가였던 그가 세상의 주목을 받기 시작한 것은 1997년 4월 유력 일간지 조선일보에 연재를 시작한 얼마 뒤였으니, 아마도 이러한 방문은 이즈음 절정에 이르렀을 터였다. 그를 만나러 온 사람들 가운데는 어린이 양말에 스누피 대신 신뽀리를 넣으려는 양말회사 직원도 있었고 나처럼 인터뷰를 하러 온 월간지 기자도 있었는데, 어쨌든 대부분의 용건이 그가 누리는 인기에 기인하는 것이었다. 말하자면 그의 만화의 대중적 인기는 그에게 권력(!)에 가까운 무엇인가를 가져다준 셈이다.

첫 대면이었지만 적어도 나의 눈에 비친, 나를 비롯한 이들을 맞는 그의 모습은, 예컨대 국회의원이 지역구 구민과 악수를 나누는 것처럼 여유 있고 세련되어 보이지는 않았다. 그는 어느 순간 급작스레 찾아들기 시작한 사람들을, 다소간의 반가움과 경계심이 섞인 마음으로, 마치 자신의 만화 속 주인공 신뽀리처럼 어딘지 어눌한 표정으로 조심스레 탐색하는 듯했다.

그의 말에 따르면 그는 콤플렉스가 심한 사람이다. 머리가 나쁘고 지식적으로도 약간 '모질라며', 뚱뚱하고 평발에다가 못생겼고 피부도 안 좋기 때문이다. 말하자면 그 역시 거개의 만화가들이 운명적으로 타고나게 마련인 낮은 포복으로 세상 바라보기에 그 나름으로 단단히 잡혀 있는 사람인 듯했다. 그래서 그가 계속 인기를 누리면서도 지금과 같은 눈높이를 끝까지 유지한다면, 그것은 그를 언제까지나 자유롭게 해줄 거라는 생각이 들었다. 적어도 조만간 그의 자세가 변할 것 같지는 않았다. 그래서 나는 그에게 이 같은 낮은 포복의 자세를 마련해 주었을 그의 지난날의 삶으로 자연스레 눈을 돌렸다.

공부가 하기 싫어 꼴찌를 노밟은 바보였죠

인터뷰 내내 그는 자신을 가리켜 멍청하다거나 바보라는 말을 서슴없이 반복했다. 하지만 그 단어들은 겸연쩍은 농담기를 머금은 낯익은 뉘앙스와는 어딘지 다른 느낌을 담고 있었다. 그는 이 말들을 본래의 의미로 진지하게 사용했는데, 말하자면 그는 자신이 정말 바보라고 생각해온 것이다.

"저는 20대 초반까지도 아무 것도 될 수 없는 사람이라고, 너무 무능하다고 생각했어요. 그림을 그리게 된 것도 그림 외에는 할 줄 아는 게 없었기 때문이에요. 공부도 못했고 다른 재주가 없었으니까 선택의 여지가 없었죠. 재수할 때 예비고사 340점 만점에 90점 정도 맞았으니까 정말 바보였죠. 대학을 간 것도 용했지만 그것도 그림을 하지 않았으면 거의 불가능한 고지였어요."

너무도 진지하게 자신이 바보였다고 말하는 그 앞에서 차츰 얼굴의 웃음기를 거두지 않을 수 없던 나는, 도대체 성적이 어느 정도였냐고 조심스레 물었다. 그의 답은 59명 중에 58등 정도 했다는 것, 그것도 한 명이 결석을 하곤 해서. 말하자면 꼴찌를 도맡았다는 것이다. 그는 공부란 걸 전혀 안 했으며 공부를 왜 해야 되는지를 잘 몰랐다고 한다. 공부를 웬만큼 한 편이라 그런 생각을 해본 적이 없는 나는, 왠지 안타까운 기분이 들어 이유를 물었다.

"처음부터 안한 것 같지는 않아요. 하다 안 되고 못 쫓아가니까 어쩔 수 없는 부분도 있었겠죠. 그런데 미술시간에 찰흙을 잘 빚는다든지 체육시간에 줄넘기를 잘하는 건 전혀 평가대상이 안됐거든요. 거기서부터 좌절이 시작된 것 같아요. 왜 하필 내가 제일 못하는 공부만이 절대적인 평가 기준인가 하는 생각을 한 거죠."

공부 말고 나름의 뭔가를 보여주겠다는 생각을 해보진 않았냐고 물었더니, 그때는 절대적인 평가 기준이 공부였기 때문에 공부 외의 다른 걸 하고 있으면, 공부 안하고 또 딴짓 하고 있다는 말만 들었다고. 이렇게 공부 못하는 아이는 영락없이 바보 취급을 받는 교육환경에서, 그의 말에 따르면 자신이 바보라는 생각 자체를 어쩔 수 없이 '학습하게' 되었고, 그 후로는 그냥 죽 바보로 지냈다는 것이다.

얘기가 이쯤에 오니 자신이 바보라는 얘기를 농담 아닌 진담으로 입에 달고 있는 까닭을 알 것 같았다. 그는 살다 보니까 바보라는 말껍데기를 뒤집어쓰지 않을 수 없어 스스로도 바보라고 생각하기는 하지만, 적어도 자신을 바보로 만든 평가 기준을 결코 인정할 수 없는 것이었다. 그래서 공부를 열심히 하는 것은 타협하는 거라는 생각을 하기도 하면서(이 대목에서 그는 눈시울을 붉혔다), 언젠가는 바보가 아니라는 걸 보여주겠다는 마음속 칼을 은연중에 갈아온 모양이다. 최근에 그의 만화가 '뜨면서' 그 마음속 칼에 신기하게도 날이 돋아나 자신이 바보가 아닐지 모른다는 생각을 기쁜 마음으로 확인하게 된 박광수. 그의 나머지 삶은 자신을 바보로 낙인찍은 평가 기준을 무너뜨리는 데 바쳐질 거라는 생각이 들었다.

학교에서 도덕교육을 받은 적이 없어요

자칭 타칭 바보라는 꼬리표를 달고 살았던 그의 학창시절 얘기를 듣던 나는, 이 친구의 사고방식이 세상의 기준과 다르거나 그것을 나름의 뱃심과 고집으로 거부해서 그렇게 된 것이지, 본래 머리가 나쁜 것은 아닐 거라는 생각이 들었다. 그래서 대뜸 아이큐가 얼마냐고 물었다.

"중학교 땐데, 시험처럼 아무거나 찍었거든요. 아마 들으면 거짓말이라고 생각할 거예요, 제가 멍청한 데 비해 높은 수치가 나와서. 물론 찍었기 때문에 그렇게 나왔겠지만."

여러 차례 망설인 끝에 그가 밝힌 수치는 145. 이것은 물론 평균치를 웃도는 수준이다. 하지만 그렇다고 해서 갑자기 그를 천재로 추어올리는 것은, 이전에 그를 바보라고 손가락질하던 것만큼이나 지나친 것이다. 그렇지만 적어도 그가 죽어라 노력해도 별다른 성과가 없는 부류가 아닌 것은 분명하다. 그렇다면 제도교육의 두 분야 가운데 학문적인 원리를 학습하는 분야는 어쩌다가 따라가기 어려워졌다고 하더라도, 도덕이나 윤리의 이름으로 그 사회의 지배적인 가치관을 내면화하는 다른 분야는 분위기 파악 정도의 노력만으로도 꼴찌는 면했을 거라는 얘기가 가능하다. 그래서 곧바로 당신은 도덕이나 사회, 국어 같은 데 나오는 도덕적 규범들까지 거부했던 건 아니냐고 물어봤다. 그런데 기다렸다는 듯이 튕겨져 나온 그의 대답은 예상보다 훨씬 단호하고 신랄했다.

"저는 학교에서 도덕적인 교육을 받은 적이 한번도 없어요. 교과서의 가르침은 워낙 입시 위주니까 도덕적이라고 생각하지도 않았구요. 도덕적인 선생님을 만나야 도덕적인 교육이 가능하다고 생각했는데, 정말로 한번도 만난 적이 없어요. 고등학교 1학년 때 정말 우리를 생각하고 이해하는, 우리편이라고 생각되는 선생님이 한 분 계시기는 했어요. 하지만 나머지는, 예컨대 자전거 타고 돈 받으러 다니는, 늘 그런 사람들뿐이었죠."

그는 아마도 잘 살았기 때문에 그런 걸 많이 보면서 자랐던 것 같다고 덧붙였다. 한 번은 집에서 1천만 원어치를 도둑맞았는데 경찰이 와서 수사비로 3천만 원을 받아간 적도 있다고 한다.

문득 그의 만화 가운데 '인간'이 빠진 교육현실에 대한 날카로운 공격의 메시지를 담은 두어 편이 떠올랐다. 그래서 교육에 대한 당신의 만화에서는 때때로 싸늘한 분노가 느껴지더라고 말했다. 그는 예컨대 '들꽃반' 편은 어느 여고의 실화인데, 그 학교 선생님은 학부모들이 원해서 어쩔 수 없이 그런 구분을 실시하게 됐다고 했지만 자기 같으면 단 한 명의 반대에 의지해서라도 충분히 설득 가능했을 것이라고 받았다. 그뿐 아니라 자신의 경험으로 되돌아가 난지 공부를 못한다는 이유로 쓰레기 취급을 받는다는지, 결코 사랑이 담겼다고 할 수 없는 매를 재미 삼아 때리는 선생님의 얘기라든지……, 그는 끝도 없이 늘어놓았다.

그러고는 문득, 고등학교 때 하루 종일 150대 이상의 매를 맞은 얘기를 꺼냈다. 피 때문에 옷과 엉덩이가 서로 달라붙어 뗄 때 무척

우리 학교에는 꽃이름을 가진 반이 3개가 있습니다.

꽃이름은 백합, 장미, 튤립입니다.

꽃이름의 속 뜻은 서울대, 연세대를 지원하는 학생들의 반을 지칭하는 것입니다.

지금은 더운 여름입니다.

그들은 에어컨이 가동되는 환경에서 공부하며,

우리는 여름내내 아직 한말의 땀을 더 흘려야 합니다.

우리는 들꽃반입니다.

세상을 아름답게 하는 것은 들꽃입니다. 광수생각 END.

힘들었다는 이 대목에서, 그는 또다시 눈물을 글썽거렸다. 무슨 남자가 이렇게 잘 울까 하는 생각이 들면서도 나 역시 본래부터 맥없이 감동을 잘 하는지라 어느덧 마음 한구석이 짠해졌다.

도덕이란 남을 기쁘게 해주는 것

그러니까 내가 그를 향해 조심스레 던진, 당신이 꼴찌 주변을 맴돈 데는 제도교육의 도덕적 규범을 받아들이지 않은 것도 한몫하지 않았냐는 질문은, 도대체 제도교육에 무슨 도덕성이 있냐는 싸늘한 반문으로 되돌아온 셈이다. 다소 궁지에 몰린 나는 그래도 도덕시간에는 도덕적인 것을 배우지 않았느냐고 물었다. 그러자 그는 학교에서 배운 도덕적인 거라곤 길거리의 쓰레기를 주워서 휴지통에 넣는 식의 것들뿐이었다고 했다. 쓰레기 줍는 것도 물론 도덕적인 것이긴 하지만 굉장히 도덕적인 것 같지는 않고, 그냥 '청소를 잘하는' 거 아니냐고 되물었다(이 대목에서 나는 웃었고, 그는 여전히 심각했다). 그렇다면 그가 생각하는 도덕이란 무엇인가.

"사실은 잘 모르겠어요. 어려워요. 요즘 들어서는 남을 기쁘게 하는 게 도덕적인 삶이라는 생각을 조금씩 하죠. 어떤 모습으로는 자기가 사는 모습이 남을 기쁘게 하면 좋을 거란 생각이 들어요."

문득 언제부턴가 우리 사회에서 도덕적인 삶의 상징으로 부상한 '음란폭력성조장매체공동대책협의회'의 손봉호 교수가 생각나서 그분 얘기를 꺼냈다. 그는 자신이 바로 음란물협의회 회장이기 때문에 그가 어떤 사람인지 모르겠다며 웃었다. 자신은 그런 게 도덕이라고 생각한 적은 없으며 그런 사람의 삶을 이해할 수 없다고도 했다. 그보다는 공부 못하는 애들이 공부를 도대체 누가 만들었을까 하고 생각하듯이, 그런 걸 누가 만들었을까 하는 생각을 해왔다고 한다.

이렇게 그는 기성의 도덕관념을 뼛속 깊이 거부하면서 뿌리 깊은 냉소를 보냈다. 그렇다면 그는 아나키스트거나 반체제적인 인물인가. 하지만 이 같은 그의 성향은 사춘기에 경험한 획일적이고 메마른 교육현실에 대한 반발에서 기인한 것이다. 더구나 그것이 아무런 체계적인 사상의 옷을 걸치고 있지 않음을 볼 때, 그가 설령 대단히 강도 높은 비판의식을 지니고 있다 하더라도 그것은 결국 지극히 감성적이고 개인적인 실천으로 귀결될 운명을 지닌 것이다. 물론 그것은 사안에 따라 때로는 지극히 보수적인 톤으로 때로는 놀라울 정도의 진보적인 목소리로 드러나기도 한다. 이쯤 되면 21세기를 코앞에 둔 오늘의 시점에서 보수언론 조선일보의 신세대적 감각을 대변하는 문화섹션 한켠에 그의 만화가 연재되는 까닭을 그런 대로 납득할 수 있지 않을까.

저는 그냥 좋으니까 좋고 싫으니까 싫거든요

앞서 나는 그가 아무런 사상의 옷도 걸치지 않은 알몸이라고 말했는데 그것은 사실 논리에 대한 그의 체질적인 거부의 결과이기도 하다. 직업 자체가 세상만사를 논리적으로 풀어내는 평론가인 데다 80년대를 지나오면서 사회현실에 대한 구조적인 인식을 앞세우는 것이 체질화된 나로서는 그의 성향이 일단은 낯설고 대책 없어 보인다. 하지만 다른 한편, 그래서 더욱 신선한 호소력을 느낀 것도 사실이다. 물론 나와 그 사이에는 어쩌면 넘어서기 힘든 강이 놓여 있을 테고 또 내 쪽에서 그처럼 '알몸으로' 홀로서는 것은 대단히 불안해 보이기도 한다. 하지만 논리경색증으로 어딘가 혈이 막힌 우리 세대의 사람들, 나아가 수많은 현대인들에게는 그의 시각이 마치 막힌 곳을 뚫어 주는 치료법 같은 신선한 자극이 될 수도 있을 거라는 생각이 들었다. 이것이 바로 그의 만화가 인기를 얻은 비결이기도 할 것이다.

"논리적인 사람은 부럽긴 하지만, 그런 사람하고 얘기할 때는 굉장히 답답해요. 저는 마구잡이로, 생각나는 대로 얘기하는 스타일이어서 비논리의 대명사로 불리지만, 어떤 사람들은 정말 말도 안 되는 걸 끝까지 논리적으로 풀려고 해서 오히려 대화가 안 되기도 해요. 그 사람들이 오히려 꽉 막혔다는 생각을 할 때가 있어요.

저는 그냥 좋으니까 좋고 싫으니까 싫거든요. 그런데 논리적인 사람들은 마치 기다렸다는 듯이 좋은 이유를 103가지나 대거든요. 대단하다는 생각도 들지만 거짓말일 거라는 생각이 더 많이 들어요. 예를 들면 3일 전에 돈 300원을 아무 이유 없이 줬다든가, 내가 좋아하는 노란색 옷을 자주 입는다든가, 여러 가지 복합적인 이유를 대고 좋아하는 식이죠."

이렇게 그는 논리적 사고를 완강하게 거부하면서 모든 것을 감성의 차원에서만 받아들인다. 그러고 보니 새삼 그가 풍부한 감성의 소유자라는 사실이 눈에 띄었다. 그는 무표정한 인상의 건장한 서른 살 남성에 어울리지 않게, 그저 담담하게 넘어갈 수 있는 대목에서도 서너 번이나 눈시울을 적시며 울먹였던 것이다. 나는 다소 짓궂은 어조로 벌써 세 번 이상 눈이 빨개졌노라고 집어 말했다. 그는 다소 민망한 표정을 지으며 이상하게 요즘 들어 조그만 일에도 눈물을 잘 흘린다고 했다. 심지어는 상주가 민망해할 정도로 많이 울어서 초상집에도 못 간다고 한다.

줄곧 그가 지닌 '논리에 대한 거부감'에 골몰해 있던 나는, 그건 아마도 당신이 논리를 너무나 누르기 때문에 다른 쪽에 있는 감성이, 마치 풍선의 한쪽을 누르면 다른 쪽이 커지는 것처럼 부풀려진 게 아니겠냐고 몰아세웠다. 말하자면 논리도 감성만큼이나 세상살이에 반드시 필요한 것인데 당신이 너무 그것을 배척하니까 그만큼 힘든 게 아니냐는 협박성 충고(?)를 던진 셈이다. 하지만 그는 그처럼 잔뜩 힘을 주어 던진 내 말에, 그럴 수도 있겠네요 하고 일순 고개를 끄덕인 다음, 곧바로 자신을 지배하는 감성의 문제로 되돌아갔다. 그 뒤로도 그는 자기가 감정을 억제하는 방법을 완전히 잃어버린 사람 같으며 그런 걸 주체하지 못해서 스스로도 한심스러울 때가 있다고 푸념을 늘어놓았다. 하지만 그는 어쨌든 거기서 탈출하는 일 따위는 생각해 보지 않은 채 그걸 자신의 운명인 양 받아들이고 있음이 분명했다.

그의 감성은 주로 부모님을 비롯한 사랑하는 이들에 대한 것일 때 움직이는데, 이 대목에서 그의 감응력은 유별난 데가 있었다. 그러고 보니 상대적으로 논리가 승한 요즘 세상에서 그가 자진해서 맡으려는 역할이 새삼 의미 있게 다가왔다.

따뜻한 마음이 바이러스처럼 옮겨진다면

그의 만화가 인기를 얻는 다른 이유 중의 하나는 세상을 따뜻한 눈으로 바라본다는 점이다. 그렇다면 그 따스함은 어디서 기인하는 걸까.

"제가 신문에 만화를 연재하면서 제일 먼저 원칙으로 삼은 것이 '절대 남 욕하지 말자'였어요. 신문만화는 남을 욕하게 마련이지만, 저는 신문만화를 할 때만큼은 최대한 다른 사람의 입장에서 그리려고 했죠. 그런데 그런 사람이 많지 않은 것 같아요."

설령 비판을 하더라도 소금은 이해하고자 하는 마음을 함께 가져야 한다는 얘기다. 정말 그의 만화는 신랄한 이야기를 할 때조차 따스한 톤을 유지한다. 그렇다고 그가 개인적으로 세상을 따스한 눈으로 바라본다고 생각하면 오산이다.

"제가 비교적 따뜻한 만화를 그리긴 하지만, 사회에 대해서는 기본적으로 냉소적인 부분이 있는 거 같아요. 제 본연의 자세로 얘기하면 만화와는 다르게 기본적으로 세상사람들을 싫어해요. 그렇게 안 보려고 노력을 하는 거지……."

그것은 기본적으로 자신을 포함한 우리나라 사람들의 행태에 대한 혐오감에서 기인한단다. 남 잘되면 그거 쫓아가기 바쁜 것, 남들의 위선적인 행위에 대해서는 이것저것 따지면서도 막상 자신은 아무런 행동을 하지 않는 것, 외국에 보낸 입양아를 최소한 사후에라도 돌아보는 등의, 우리가 진정 해야 될 일을 하지 않는 것……. 그는 우리가 말만 앞서고 다른 이들을 위한 좋은 일, 그러니까 도덕적인 일은 하지 않고 그저 자기가 뭐해 먹느냐만을 생각하는 것이 안타깝다고 했다. 물론 자신도 그 중의 한사람이라는 말도 잊지 않았다.

그래서 그는 만화의 본질은 재미라고 생각하면서도, 다른 한편 만화를 통해 무언가 말하고자 하는 모양이다. 그는 자신의 만화가 조금이나마 '좋은 생각' 을 품을 수 있는 계기가 되기를 바란다고 했다. 그리고 어떤 이가 그에게 '따뜻한 마음을 전염병처럼 옮기쟈' 라고 말했듯이, 정말 따뜻한 마음이 바이러스처럼 옮겨지면 좋겠다고도 했다.

애초에 내가 그를 만나러 간다고 했을 때, 많은 사람들이 그가 지닌 가장 눈에 띄는 결점은 '설교하려는' 것이라고 말했다. 물론 나는 그에게 이런 말을 전해 주었지만 그의 말을 듣다 보니 아무래도 그를 설득시킬 수 없을 거라는 생각이 들었다. 그는 그렇게 해서 우리가 변할 수 있으리라고 정말로 믿는 걸까.

"저는 진심은 통한다고 봐요. 일각에서 자기를 희생하는 누군가가 있어 그들의 행동을 보며 조금씩 바뀌어가고, 그것이 점점 확산되면 좋을 거라고 생각해요. 계기가 마련되지 않을 뿐이지 우리도 변할 수 있다고 생각해요."

그는 우리 사회의 모든 문제를, 사실은 개개인이 다 알고 있는 것이기 때문에 '텔레비전 채널 돌리듯이' 채널 하나만 돌리면 고쳐질 수 있을 거라고 생각한단다. 너무나 자명한 사실이고 논리적으로 어렵거나 헷갈리는 것이 아니기 때문에. 그의 말을 따라 한껏 발돋움해 보던 나는, 그의 말과는 달리 참으로 '어렵고 헷갈리는' 기분에 빠져들었다. 그는 마음을 움직이는 일이 어렵지 않다고 했지만, 사실 그것이야말로 가장 어려운 일 아닌가. 하지만 그는 자신의 만화를 통해 그것을 믿으라고, 믿어야 한다고, 설교를 계속할 삭성인가 보다.

신뽀리 vs 박광수

조선일보에 '광수생각' 이라는 제목으로 연재되는 그의 만화의 주인공은 신뽀리라는 인물이다. 그의 동창생 가운데 남의 교과서를 잘 훔쳐서, 별명이 신뽀리인 친구를 모델로 한 것이란다. (뽀리는 훔치다라는 뜻으로 사용되는 은어 '뽀리치다' 에서 온 말이다.) 하지만 별로 잘생기지도 않고 멍청한 말만 해서 어이없는 상황에 몰리곤 하는 신뽀리, 눈동자를 끊임없이 굴린다든지 긴장해서 땀을 곧잘 흘리면서 자신의 피해의식이랄까 콤플렉스를 드러내는 신뽀리는 사실상 그 자신을 모델로 한 것이다. 그렇다면 자신의 다른 모습인 신뽀리를 내세워 우리에게 전하려는 설교는 어떤 것들이며, 우리는 그것이 설교임을 웬만큼 짐작하면서도 어째서 그것에 빠져드는 것일까.

우선 그는 달에는 토끼가 안 산다든지, 피가 뚝뚝 떨어지는 스테이크를 먹어도 혈액형 문제가 발생하지 않는다는 등의 당연한 사실에 의문을 제기한다. 그는 공부를 잘하는 사람들은 이미 알고 있는 문제를 자신은 정말로 궁금하게 여긴다고 한다. 하지만 그가 '멍청하게' 던지는 질문들이 다른 사람들에게는 아이러니컬하게도 '세련되게' 느껴진다. 왜 그럴까. 그것은 아마도 언제부터인가 우리들이 이전에는 확고하게 받아들였던 명제(命題)들을 뿌리에서부터 되물어보고 싶어졌기 때문일 것이다. 하지만 그것은 여전히 먼곳의 도깨비불처럼 비현실적인 가능성으로만 남겨져 있고, 어떤 면에서는 기성의 명제들이 도리어 갈수록 단단해지는 것처럼 보이기도 한다.

그래서 그의 만화가 그런 가능성들을, 노루꼬리처럼 짧은 것이나마 무언가 정서적으로 '만져지는' 것으로 담아냈을 때, 모두들 기쁜 마음으로 그걸 집어든 것이다. 그런 면에서 그의 만화는 대단히 적절한 시기에 우리 앞에 나타난 셈이며, 그의 인기는 다소간의 무례를 무릅쓴다면, 어쩌면 '소가 뒷걸음치다 쥐를 잡은' 경우일 수도 있으리라. 하지만 여기에는 짚고 넘어가야 할 것이 있다. 그는 뒷걸음질쳐서, 그러니까 진실로 '멍청하게' 다가갔기에 정말로 쥐를 잡아내는 쾌거를 올릴 수 있었던 것이다. 어쩌면 우리는 '발상의 전환'을 위해 지금까지와는 전혀 다른, '사고방식의 코페르니쿠스적 전환'을 감행해야 할지도 모른다.

그는 자기도 모르게 가지런히 반 옥타브를 내려 불러 나름의 '조화로운 불협화음'을 만들어 내는 음치와 같은 존재일지 모른다. 하지만 좌중은 그가 선사하는 낯선 조화에 불쾌함을 느끼기는커녕 기꺼이 교란당하지 않는가. 이 부분과 관련된 그의 다음 말은 듣기에 따라서는 대단히 함축적으로 다가온다.

"우리가 조금씩만 생각을 바꾸면 훨씬 윤택하고 풍요로운 삶을 살 수 있는데, 너무 닫힌 생각을 하고 있는 것 같아요. 제 만화 끝을 보면 END의 N자가 뒤집어져 있어요. 조그만 부분에서부터 생각을 바꾸면 우리의 삶이 더 재미있어질 거라는 생각을 했기 때문이에요. 그런데 못보고 지나가는 사람이 많아요."

바로 이 뒤집어진 N자의 연장선상에서, 그는 어린 신뿌리를 등장시켜 '병아리가 어떻게 껍데기 안으로 들어갔느냐'는 둥, '그 벌레는 왜 멍청하게 일찍 일어나서 새한테 잡아먹힌 거냐'는 둥, 질문을 해댄다. 그럴 때 우리는 문득 즐거운 마음으로 기습당한다.

개인적으로 가장 인상적이었던 것은, '당신은 언제나 짭짤하십니까'라는 말로 끝나는 우산에 관한 이야기와, '다들 다른 것 같지만 결국 우리가 원하는 건 행복입니다'로 끝맺은 뿌리다방의 에피소드다. 이것들은 어찌 보면 옹색하고 촌스럽게 찔걱거리는 우리 식의 현실을 해학적으로 그려내면서 인생살이의 페이소스(pathos)를 징그러울 정도로 정확히 집어냈다.

그의 만화에서 짚고 넘어가지 않을 수 없는 또 다른 메시지는, '당신에겐 어떤 두 사람이 존재합니까'와 '생각이 다르다고 틀린 것은 아닐 겁니다' 편에서 분명히 드러나는, 사회적인 차원의 마음 열기 또는 생각 뒤집기일 것이다. 여기에 대해 말을 꺼내자, 그는 '제 생각이 대부분 그거죠'라고 말했다. 정말 우리 모두가 그런 생각을 한다면, 창조적 다양성이 평화롭게 공존하는 21세기가 곧바로 우리 마음속으로 걸어 들어올 텐데. 하지만 우리는 그날과의 사이에 가로놓인 마음문의 빗장을 언제쯤 열어젖힐 것인지.

그는 자신에게 가장 부족한 것이 김상택 화백이나 박재동 화백이 가진 '깊이'라고 했다. 그리고 그것은 책도 많이 읽고 나이도 들어야 가능해질 것이며, 어쩌면 나이만 들어서도 안 되는 문제인 것 같다고 조심스레 덧붙였다.

그와의 만남을 정리하면서 나는 불현듯 만화 그리기를 무척 좋아하는 나의 열 살, 일곱 살짜리 두 아이들이 떠올라 걔네들을 위해 만화 한 장을 부탁했다. 그는 아이들의 이름을 물어본 다음 깨끗한 A4용지 위에 가느다란 검정색 펜으로 정성스럽게 신뽀리를 그려 넣었다. 종이 위에는 다음과 같은 글도 함께 씌어 있었다. "승준아, 승재야, 언제나 늘 때가 있는 법이란다! 지금은 놀 때야. 지금이 아니면 언제 놀겠니? 98년에는 멋지게 놀아보자!—나 똥, 광수의승준 승재형제생각."(그 만화를 전해 받은 다음부터 아이들은 당당하게 공부를 손놓고 마음껏 놀기 시작했다.)

강영희가 만난 사람 영화감독

변영주

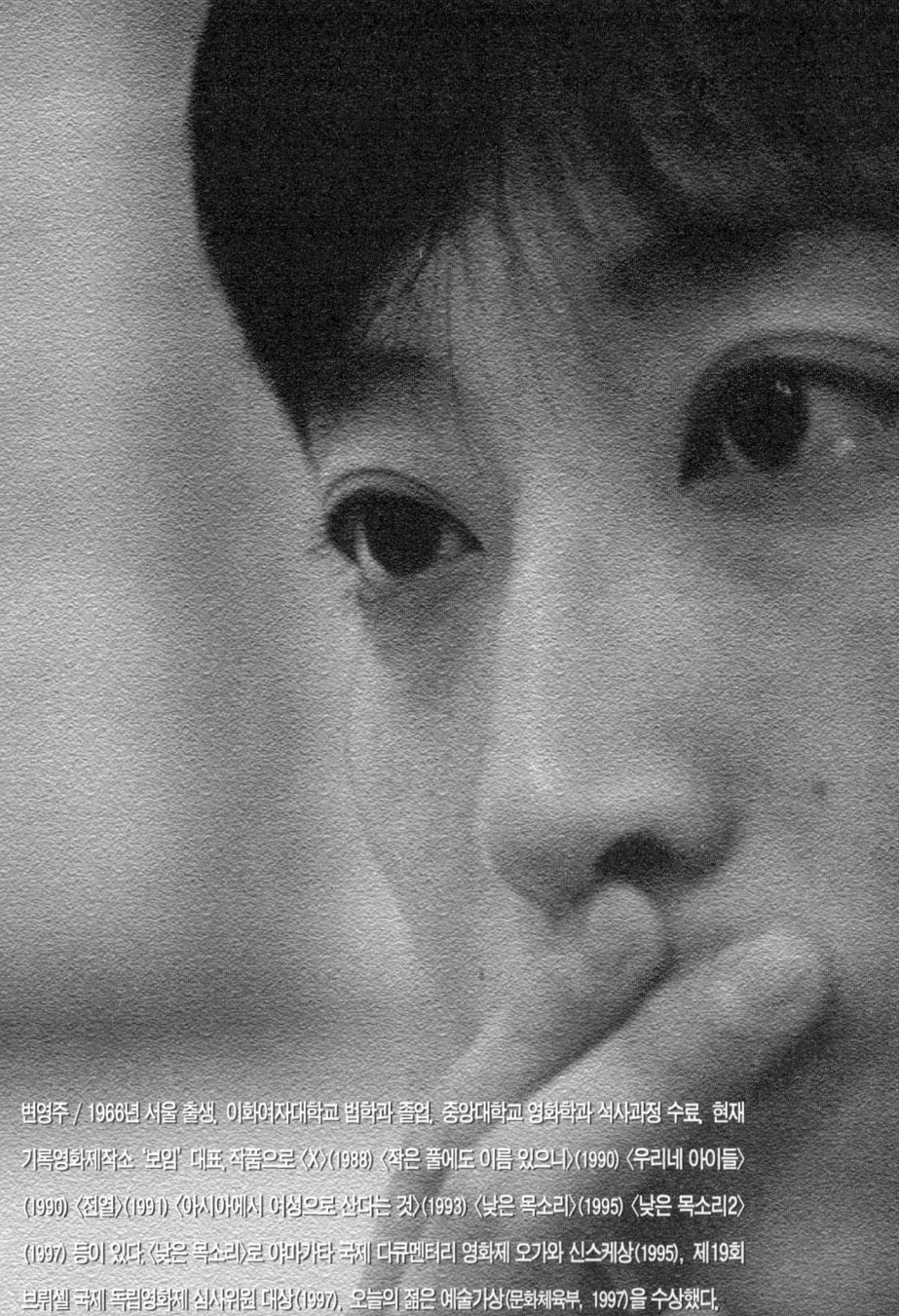

변영주 / 1966년 서울 출생, 이화여자대학교 법학과 졸업. 중앙대학교 영화학과 석사과정 수료. 현재 기록영화제작소 '보임' 대표. 작품으로 〈X〉(1988) 〈작은 풀에도 이름 있으니〉(1990) 〈우리네 아이들〉 (1990) 〈전열〉(1991) 〈아시아에서 여성으로 산다는 것〉(1993) 〈낮은 목소리〉(1995) 〈낮은 목소리2〉 (1997) 등이 있다. 〈낮은 목소리〉로 야마가타 국제 다큐멘터리 영화제 오가와 신스케상(1995), 제19회 브뤼셀 국제 독립영화제 심사위원 대상(1997), 오늘의 젊은 예술가상(문화체육부, 1997)을 수상했다.

비분 강개한다고
사람들이 변하진 않아요

　변영주와 처음 마주친 것은 동숭동의 한 극장에서 그의 영화 〈낮은 목소리〉를 본 날이었다. 극장 로비에서 관객들을 맞이하던 그녀가 불쑥 손을 내밀었고, 나는 얼결에 그녀와 악수를 했다. 거구를 조금 줄이기라도 하려는 듯 어딘지 구부정한 태가 인상적인 그녀 앞에서, 나는 다시 얼떨결에 그녀가 내주는 후원 배지를 사서 가슴에 달았다.

　얼마 후 또다시 그녀와 우연히 마주친 나는 마치 공양미를 약속하는 심봉사처럼 허둥지둥 〈낮은 목소리2〉를 위한 1백 피트 후원 회원을 자청했다. 그렇게 그녀는 어느새 옆에 와 서는 걸 어쩔 수 없으리만큼, 우뚝 미더워 보였다.

　하지만 변영주를 인터뷰하기로 마음먹은 선, 어쩌면 그녀의 커다란 몸집 너머에서 슬며시 어른거린 수줍음 때문이라는 편이 맞을 것 같다. 누구도 아무 말 할 수 없게 만드는 그녀의 작업, 〈낮은 목소리〉 연작을 중심으로 한 정신대 할머니들과의 나눔 뒤편에서, 뭔가 똑 떨어지는 정답으로만은 분류되지 않을 그녀의 속말을 들을 수 있을 거라는 막무가내의 기대를 한 것이다. 그것은 얼핏 정돈된 지정곡을 부르는 것처럼 보이는 사람들도 따지고 들면 실상은 저마다의 자유곡을 부르고 있을 뿐이며, 또 그렇게 안쪽에 자리잡은 흐트러진 자유곡 풍(風)을 이해해야만, 어쩔 수 없이 규격화되어 드러나는 경향이 있는 지정곡 역시 마음으로 들을 수 있을 거라는, 요즘 내가 골몰한 생각 때문이었다.

인터뷰 장소로 그녀가 지목한 곳은 이대 정문 옆에 자리잡은 페미니스트 카페 '고마'였다. 그래 맞아, 그녀는 페미니스트였지. 나는 잠시 잊었던 그녀의 자리를 다시 한번 꼭꼭 눌러 기억하며 그곳으로 발걸음을 옮겼다.

저를 둘러싼 이런 저런 명분들이 부담스러워요

쓸쓸하면서도 달콤한 연말 분위기의 음악 때문인지, 아니면 진지하면서도 간혹 장난꾸러기마냥 맞장 트고 돌파해 버리는 그녀의 시원스런 말투 때문인지, 어쨌든 마주앉자마자 나는 다시 얼결에 그녀 쪽으로 의기투합해 버렸다. 그리고 그녀는 채 말을 꺼내기도 전에, 뭘 물어올지 이미 안다는 듯 자문자답(自問自答)을 시작함으로써 말문을 열었다.

"여성감독이기 때문에 한국에서 영화 만들기가 힘든 게 뭐냐고 물어볼 때가 제일 갑갑한데, 한번도 여성이기 때문에 힘들어본 적은 없어요. 무엇보다 제가 충무로에서 좀 빠져 있기 때문에, 실질적으로 독립영화하는 사람들이 진보적이라기보다는 가진 게 없어서 파워를 행사할 능력이 없기 때문에(웃음), 오히려 나름대로 하고 싶은 걸 할 수 있었던 것 같아요. 다큐멘터리 영화를 하기 때문에 힘든 게 99퍼센트인 거지, 여성감독이기 때문에 힘든 건 아니거든요. 또 내 영화가 여성영화로 읽혀지는 것도, 물론 그렇게 읽혀질 수도 있겠지만, 그건 관객이 평가할 일이지, 나는 여성영화를 만들어, 라며 만든 적은 없어요."

얘기를 듣던 나는 마치 플라스틱 망치로 얻어맞은 것처럼 우습게 기운이 빠져 버렸다. 그것은 그녀가 자신의 지정곡을 앞장서 김 빼버린 형국이었기 때문이다. 그러니까 '여성영화를 만드는 여성감독 변영주' 라는 지정곡 말이다. 사실 그녀는 인터뷰를 끝내고 나서 극장 마녀에서 열릴 '여성관객이 뽑은 최고의 영화 · 최악의 영화 시상식' 에 갈 예정이었으며, 나 또한 그녀를 따라가려 했다. 그런데 그녀는 그곳에 가지 않을 것이며 다른 약속이 생겼노라고 말했다. 올해 최고 흥행작인 산뜻한 멜로 영화 〈접속〉이 최고의 영화 1위에 뽑혔다는 얘기를 전해들은 나는, 혹시 〈낮은 목소리2〉가 1위에 오르지 못한 것에 내해 그녀가 억하심성을 가진 것은 아닌가 하는 생각이 들었다. 여기서 나는 그녀의 두 갈래 마음을 읽을 수 있었는데, 하나는 3주 동안 극장 개봉을 해서 6천 명의 관객을 끌어모은 무채색의 다큐멘터리 영화와 수십만의 관객이 넘쳐난 원색의 극영화를 나란히 놓는 것에 대한 바로 그 자부심 섞인 억하심정이고, 다른 하나는 예컨대 '여성영화' 처럼 자신에게 이런 저런 의미를 부여하는 명분들에 대해 언젠가부터 가지기 시작한 부담스러움이었다.

"많은 사람들이 저한테 여러 가지 의미를 부여해줘요. 소위 386세대(30대, 80년대 학번, 60년대 출생자)로서 뭔가를 계속하려는 것처럼 보인다는 이유 하나만으로 열두 가지 의미를 부여해 주는 것, 정작 나는 그 중에서 한두 가지가 있는지도 잘 모르겠는데, 이런 것들이 사람을 힘들게 만들죠. 어떤 데 가면, 정신대 문제를 다뤘다는 것 때문에 갑자기 무슨 젊은 민족주의자로 불리기도 하구요. 또 예를 들어 여성학적인 관객은 제 영화가, 변영주의 영화기 때문에 어떠해야 한다고 말하는데, 그게 가끔은 힘들어요."

그녀가 느끼는 불편함은, 달리 보면 이제 그녀가 자신의 힘겨움을 무언가의 의미에 기대어 버텨 나가지 않아도 될 만큼 성장했으며 자신감 넘치는 홀로서기가 가능해진 사실의 반증이기도 할 것이다. 이쯤에서 나는 그녀의 하소연에 맞장구를 칠 양으로, 어느 정도 위의 명분과 관련이 있어 보이는 그녀의 인기를 넌지시 언급했다. 그녀는 자신이 그럴 만큼 충분히 매력적인 인간이며, 자신에게는 누군가의 말대로 웨이터 기질이나 투철한 서비스 정신 같은 것이 있다고 하면서 장난스런 웃음을 터뜨렸다.

모멸감이 할머니들하고 저를 친하게 해줬어요

이제 그녀의 속얘기를 들을 차례인 듯. 그녀는 또다시 묻기도 전에 본론으로 들어갔다.

"저는 영화를 만드는 최고의 파워는 콤플렉스에서 나온다고 생각해요. 모멸감 같은 것, 끊임없이 나에 대해 모멸하는 데서 뭔가가 나온다고 생각하거든요. 세상에는 두 가지의 캐릭터가 있는 것 같아요. 하나는 소외감을 못 견디는 사람, 또 하나는 모멸 당하는 걸 못 견디는 사람. 전 후자예요."

이건 뭔가. 도대체 무엇이 서른 두 살의 이 여성으로 하여금 모멸이라는 무작스런 단어를 거리낌없이 내뱉게 하는 걸까. 나는 어딘지 아둔한 표정으로, 그런데 모멸 당한 적 있어요, 라고 조심스레 물었다. 그녀의 대답은 다소 엉뚱했다.

"끊임없이 그걸 찾아 헤매는 거예요. 누가 나를 싫어한다는 것을. 예를 들어 저는 쥐를 무척 싫어해요. 고등학교 1학년 기말고사 수학시험 시간에 시험지를 나눠주는데 쥐가 한 마리 들어왔어요. 그래서 이름만 적어내고 나왔죠. 선생님이 너 왜 시험 안봐, 라고 물으셔서, 쥐가 있잖아요, 라고 말했죠. 그 정도로 쥐를 싫어해요. 쥐를 싫어하는 사람의 특징은 길을 가면서도 쥐가 나올 만한 데만 보고 다닌다는 거예요. 어찌 됐건 모멸감을 끔찍하게 싫어한다는 건 모든 순간 별것 아닌 것도 나한테 모멸감으로 돌아오도록 애쓴다는 것과 동일해요."

　다른 사람의 속엣얘기를 듣는다는 부담 때문이었는지, 얼결에 난 쥐띤데, 라는 말을 내뱉고 나서 스스로도 어처구니없다는 생각에 웃음을 흘렸다. 그녀도 순간 단호한 표정으로 쥐띠 같은 건 상관없어요, 라고 받고는 싱긋 웃었다. 맞아, 쥐라는 건 하나의 상징일 게다. 대부분의 사람들이 살갗으로부터 소름을 느끼는 지독한 거부와, 살의로 연결되곤 하는 끔찍스런 모멸의 상징. 그녀가 이처럼 쥐에 대해 진저리를 치는 것은 쥐 자체가 아니라 쥐에 대한 싫은 감정이 불러오는 자신의 어떤 감정이겠지. 어느덧 쥐가 되어 버리는 자신과 쥐를 향해 손가락질하는 자신을 동시에 느끼면서. 진저리를 치면서도 그걸 찾아다닌다는 건 도망치면서도 자꾸만 그곳으로 빠져든다는 얘길 테고. 그녀의 얘기를 더 들어보자.

　"내가 나를 모멸하는 것, 난 니가 너무 끔찍해 영주야, 라고 말하는 게 싫기 때문에 방어적인 거죠. 그러면 콤플렉스들이 생기잖아요. 이를테면 넌 왜 그렇게 쓸데없이 키가 크니, 이런 것까지 콤플렉스가 돼요. 그리고 그런 것들이 뭉치면 영화를 만들게 되는 것 같아요."

　문득 성공한 소설가란 세상에서 실패한 사람이며, 그는 자신의 상처에서 흐르는 피를 잉크 삼아 소설을 쓴다는 것. 그것이 아이러니컬하게도 사람들에게 흥미로운 읽을거리로 제공되며, 때로는 후련한 카타르시스도 되어준다는 걸 떠올렸다. 젊은 날의 5년 여름을 한 가지 주제에만 매달린, 어찌 보면 아둔해 보이기까지 하는 그녀의 고집스러움이 가능했던 게 아마도 이런 것 때문일 거라는 생각이 들었다. 그렇다면 왜 하필 정신대(挺身隊)였을까. 이어지는 그녀의 얘기는 그녀에 대한 상식적인 편견을 깨뜨리는, 다소 충격적일 수도 있는 내용을 담고 있다.

"〈낮은 목소리〉 이전에 〈아시아에서 여성으로 산다는 것〉이라는 매매춘(賣買春) 여성에 관한 다큐멘터리 영화를 만든 적이 있어요. 그 언니들과 한 일년을 무척 친하게 지냈죠. 그때 그 언니들이 술 먹고 게임 하거나 장난칠 때 강제로 옷을 벗기는 걸 못 견뎌했어요. 작품을 끝내고 나서 그 콤플렉스가 컸어요. 전 그런 데 능하지 못하거든요. 저한테는 그런 게 모멸감으로 다가오는 거죠. 너는 그런 것도 못해, 라고……

그러던 어느 날, 그렇다면 내가 가장 자신 없어 하는 성(性)과 관련된 피해자의 극단을 한번 가보고 싶냐는 생각을 했어요. 너 이걸 견디지 못해, 그럼 너 이거 한번 해봐, 라는 식으로. 저한테 자꾸 못 견딜 만한 조건을 줘보고 싶은 거죠. 〈낮은 목소리〉를 만들면서 적어도 그건 성공했다고 생각해요. 그 콤플렉스를 이제 겨우 해소했어요. 할머니들도 스스로에게 엄청난 모멸감이 있죠. 그게 할머니와 저를 친하게 해줬던 것 같아요. 둘 다 성공했다고 생각해요. 그 럼요."

좋아하는 대상을 어떻게 지지하느냐가 제일 중요하죠

그녀의 〈낮은 목소리〉 연작은 정신대 할머니뿐 아니라 우리 모두에게 소중한 것을 되찾아 주었다. 그래선지 우리들은 그녀에게 관심과 애정과 어떤 면에서는 높이는 마음까지도 주었으며, 그녀는 '오늘의 젊은 예술가상'(문화체육부, 1997)을 받기도 했다. 하지만 그녀는 〈낮은 목소리〉가 자신에게 돌려준 가장 큰 보답은 다른 데 있노라고 말했다. 요컨대 그녀의 머릿속을 시원스레 터주었다는 것이다.

"특히 〈낮은 목소리2〉는 저에게 중요한 계기였어요. 첫 번째는 지식인적 관점에서 벗어날 수 있었다고 할까. 먼저 재단하고 이 사람들은 이러니까 이렇게 찍어야겠다고 생각할 수 없게 만드는 할머니들의 적극성이 그것을 많이 벗겨준 것 같고, 또 하나는 정치적인 것에 항상 중심을 둬야 되는, 80년대 세대들의 무지몽매한(!) 사고방식에서 많이 벗어나게 됐다는 점이에요. 할머니들의 눈물 흘리는 증언보다, 예를 들어 나는 남자로 태어나서 군대가고 싶어, 이러면 이쪽에서 여자 데리고 자고 싶어서, 라고 말하는, 그런 것들이 이제는 훨씬 더 중요한 거죠. 저에게는 그게 훨씬 더 중요한 말이더라구요."

지금은 일상들이 그녀에게 훨씬 소중해졌노라고 했다. 흔히들 박광수 감독의 영화를 리얼리즘 영화, 홍상수 감독의 영화를 모더니즘 영화라고 하는데 이것이 바로 80년대의 소위 집단주의적인 의식이 90년대로 넘어간 차이라고 본다면, 〈낮은 목소리2〉는 그녀에게 있어 80년대적인 관점에서 시작해서 어느 날 갑자기 개인에게로 관심이 돌아가 버린 전환점이라는 것이다. 그런데 여기서 중요한 것은, 90년대라서 변한 것이 아니라 그들의 변화 때문에 그녀도 함께 변해 버린 것이었다고, 그것이 그녀에게는 굉장히 '즐거운' 경험이었다는 것이다.

그녀는 그저 감(感)이라고 전제한 다음, 세상은 좀더 보수화될 것이고 사람들은 더욱더 정치에 대해 궁금해하지 않을 것이며 '이런 것'에 관심을 갖는, 이른바 '우리식구들'이 더 줄어들 거라는 생각을 피력했다. 그래서 그녀는 이번 대통령선거에서 권영길 후보를 지지했다. 지지의 변(辯)은 '썩어가는 세상'에 방부제 역할을 했으면 좋겠다는 것. 세상이 더 보수화됐을 때 나름의 방식으로 살아남는 방법이 뭘까가 그녀에게는 제일 중요하다는 것이다.

"지는 격이도 백기 들고 항복하지는 않는 거, 80년대는 그게 제일 중요한 줄 알았어요. 내가 싫어하는 대상을 어떻게 정리시키냐 하는 것(웃음). 그러니까 폭로가 중요할 수도 있고 전투가 중요할 수도 있었죠. 요즘은 그 사람들한테 별로 관심이 안 가요. 내가 좋아하는 대상을 어떻게 지지하느냐가 지금 저에겐 제일 중요해요.

이를테면 할머니들⋯⋯. 세상이 더 좋아질 거라고 믿기 때문에 무언가 하는 게 아니라, 나와 내가 사랑하는 사람들을 왜곡시키진 않았으면 좋겠다, 이런 걸 지키고 싶은 거예요. 이왕이면 행복하게 지키고 싶은 거죠. 모르겠어요, 욕망이죠. 그게 저의 가장 큰 욕망이에요."

영화라는 게 지적 허영심의 대상이 됐잖아요

사랑하는 사람들을 지키고 싶은 것이 그녀의 가장 큰 욕망이라는 말을 들으면서, 어쩌면 그녀의 연인은 영화 자체가 아니라 영화 속에 등장하는 사람들이며, 영화란 그들을 향한 구애(求愛)의 방편일 뿐이라는 생각이 들었다. 그래서 당신의 시선은 영화 안쪽을 향하기보다 영화 바깥으로 열려 있는 것처럼 보인다는 말을 던졌다. 그녀는 곧바로 맞아요, 라고 받았고, 이어서 이즈음의 영화문화에 대한 마뜩찮은 감정을 털어놨다.

"어느 날부터 영화라는 게, 영화보기라는 게 지적 허영심의 대상이 됐잖아요. 우리의 많은 영화관객들이 아트필름도 많이 보고 수준 있다고들 하는데, 솔직히 전 그 말 잘 안 믿어요. 그건 영화에 대한 관심이라기보다는 정말 지적 허영심인 경우가 많다고 생각해요. 언제부턴가 관객들은 영화가 주는 정보 중에서 지적 허영심을 채워줄 수 있는 것을 선택하지, 중요도나 만족도로 선택하지 않아요. 저는 정말 궁금하고 신기해요, 노래 두 곡 부르면 중견가수가 되는 작금의 문화가. 〈나쁜 영화〉는 저한테 굉장히 충격적이었어요. 아 저걸 관객들이 보는구나, 당혹스러웠죠. 그러니까 선정적이라고 해야 되나? 통신문화에 왜 그런 게 있잖아요. 글 내용은 없는데 조회수를 올리기 위해 제목만 선정적으로 띄우는 것, 내용이 50이라면 제목은 한 120 정도로. 그게 전반적인 우리 문화의 실태인 것 같은 느낌이 들었어요. 혹시 나 역시 그런 건 아닌가 두렵기도 했구요. 그래서 요즘에는 어느 소설의 제목처럼 '인간에 대한 예의' 라는 말이 정말 다가오더라구요."

결국 영화를 향한 외눈박이 사랑이 그 속에 숨어 있는 허방을 알아채지 못하게 만들어 사람들로 하여금 어이없이 발 빠지게 한다는 것이다. 처방전은 지적 허영심을 버리고 인간에 대한 예의를 잊지 말 것, 그리고 아울러 지식의 전철을 밟아 이미 권력(權力)이 되어가는 문화로부터 몸을 낮출 것. 그렇다면 도대체 무엇이 그녀에게 이처럼 깐깐한 눈썰미를 마련해 주었을까. 그녀의 이력을 되짚어보건대 혹시 그 뿌리에는 독립영화가 있는 게 아닐까 하는 생각이 들었고, 그래서 당신의 생각이 혹시 독립영화 체험으로부터 온 것이 아니냐고 물었다.

"그럼요, 많은 분들이 제가 오가와 신스께 같은 60년대 일본 영화감독의 영향을 받았다고 해요. 하지만, 언제나 그들이 간과하는 건, 그 전에 김동원 감독이나 한국의 독립영화로부터 일차적인 세

례를 받았다는 사실이죠."

그녀는 독립영화란 영화에 대해 진실한 것, 상업적인 이유나 시스템이나 자기 욕망으로부터 벗어나 철저하게 영화와 나만 남는 것이라고 했다. 그녀는 독립영화가 놓인 자리보다는 그것이 품고 있는 정신에 주목하고 있었으며, 그러한 독립영화 정신이 우리 영화문화의 밑바탕을 이루지 못하는 것을 거듭 안타까워했다. 그렇다면 어디서부터 실마리를 풀어가야 하는 걸까.

"무엇보다 독립영화가 관객과 만나지 못하는 게 문제예요. 이를테면 저는 단 6천 명이라도 관객과 만나고 있고, 지방에 영사기 들고 내려가서 계속 상영하니까 지금까지 한 4만 5천 명 정도가 봤어요. 하지만 독립영화 전반을 얘기한다면, 예를 들어 푸른영상의 영화를 본 사람이 없다는 건 독립영화를 정체하게 만들어요. 자기 관객이 존재하지 않는 것만큼 영화를 정체시키는 게 없죠."

호주사람이랑 똑같이 우리영화를 경이로워하더라구요

그녀는 얼마 전부터 새로운 고민에 빠져들었다. 한국영화에 계보(系譜)가 있는가, 라는. 우리는 종종 영화전문지에서 헐리우드 영화와 홍콩 영화의 계보에 대한 복잡한 도해(圖解)와 마주친다. 젊은 영화 매니아들 사이에서 그 같은 계보를 꿰는 것은 매니아 독본의 제1과 제1장에 해당한다. 그런데 그녀는 묻기 시작했다. 도대체 한국영화에 계보가 있는가.

"지금 독립영화를 한다는 젊은 친구들이 70년대 말에 김홍준 감독이 서울영화집단을 만들면서 쓴 선언을 아느냐는 거죠. 제겐 지금도 공감이 가는 말들인데…… . 또 요즘 김기영 감독의 회고전이 여기저기서 열리면서 그분의 영화가 막 부각되고 있잖아요. 그런데 김기영 감독의 영화를 누가 봤는가. 이를테면 우리는 홍콩 감독들이 자신에게 영향을 미친 홍콩의 지난 영화를 얘기할 때, 거기에서 오는 문화의 풍부함 같은 것을 느끼잖아요. 하지만 저한테 영향을 준 영화가 한국의 60년대 영화라고는 얘기 못해요, 본 적이 없으니까. 일상적으로 관객이 보지도 못하고 텔레비전에서도 방영 안 해요. 그래서 김기영 감독의 영화가 과연 우리에게 친숙하냐는 거죠. 김기영 감독 말고도 많을 거예요.

우리나라는 역사가 없는 것 같아요. 문화식민지라고 할 수도 있겠는데, 보존하고 폐기하는 법칙이 존재하지 않아요. 언제나 한국영화는 새로운 것이며 이전에 누가 있었던 게 아니라는 식이죠. 이런 게 요즘 문화의 대세인 것 같아요. 지금부터라도 우리의 계보, 우리의 역사를 정리하고 향유(享有)해야 하며, 그런 것들 속에서 우리의 자리를 알 수 있을 거라고 생각해요.

부산영화제에서 크리스 베리라는 호주사람하고 둘이서 김기영 감독의 영화를 봤어요. 그런데 둘이 같이 놀라는 거예요. 전 마치 한국사람이 아닌 것 같더라구요. 제가 그 호주사람이랑 똑같은 관점으로 경이로워하더라구요. 너무 창피했어요."

그녀는 너무나 두려운 생각이 든다고 했다. 이를테면 그녀에게 가장 중요한 관객은 한국사람인데 오히려 외국에서 더 좋은 평가를 받고 일본에서 흥행이 더 잘되더라는 것. 뭐 베를린 영화제라도 갔다와야 사람들이 관심을 갖는다는 것. 그녀는 문득 중얼거렸다. '그럼 내 자린 어디야……'

그녀는 흔히들 카프 카프 하는데 요즘 카프(KAPF) 영화가 정말 보고 싶다고 했다. 이전에 이 땅에서 살던 사람들이 이곳의 50년대 문화 속에서, 60년대 문화와 사회 정치적 현실 속에서 만들어 낸 영화를 자신이 읽어본 적이 없고 읽어내지 못하는데, 지금 90년대에 어떻게 영화를 할 수 있을지 알지 못하겠노라고 했다. 우리나라 영화가 90년대에 시작된 것도 아닌데, 요즘 우리나라의 어느 감독이 뜨면 외국의 어떤 감독의 계보에 넣어 버리지 않느냐고. 물론 거기에는 그런 걸 보여주지 못한 시스템의 문제도 있겠지만, 문화식민지적인 태도랄까 자신의 존재 근거를 안에서 찾고 싶어하지 않는 식민지 백성의 피해의식 같은 것이 있지 않겠냐는 것이다. 어느 결엔가 한껏 높아진 그녀의 말소리가 문득 안쪽으로 잦아들어 점차 그녀 스스로를 향한 독백이 되어갔다. 영화보기가 지적 허영심이 되고 문화가 권력이 되어간다는 그녀의 앞선 말이 새삼 선명한 의미로 다가왔다. 하지만 그녀의 착잡한 목소리에 역시 뒤엉킨 마음으로 귀를 기울이던 나의 마음 한구석에 조금씩 화통(和通)하는 기운이 생겨났달까. 낮은 포복으로 뿌리를 찾아드는 그녀의 쓰린 자기반성이야말로 그녀의 키를 훌쩍 키우리라는 생각, 아울러 우리 문화의 새로운 깊이를 되찾아줄 거라는 생각이 들었던 것이다.

이 지리지리한 면이 얼마나 소중한 생존력인가

어쩐지 그녀를 위로하고픈 생각이 들어서였는지, 나는 그녀가 만든 〈낮은 목소리2〉 쪽으로 화제를 돌렸다. 우선 싱그러운 생명력이 느껴지는 초록색 톤의 화면과 할머니들의 느릿한 움직임이 어우러져 만들어 내는 여백의 아름다움에 대해서, 아울러 각자 딴 얘길 하는 것 같으면서도 결국에는 같은 얘기를 하는, 그러니까 에둘러 가는 능청스러움에 대해서도 말했다. 그리고 그런 것들이 어쩌면 동양적이거나 한국적인 사유에 근접해 있을 거라는 말도 덧붙였다. 즐거운 표정으로 내 말을 듣던 그녀는, 그러냐고, 애초에 알고 의도했던 것들은 아니지만 그런 것들에 관심이 많으며, 그런 것들을 영화미학의 중심에 놓고 탐구해볼 생각이 있노라고 말했다. 하지만 아직까지 그녀는 〈낮은 목소리2〉가 품어낸 가능성들에 대해 충분히 의식하고 있지 못한 것처럼 보였다. 왜냐하면 앞서 말한 이 영화의 미덕들은 그녀 자신의 말처럼 의도된 것이라기보다는 자연스레 얻어진 것에 가까울 것이기 때문이다. 예컨대 할머니들이 마치 탈춤의 미얄할미인 양 뿜어내던 찌든 생명력 뒤쪽의 따스한 자기긍정, 그러니까 따끈따끈한 해학 같은 것들 말이다.

하지만 이어지던 그녀의 뒷말에서, 나는 얼핏 할머니들에게 이

끌려 얻어진 것처럼도 보이는 영화 속의 어떤 성취가 그녀의 마음 속에서 이미 싹튼 새로운 변화에 의해 결실을 얻게 된 것임을 알아차릴 수 있었다. 그러니까 그녀는 현실 속에 숨어 있는 어떤 아름다움(미학 美學)을 받아들일 준비를 갖춤으로써 어슴푸레나마 그것이 무엇인지 이미 깨닫고 있었던 것이다.

"옛날엔 영웅주의적인 것이 보기 좋았다면, 요즘은 피해 당사자가 영웅주의적일 수는 없다는 생각이 들어요. 왜 여성만큼 여성에게 적대적인 경우가 없다고들 하잖아요. 그건 피해의식 때문이에요. 하지만 너의 그 끔찍함과 비참함을 내가 왜 봐야 되니, 라는 식의 피해의식이 요즘 전 소중해요. 거기에 대해 불쾌하게 바라보지 않으려는 거, 그 피해의식을 인정하고 소중하게 생각하고 거기서부터 다시 한번 그래도 한번만 봐달라고 부탁하는 거, 그게 중요한 거죠.

그러니까 저는 선언이 제일 싫어요. 이제까지는 우리편이라고 생각하면 피해자를 영웅으로 만들고 피해자의 지리한 면을 드러내면 나쁘다는 입장이었는데, 전 이 지리지리한 면이 때로는 얼마나 소중한 생존력인가 하는 생각이 들어요. 요즘은 이게 훨씬 중요하게 느껴져요."

그래서 그녀는 자신의 영화를 보고 사람들이 비분 강개 하는 게 참 싫다고, 그보다는 일상적으로 관객들 마음속에 할머니가 남았으면 좋겠다고 했다. 그게 마구 웃기는 할머니여도 좋다고, 자신이 할머니한테 빠진 만큼 관객들이 사랑을 느끼기를 바란다고도 했다. 그녀는 비분 강개 한다고 해서 사람들이 변하는 건 아니라는 걸 안다며 어딘지 쓸쓸하게 웃음 지었고, 슬며시 동감의 웃음을 보내는 나를 향해 사람이란 게 원래 좀 복잡하지 않느냐는 말을 던졌다.

이제 겨우 서른 두 살의 청춘인데, 그녀의 입에서 이런 식의 말이 나온다는 건 아무래도 좀 어울리지 않아 보였다. 그렇다면 그녀를 이렇게 겉늙게 한 것은 무엇일까. 문득 80년대가 자신에게 준 최고의 단점은 자신의 취향을 편협하게 한 거라는 그녀의 말이 떠올랐고, 어쩌면 황량하게 달아올랐던 80년대가 그녀를 그렇게 만든 건 아니었을까 하는 생각이 들었다. 하지만 이제 80년대를 지나쳐 90년대도 끄트머리에 접어든 오늘, 우리는 좋든 싫든 앞쪽으로 떠밀려 가고 있다. 그렇다면 뒤쪽에 견주어 앞쪽을 바라보고 있을 그녀의 생각은 어디까지 와 있을까.

"사람들이 선언(宣言)만 하거나 청산주의적으로 나가지만 않는다면 대화를 통한 변화가 가능하다고 생각해요. (근데 우리들이 80년대에는 그렇게 하지 않았잖아요?) 그렇죠, 그래서 실패했잖아요. 제가 얘기하는 실패는 세상이 우리의 그때 경험들을 무시하는 거예요. 전 그게 슬퍼요. 그게 화가 나요. (우리 자신에 대해 변명하고 싶은 생각은 없어요?) 있죠. (어떻게?) 어려웠다는 것. 그래도 할 말은 없어요. 근데 그때가 없었더라면 그게 안 통한다는 걸 알지 못했겠죠."

그녀는 요즘 들어 오정희의 소설들이 정말 가슴에 와 닿고 때론 위안이 된다고 했다. 칙칙한 삶을 그대로 칙칙하게 표현하는 그녀의 독특한 언어가 너무나 부럽다고도 했다. 그걸 여성의 언어라고 할 수 있겠다고 하면서. 그녀는 요즘 공부를 해야겠다는 말을 부쩍 하고 다닌다는데, 그녀가 공부의 매체로 삼은 것은 의외로 소설이다. 소설을 통해 다시 한번 역사를 읽어보고 싶다는 생각이 들어 무시했던 이광수 소설에서부터 이것저것 막 찾아보고 있다고. 그녀는 소설이란 게 연극이나 다른 어떤 것보다도 영화와 가까우며, 영화나 소설이나 사람들한테, 얘기해줄까 하면서 얘기하는 거 아니냐고 말했다.

영주보다 진실이 어울리는 매력적인 아도니스

그녀는 지금 내후년 정도 작업에 들어갈 극영화의 시나리오를 쓰고 있다. 장르영화도 아니고 트렌디 영화도 아니어서 충무로 영화라고 볼 수는 없을 거고, 그러기 때문에 지금 구하기가 어려울 터여서 이것저것 궁리가 많다고 한다. 이제는 저세상으로 가신 강덕경 할머니는 정말 연애하듯 서로 연락 안 하면 삐지는 애틋한 관계였는데, 거기서 느꼈던 이런 저런 상상들에 관한 영화라고. 그러니까 그녀 또래의 여성과 위안부였다가 죽은 귀신에 관한 얘기가 될 거라고 한다. 나는 그럼 공포영화네, 라고 딴지를 걸었고, 그녀는 아뇨 에스에프죠, 하면서 슬쩍 비껴갔다.

오늘의 만남을 마무리하면서, 나는 그녀의 이름을 영주가 아닌 진실로 바꿔 부르고 싶은 촌스러운 충동에 사로잡혔다. 마치 자신 감 넘치는 아도니스(Adonis)인 양 상대에게 끊임없이 주술을 거는(?) 그녀의 스타일에 내가 말려들어간 것인지도 모른다. 마지막으로 그녀는 화려한 비유법을 동원한 자신의 새로운 출사표(出師表)를 내 앞에 던졌고, 나는 다시 한번 그녀의 주술에 말려들었다.

"역사를 씨줄과 날줄로 엮어진 직물에 비유한다면, 어떤 부분의 씨줄과 날줄을 한올 풀어볼 때 거기에 사람들이 바글대고 있겠죠. 이건 이 직물의 중요한 부분이 아닐 수도 있지만, 어디든 열면 그냥 사람들이 바글대는 거예요. 그렇게 바글대는 사람들의 이야기를 가지고 다시 씨줄과 날줄로 한번 엮어보는 것이 제 일이라고 생각 해요."

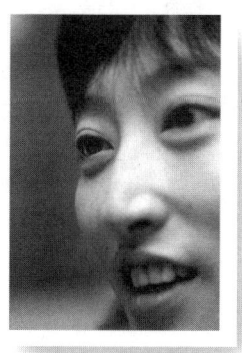

강
영
희
가
만
난
사
람

영
화
감
독

임순례

임순례 / 1960년 인천 출생. 한양대학교 영문학과와 대학원 연극영화과 졸업. 프랑스 파리 8대학 영화학 석사. 영화 〈세상밖으로〉(1995)의 연출부로 참여했다. 제1회 서울단편영화제에서 〈우중산책〉으로 최우수 작품상 수상 (1994), 〈세친구〉(1996)로 제1회 부산국제영화제에서 아시아 평론가들이 주는 특별상인 넷팩상을 수상했다.

게으름에 대한 찬양

　임순례라는 이름 석자를 기억하게 된 것은 그녀가 만든 〈우중산책〉이라는 단편영화를 보고 나서였다. 변두리 삼류극장의 지루한 인생 파노라마려니 하며 심드렁하게 보던 나는 차츰 간지러운 웃음으로 버무려진 싸한 페이소스에 휩싸였고, 다시 어느 결엔가 느닷없이 퍼부어지는 소낙비 한줄기에 뼛속까지 시원해졌다. 얼마 뒤 잡지에서 마주친 그녀의 사진을 유심히 들여다보았는데, 그녀는 정말 '순례' 라는 이름에 어울리거나 〈우중산책〉의 도입부를 연상시키는 수더분함 자체였다. 아니 다시 생각해 보면 그녀는 어딘지 날카로운 눈썰미와 시원스런 돌파력을 감추고 있음에도 일견 시골아낙 같은 촌스런 파마머리로 그걸 가리고 있는 것처럼 보이기도 했다.

　그때 나는 아마도 그런 생각을 했던 것 같다. 아니 이것이 도대체 파리에 가서 영화를 공부하고 온 사람의 얼굴일 수 있을까. 그렇다고 뭐 불란서가 별다른 곳은 아니겠지만 그곳을 다녀온 거개의 사람들에게서 유별나게 끼쳐오는 세련된 포도주 향에 비하면 그녀에게서는 이를테면 소주 냄새가 너무 진하게 묻어나지 않는가 말이다. 그리고 얼마간의 시간이 흐른 뒤 나는 그녀가 충무로에 입성해서 만든 첫 장편영화 〈세친구〉를 봤는데, 빛나는 청춘 때문에 한층 더 초라해 보이는 세 젊은이의 좌절에 마음이 아파지면서 그걸 짐짓 무상심함으로 그려낸 감독의 차분한 저력에 다시 한번 매료되었다.

지리산 어딘가에서 시나리오를 쓴다는 소문만이 들리는 채 종적이 묘연하던 그녀는 뜻밖에도 경상북도 고령 가야대학의 예술과 교수로 재직하고 있었다. 서울에 올 일이 없다는 그녀에게 그럼 그곳으로 가겠노라고 해서 시간약속까지 받아낸 나는 어쩐지 일이 너무 선선하게 진행되는 느낌을 받았다. 그런데 아니나다를까, 그녀를 만나러 떠나는 날은 전날 밤부터 서울을 비롯한 중부지방에 십수년만의 폭설이 퍼부은 터라 아침부터 출근 전쟁이 벌어지고 있었다. 나는 인터뷰를 뒤로 미루라는 주변의 권유를 가볍게 뿌리치고 선뜻 직행버스에 몸을 실었는데, 그것은 어쩐지 그럴 듯한 만남이 될 거라는 즐거운 예감 때문이었다.

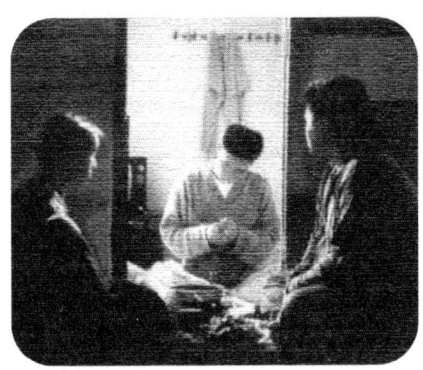

도대체가 조금의 꾸밈도 없이 책걸상과 소파만 덩그렇게 놓인 그녀의 연구실은 화장이나 액세서리 같은 인위적인 걸 싫어

한다는 맨얼굴의 그녀와 정확하게 닮은꼴이었다. 그녀는 카메라 무빙이나 음악, 극적인 요소 따위를 최대한 억제했다는 〈세친구〉를 가리켜 영화를 가장 '자기답게' 만들어본 거라고 했는데, 그녀 자신에서 그녀의 주변, 그리고 그녀의 영화로 이어지는 이 견고한 '맨얼굴의 커넥션'에 저절로 고개가 끄덕여졌다.

게으름, 속도전에 대한 거부 혹은 반성

그녀와 마주앉은 나는 쥐띠 동갑내기끼리의 편안함 때문이었는지 무작정 아무 얘기나 해보라고 주문했고, 그녀 역시 뭐든지 물어보라는 식이어서 우리는 한동안 무턱대고 웃는 데서부터 시작했다. 그래도 어쨌든 내 쪽에서 얘기를 풀어갈 수밖에 없어서, 대뜸 당신이 고등학교를 자퇴하고 검정고시로 대학에 진학했다는 사실이나 이런 저런 낌새로 보아 〈세친구〉의 주인공 무소속처럼 반항적인 인간일 것 같다는 말을 던졌다. 그러자 그녀는 세 친구 가운데 어떤 인물이 자기랑 닮았냐는 질문을 많이 받는데 자기에게는 세 사람의 요소가 다 있는 것 같다고 했다. 그러니까 사람들은 누구나 다중적(多重的)이기 마련이어서 무소속이나 삼겹, 섬세의 캐릭터는 그녀 자신의 어떤 다중성을 세 갈래로 쪼개어

펼쳐놓은 거라는 얘기였다.

우선 그녀는 자신이 기존의 체제에 대해 부정적일 뿐 아니라 예컨대 술 한잔 먹고 나면 주변에서 왜 그렇게 째려보냐고 할 정도로 타고난 인상이 삐딱이라, 자신의 무소속적인 캐릭터에서부터 얘기를 풀어갔다. 하지만 뜻밖에도 여기서 그녀가 힘주어 강조한 것은, 흔히 그렇게 연결되듯 그녀의 무소속적인 성향이 반항적인 아웃사이더의 내면과 잇닿은 것은 아니라는 사실이다. 그러니까 이같은 삐딱이 성향은 바깥세계의 불합리에 대한 공세(攻勢)라기보다는 바깥세계의 빠른 속도감과는 현저하게 다른 자신의 느린 내면세계를 지키기 위한 수세(守勢)의 성격이 짙다는 것이다. 예컨대 대학입시를 목전에 두고 정신없이 몰아치기 시작한 고3 때 학교를 그만둔 것도 학교체제에 대한 도전 행위였다기보다, 말하자면 그녀의 삼겹적인 성향이랄까, 미래에 대한 별다른 비전 없이 그저 한없이 게으름 피우는 걸 좋아하는 기질에 대한 방어 행위에 가까웠다는 것이다.

"고3이 되자마자 쪼여들기 시작하고 말끝마다 너 그래서 대학가겠냐, 하더라구요. 그런데 특별하게 엄청난 생각이 있어서라든지 남들이 생각하는 것만큼 반항적이어서 학교를 그만뒀던 게 아니라, 어쨌든 내가 싫어하는 생활을 자꾸 강요받으니까 스스로 한번 생활의 틀을 짜보고 싶은, 그런 거였죠."

학교를 그만둔 그녀는 자고 싶을 때 자고 먹고 싶을 때 먹고 책이나 읽으며 무위도식하는 생활을 한동안 계속했는데, 이 대목에서 그녀가 특별히 방점을 찍은 부분은 여기에 대해 그녀가 '도덕적으로' 아무런 가책을 느끼지 않았을뿐더러 그런 삶이 너무나 좋고 행복하더라는 것이다. 그리고 바로 그 당시에 '믿기 어렵겠지만' 어렸을 때부터 굉장히 약했던 자신의 몸이 갑자기 불어나 지금처럼 삼겹에 근접했다는 것이다. 그러니까 그녀는 자신의 삼겹적인 특성을 신체적인 겉모습보다는 게으름과의 동거를 기꺼이 즐기는 정신적인 성향과 연결 지어 설명하고 있었다.

고3 때 돌연 학교를 때려치웠다는 말을 들으며 그녀의 행동에 묻어 있을 것이 분명하리라고 짐작되는 아웃사이더적인 용기에 대한 감탄사를 준비했던 나는, 곧이어 이야기의 줄기가 밑도 끝도 없이 '게으름에 대한 찬양' 쪽으로 흘러가는 것에 문득 김이 빠지며 도무지 뭐라 대꾸할지 알 수 없는 심정이 되어 버렸다. 간신히 마음을 추스른 끝에 일단 게으름에 대한 얘기를 살짝 비켜서서, '나름의 에너지를 충전하기 위해' 삶의 형식을 스스로 선택한 그녀의 용기에 대한 찬탄으로 슬그머니 되돌아갔는데, 그녀는 이것 역시 단호하게 뿌리치면서 게으름을 넘어서는 것 자체가 도무지 불가능한 사람들에 대한 한없는 애정을 늘어놓았다.

"그게 안 되는 사람들이 있어요. 아무리 술을 끊으려 해도 끊지 못하고 아무리 아침 6시에 일어나려 해도 죽어도 못 일어나는 사람들이 있죠. 말하자면 전형적인 게으름뱅이랄 수 있는 의지박약형의 사람들인데, 이들은 일시적인 게으름을 생활의 활력소로 삼는 차원과는 달리 그냥 순수하게 게으름을 피우는 사람들인 거죠. 그들에 대해 굉장한 호감을 갖고 있어요(웃음). 노력은 하지만 그게 또 어쩔 수 없이 끝까지 가지 못하고 결국 그것을 극복 못하는 건데, 극복 못했다고 해서 그 사람이 비난을 받아야 되느냐, 게으름 자체를 또 우리가 이해해 줘야 하는 부분들이 있지 않느냐 ……."

들고 보니 그런 부류는 거칠게 말해서 사회의 낙오자들이라고 할 만한 사람들이다. 물론 그들에 대한 연민이라면 누구나처럼 나 역시 갖고 있는 터라 그런 대로 공감할 수 있을 것 같았다. 하지만 그녀는 자신이 그런 사람이라고 자처하면서 그들에 대한 연민 아닌 호감(好感)을 말하고 있지 않은가. 결국 나는 다시 말줄기에서 밀려나 입을 벌린 채 그녀의 얘기를 듣고 있을 수밖에 없었다. 그녀 말의 논지는 뒤에 그녀가 그 반대편에 있는 사람들에 대한 감정을 늘어놓고 나서야 비로소 어렴풋이 손에 잡히기 시작했다.

"기본적으로 저는 게으름을 극복하고 성공한 사람이나 환경이 좋거나 혹은 엄청난 재능을 부여 받아서 승승가도를 달리는 사람들에게 별 매력을 못 느껴요. 그보다 뭔가 결핍돼 있는 사람들한테 관심이 가죠."

그렇다면 그녀의 '게으름에 대한 찬양'은 결국, 새벽종이 울리던 새마을운동에서 세계화시대의 일등국민으로 이어지는, 그 오랜 세월을 거쳐오면서 시나브로 우리의 유전자에 각인된 '속도전'에 대한 거부 혹은 반성의 의미로 해석될 수는 없을까. 그렇다면 이같은 속도전에 대해 한번도 되물어 보지 않은 나 같은 시대적 속물(俗物)은 이런 저런 꼬리표를 붙이지 않은, 속도전에 감염되지 않은 '게으름 자체'의 때묻지 않은 맨얼굴을 애당초 이해할 수 없을지 모른다.

요컨대 그녀는 어떠한 의미부여도 단호하게 거부하면서, 다만 주류의 속도에 비해 눈에 띄게 느린 자신의 고유한 걸음걸이를 마음껏 누리겠노라는 다소 엉뚱한 고집을 부리는 셈이다. 순간 그녀의 느린 걸음에 천천히 발을 맞추어본 내 머릿속에 불현듯 다음과 같은 생각이 지나갔다. 아마도 그녀의 게으름이 '도덕적으로' 아무런 손가락질을 받지 않는 그 너머 어딘가에, 오늘날 속도전의 문화적 변형에 불과한 패스트푸드 문화와 다른 진정한 문화(文化)가 자리잡고 있을 거라는 생각 말이다.

마지막으로 그녀의 섬세적인 캐릭터에 대해 돌아볼 차례인데, 이 부분에 대해서는 그녀의 어린 시절 에피소드 한 토막을 인용하는 것으로 충분할 것 같다. 요컨대 남성적인 정체성을 가지지 못한 '섬세'가 완고한 가부장적 가치관의 금 밖으로 밀려나 있듯이, 맨얼굴의 그녀 역시 미달하는 여성적인 정체성 때문에 가부장적 가치관의 금 밖으로 나와 서 있는 건 아닐까. 하지만 한 가지 덧붙일 것은 그녀는 이 같은 금 긋기의 횡포에 대해 대단히 씩씩하게 대처해 왔다는 사실이다.

"저는 여자애들한테 요구되는 고무줄놀이나 삔따먹기, 말방치기 같은 놀이들은 별로 안 좋아했어요. 대신 남자애들이 하는 구슬치기 자치기 비석치기 같은 것들을 굉장히 좋아했어요. 특히 저는 구슬치기나 딱지치기에는 천부적인 재능을 가지고 있어서 오빠들이 아무리 잃고 와도 저희 집에는 항상 깡통 가득 구슬이 있었어요 (웃음). 하여튼 요즘도 동네 어른들께서 가끔 만나시면, 아직까지 그 동네 아이들 중에서 그렇게 구슬치기를 잘하는 애가 없다는 얘기를 하실 만큼 잘했어요."

사람으로 한평생 산다는 것 자체에 굉장한 연민을

앞서 나는 그녀의 영화가 간지러운 웃음으로 버무려진 싸한 페이소스를 느끼게 한다고 말한 바가 있었다. 분명 그녀 영화의 진수는 예의 연민 혹은 페이소스일 것이다. 하지만 그녀는 아마도 속도전에 보복당하는 것일 터인 자기 영화 주인공들의 초라한 실패에 대하여, 함께 울음을 터뜨리거나 머리띠 두르고 싸우자는 식의 화끈한 해법을 제시하지는 않는다. 그러니까 누군가를 향한 격정적인 분노보다는 모두를 향한 연민 어린 포옹이랄 수 있는 애매한 표정으로 끝을 맺는다. 그래서 나는 그녀를 향해 왜 당신의 영화에서는, 예컨대 학생들에게 기막힌 두발 당수를 해대는 선생님처럼 가해자임이 분명한 사람에게도 증오보다는 쓰디쓴 연민을 보이느냐고 물어보았다.

"아무리 나쁜 사람도 내 입장에서 볼 때 나쁜 것뿐이에요. 알고 보면 그 사람의 다른 면이 다른 사람에게는 좋을 수도 있는 거죠. 기본적으로 모든 인간이 사람으로 태어나 한평생 산다는 것 자체에 굉장한 연민을 느껴요. 제 생애뿐 아니라 다른 사람들 또한 아무리 화려하게 살고 있어도 저 사람도 참 사느라고 고생하는구나, 이런 생각을 많이 하죠."

그렇게 볼 때 학생들을 때리는 선생조차도 남의 아픔이나 상처에 대해 예민하지 못해서 그럴 뿐이지 그렇게 나쁜 사람이겠으며, 영화 속의 아버지 역시 통상적으로 보면 나쁜 아버지지만, 그도 나름의 아픔이 있다고 본다는 것이다. 나는 다소의 무식함을 무릅쓰고, 그렇다면 예컨대 전두환처럼 수많은 사람을 학살한 인간은 어찌할 것인가 하는 질문을 던져봤다. 그녀는 그 사람이 한 짓은 엄청난 죄악이지만 그도 사실상 무지해서 그런 죄를 지은 걸 테고, 결국 자기 업보는 자기가 받고 말 거라고 했다. 하지만 나도 이른바 모래시계 세대의 한 사람으로서, 이를테면 '역사의 심판'이라는 선명한 개념에 익숙한지라 그녀의 입에서 해결책 삼아 흘러나온 업(業)이라는 개념이 어딘지 흐릿하고 성에 차지 않았다. 그래서 나하고 동갑내기임이 분명한, 이제 겨우 서른 아홉 고개를 넘었을 뿐인 이 여자의 어떤 기억이 그녀로 하여금 이런 말을 뱉어내게 했을까 궁금해졌는데, 이에 대한 해답은 아마도 다음과 같은 기억 어딘가로부터 시작되는 것 같았다.

"어렸을 때 집안 상황이 좀 안 좋았어요. 경제적으로도 좋지 않았고. 아버지가 거의 매일 술을 많이 드시고 들어오셨기 때문에 집안에 항상 불화가 있었어요. 어렸을 때의 기억들은 주로 아버지하고 얽힌 건데, 아버지가 오시는 시간이 나머지 가족들한테는 공포의 시간이었죠."

스무 살 무렵 아무 것도 가진 것 없이 상경해서 노무자로 일하다가 아마도 못 배운 한(恨) 때문에 갈수록 커져가는 좌절을 술로 푸셨던 아버지. 어렸을 때는 그저 공포스럽기만 했던 아버지의 절망을 점차 이해하게 되면서 그녀는 갈수록 증오보다는 포용을 배우게 됐고, 또한 사람살이에 대한 연민을 쌓아갔다. 결국은 아버지가 당신을 고통스럽게 했을 뿐 아니라 많은 걸 가르쳐주기도 하셨군요, 라는 말을 건네자, 그녀는 그렇다고, 상당히 어린 나이에 많은 것들을 겪으면서 사람살이에 대해 남보다 좀 일찍 눈뜨게 된 것 같다고 했다.

게다가 그녀의 마음이 이처럼 '애써 그늘진 곳을 찾아가' 안쓰러워 뵈는 것들을 매만지는 식으로, 그러니까 어딘지 '궁상맞은' 빛깔로 칠해진 데는, 아마도 영화 〈우묵배미의 사랑〉의 배경쯤 되는 그녀 동네의 남루한 풍경도 한몫 한 것 같다. 그리고 그 풍경은 고스란히 그녀 영화 속으로 걸어들어가 관객으로 하여금 변두리 외곽동네 삶의 후덥지근한 숨결을 생생히 느끼게 한다.

"인천의 변두리 동네였어요. 제가 초등학교 때도 논밭에 개구리가 있는 완전한 시골이어서 저희들은 굉장히 먼길을 걸어서 학교를 다녔죠. 동네 사람들도 다들 비슷했어요. 모두들 전라도나 충청도에서 아무 것도 없이 올라온 사람들, 시골의 논밭을 버리고 떠나온 도시의 최하층민들이었거든요. 동네 모든 사람들의 생활이 우리집하고 그렇게 다를 바가 없었어요. 다들 비슷한 사연과 비슷한 구조여서 늘 그런 것만 보고 자랐으니까, 사는 게 이런 거구나 하는 게 좀 있었죠."

요즘 그녀는 해인사 근처에 방을 얻어 살면서 절에 자주 간다고 한다. 원래 절을 좋아하는 터라 절에 가면 마음이 편하며, 이즈음에는 불경도 본다는 것이다. 그녀는 불교에서 얘기하는 것들과 자신의 기질이나 기호가 그런 대로 맞는 것 같다고 했는데, 그녀가 특히 마음에 들어하는 것은 인간만이 우월한 게 아니라 모든 생명체가 다 똑같다고 보는 부분이다. 다른 철학들은 너무 인간에만 포커스를 두는데, 불교에서는 인간의 위치나 사람의 생애라는 게 상당 부분 의미가 축소되고, 축생이나 생물 같은 다른 부분들에 대해서까지 배려를 하는 게 마음에 든다고 한다. 그녀의 연민은 인간뿐 아니라 모든 생물체가 생명을 얻어 살아가는 데까지 확대되는 모양이다.

이렇게 아집을 덜어낸 그녀 마음의 빈 자리에는 주변의 다른 이들을 향한 따스한 관심이 떠다니는데, 여기서 생겨나는 것이 바로 그녀 특유의 유머다. 말하자면 곧바로 폭소를 터뜨리도록 하는 게 아니라 웃을까 말까 하는 식의 어중간한 표정을 만들어 내는 것이다. 이것은 바로 그녀식 웃음의 안쪽에 자리잡은 인간에 대한 싸한 연민 때문이다. 그녀식 웃음의 성분을 나름대로 분석하던 나는, 웃는 건지 우는 건지 분간하기 힘든 표정을 짓던 배우 김승호의 어정쩡한 얼굴을 떠올리면서, 당신의 웃음이 한국적 웃음에 근접한 것 같다는 말을 건넸다. 그녀는 기꺼이 고개를 끄덕이면서, 한 시대를 더 거슬러올라가 자신의 웃음이 옛날 선비들이 하던 농담 같은 것, 그러니까 안 웃긴 것 같으면서 약간 웃기는, 그런 게 아니겠느냐고 했다.

어쨌든 우리는 한국적인 것의 맥을 잇는 문제에 있어 당위 아닌 취향이나 선호 차원에서 의기투합한 셈이다. 그녀는 어느 중견감독이 자신에게 던진 말, 불란서 갔다왔다면서 작품이 대단히 토속적이다, 다른 유학생들과 다르게 어딘지 '된장 냄새가 난다'는 따위의 말을 꽤 자랑스럽게 전했다. 그녀는, 그것은 아마도 자기가 작품을 풀어가는 방식이 테크닉을 현란하게 사용하지 않고 웬만큼 자연스럽다는 걸 의미할 거라고 덧붙였다. 그렇다면 기교가 없는 빈자리를 메우는 것은 뭘까. 너덜너덜한 일상 위를 떠다니는 보일

락 말락 한 웃음 따위가 그 자리를 차지하고 있으며, 이것이 바로 그녀 영화에서 묻어나는 된장 냄새의 정체가 아닐는지.

초등학교만 나온 노동자도 느낄 수 있는 영화

흥미로운 사실은 80년대라는 뜨거운 시절 대학 캠퍼스에 몸을 담았음에도 불구하고 그녀는 학생운동과 손톱만큼의 관계도 맺지 않았다는 것이다. 그때 그녀는 '변화한다손 치더라도 그게 뭐 개개인의 인생에 엄청난 변화를 줄 것인가' 하는 생각을 했다고 한다. 이것은 물론 앞서 살펴본 그녀의 인생관에 비추어볼 때 새삼스러울 것은 없겠지만, 또한 간과해서는 안될 것은, 그럼에도 그녀의 생각이 '너덜하고 궁상맞은' 현실에 대한 관심에서 근본적으로 철수해 버린 적은 결코 없다는 사실이다. 그렇다면 현실과 그녀 사이의 '너무 멀지 않은' 거리감과 동시에 현실에 대한 그녀 나름의 '너무 가깝지 않은' 관심을 동시에 만족시켜줄 수 있는 예술행위로 선택된 것이 바로 영화가 아닐는지—그렇게 그녀는 영화라는 문 속으로 걸어 들어갔던 모양이다.

"영화라는 매체에서 좋았던 점은, 다른 예술은 그것을 향유하기까지 상당한 훈련이나 전문지식이 있어야 하고 특히 우리나라는 주로 대학교를 나오고 어느 정도 생활의 여유도 있는 계층들이 즐기는데, 영화는 정말 풀기에 따라서는 초등학교만 나온 사람도 뜻을 주고받을 수 있다는 점이 굉장히 좋았어요. 사실 고급예술이라는 걸 별로 좋아하지도 않거든요. 그래서 제가 바라는 영화는 사실 아주 평범한 사람들, 그냥 우리 엄마나 초등학교만 나온 40대 노동자도 감독이 전하는 메시지를 받을 수 있고, 또 거기서 느끼는 감정들을 서로 교류할 수 있는 영화예요. 그래서 영화를 하게 됐고, 영화가 좋았죠."

그녀의 말을 듣던 나는 엘리트적인 고급예술에 대한 거리감이나 예술에 대한 민중주의적인 성향에 있어 그녀의 예술관 역시 누구 못지않게 모래시계 세대적인 것이 아닐까 하는 생각이 들었다. 그래서 실제로 당신의 영화를 보러 오는 사람들은 그런 사람들이 아니지 않느냐고 되물었다. 물론 이 질문의 이면에는, 나 자신의 오랫동안 숨겨온 고민거리이기도 한 질문, 그러니까 당신은 혹시 현실적으로 가능하지도 않은 민중주의 때문에 차라리 현실적인 가능성을 지니는 지성주의마저 잃어버리는 게 아니냐는 또 다른 질문이 숨어 있었다.

그러자 그녀는 천천히 고개를 끄덕이면서도 다시 한번 자신이 갖고 있는 턱없는 희망을 고집스레 되뇌었다.

"그렇지만 사실 평범한 사람한테 영화를 보여줬을 때, 그가 아무런 거리감 없이 내가 하려는 얘기를 알아들을 수 있지 않을까 하는 생각을 지금도 갖고 있어요. 물론 문법상으로 조금 졸 수는 있지만, 이해하려고 노력하면 하지 못할 현학적인 건 없으니까."

그렇다면 양손에 떡을 쥘 수 있는 해결책은 없는 걸까. 그녀는 이상적인 형태로서 여러 계층의 많은 사람들을 다 즐겁게 해주면서도 그 안에 페이소스가 있고 주제가 있는 채플린의 영화를 들었고, 그의 천재에 못 미치는 자신 같은 사람들이 할 수 있는 차선책으로는 여러 가지 다양한 기호와 철학, 주제를 다층적으로 심어놓는 것, 그래서 일단계까지 가능한 사람은 그 자체로서 완결성을 찾게 하고, 더 깊은 생각을 가지는 사람은 이단계 삼단계의 의미까지 파악해 들어갈 수 있는 구조를 들었다.

이렇게 그녀는 타협적인 차선책을 현실적인 대안으로 생각하고 밀고 나갈 정도로 민중적인 보편성에 대한 희망을 버리지 않았는데, 이것은 자라온 환경상 엘리트의식 따위가 애당초 자라날 토양이 없었을 뿐 아니라 그 같은 예술관을 통해서만 사람살이 본래의 모양새를 담아낼 수 있다는 신념 같은 것, 그러니까 민중적인 보편성만이 지성적인 깊이 자체를 사상누각으로 만들지 않을 반석이라는 믿음을 지니고 있었기 때문일 것이다(이 같은 믿음은 지금까지 그녀가 만든 두 편 영화의 밑바탕에 단단히 자리잡고 있다).

문화란 자연스런 기호와 취향이 쌓이는 것

하지만 그녀가 이처럼 민중적인 넓이와 지성적인 깊이를 한데 버무린 영화를 만들겠다는 고집스런 바람을 놓지 않는 데는 프랑스 문화를 엿보고 난 뒤 얻게 된 우리 문화에 대한 전면적인 반성과 새로운 미래의 청사진이 한몫을 하고 있다.

불란서에 있을 때 조그만 동네신문의 귀퉁이에 무슨 감독의 무슨 영화가 복원되어 1회 특별상영을 한다는 광고가 조그맣게 났는데, 자신밖에 없지 않을까 생각하며 가보면, 80대 할머니부터 거리나 지하철에서 잠자는 알코올 중독자, 그리고 10대 소녀에 이르기까지 다양한 연령층과 사회계층이 와서 줄을 서더라는 것이다. 그리고 그 80대의 할머니가 영화를 보러 가는 건 그녀가 어렸을 때부터 영화를 봐왔기 때문이라는 것이다. 이처럼 자연스런 기호(嗜好)와 취향들이 쌓이고 쌓여 두터운 관객층을 이루고, 이것이 좋은 영화와 깊이 있는 문화를 이루는 토대가 되었다는 것이다. 이렇게 볼 때 지난 60년대에 저녁밥 지을 쌀을 씻어 놓고 십리를 걸어와서 영화 보던 아줌마들이나 극장을 찾아들던 촌로들이 고정관객층으로 남아 그게 영화계의 힘이 되지 않는 우리의 현실이 참으로 절망스럽게 느껴진다고 한다. 그리고 그들이 그저 그 시대의 구경거리, 오락거리로서 극장을 찾았다가 그 시대가 지나고 나서 단 한번도 극장에 간 적이 없듯이, 이른바 영상시대라는 오늘의 열광적인 관객들 역시 그렇게 문화사의 한 페이지를 장식하는 것으로 끝나 버리지 않을까 하는 불안감에 휩싸인다는 것이다. 이렇게 매시기마다 문화는 새롭게 뻥튀기 되어 탄생하고 그때마다 남김 없이 소진(消盡)되어 버리며, 도무지 쌓이는 것은 찾아볼 수 없는 것, 이것이 바로 그녀가 우리 문화현실에 대해 내놓은 전면적인 비판이자 반성이기도 한 것이다.

그렇다면 어디서부터 희망을 찾아야 할 것인가. 그녀 역시 얼마 전부터 우리 사회에 형성되어 가는 젊은 매니아층으로 시선을 돌렸다. 하지만 그녀는 이들의 매니아적 동기 자체에 대해 근본적인 의혹을 감추려 들지 않았다.

"지금 젊은 영화 매니아라는 사람들도, 뭔가 영화를 알아야 이 시대에 대화가 되고 뭔가 한마디라도 더 해야 인정을 받으니까, 그들을 더 열광시키는 미디어가 나타나거나 더 잘난 척할 수 있는 게 있으면 얼마든지 이탈할 수 있는 거죠. 순수하게 영화 자체에 애정을 느껴서, 영화 보는 행위 자체가 그 사람에게 카타르시스를 주고 생에 커다란 행복을 주지는 않는 거 같아요. 그렇게 되어야 평생을 가는 관람 행위가 되는 건데 ……."

그녀는 이런 관객이 10만 아니 5만만이라도 있어서 그것의 재생산이 확인되면 흔히 말하는 비상업주의 영화가 가능할 텐데, 지금 그게 확인이 안 된다고 했다. 물론 최근 들어 예술영화나 컬트영화 주위에 몰려드는 매니아 관객들이 있다고는 하지만 이들이 이름 값 있는 외국감독의 영화만큼 한국영화에 눈길을 주지 않고 사실상 한국영화를 굉장히 박대하는 걸로 봐서도, 이들이 마치 피에르 가르뎅 같은 유명상표를 고르듯이 영화를 선택하는 게 아닌가 하는 생각이 든다는 것이다.

그래서 그녀는 우리의 문화적 현실과 그녀가 엿본 불란서의 그것 사이의 '상상을 못하는 문화적인 갭'에 절망하면서, 우리사회는 지금 이 시점에서 새롭게 시작해서 이제부터 쌓아가야 하며, 앞으로도 몇십 년은 더 투자해야 할 거라고 말했다. 그리고 지금 우리 영화문화의 자산이라는 몇만 명의 매니아조차 앞으로 어떻게 변할지 모르는 것이어서 그 저력을 다시 한번 점검해야 할 거라는 따끔한 지적도 잊지 않았다.

상상력이란 한 템포 쉬어 가는 여유에서 나오는 것

물론 여기서 그녀는 적지 않은 지식인들이 그렇듯이 어줍잖게, 예컨대 프랑스 같은 바깥쪽에 서서 자신의 뿌리인 우리사회를 향해 혀를 차며 설교하는 식으로 말한 것은 분명 아니다. 하지만 그녀의 말을 듣던 나는 묘하게 마음이 뒤틀리는 것을 느꼈는데, 아마도 그녀의 아픈 지적이 나의 민족적 자의식을 건드렸기 때문일 것이다. 그래서 어딘지 심술이 돋아나기 시작한 나는, 영화 〈우중산책〉이 한편으로는 토종냄새가 묻어나면서도 다른 한편으로는 일상의 모퉁이들을 한순간 '예술적으로' 들었다 놓는 상상력이 발휘된 점에서 어딘지 우리에게 낯설며, 그게 혹시 불란서에서 온 지 얼마 안 됐을 때 만들었기 때문은 아니냐고 물었다.

그녀는 과연 자기가 불란서 갔다온 사실을 염두에 두는 사람들이 가끔씩 불란서 냄새가 난다는 얘기들을 하곤 하는데, 어쨌든 불란서 영화의 약발은 아닐 거라고 일단 손을 저었다. 무엇보다 자신이 불란서에 가서 본 천여 편의 영화 가운데 불란서 영화는 20% 미만이며 나머지는 일본, 중국, 아프리카, 남미, 동구권의 영화들이었다는 것이다. 하지만 또한 그녀는 〈세친구〉에서는 미처 도달하지 못했다는 〈우중산책〉의 어떤 상상력의 존재를 인정하면서, 그것이 불란서 영화의 전통뿐 아니라 우리 영화의 전통과도 무관하다고 말했다.

그렇다면 그것은 어디에서 온 것이란 말인가. 이 문제에 대한 그녀의 진단은 다음과 같다. 도대체 우리 문화에는 '상상력'이란 것이 발붙일 자리가 없어서 모종의 상상력을 발휘하기만 하면 그것이 고스란히 외래적인 것으로 받아들여진다는 것이다. 그리고 내친 김에 우리문화의 척박한 상상력에 대해 목소리를 높였다.

"한국의 다른 문화 파트에서는 어떨지 모르지만, 영화 쪽에서 보면 어쨌든 리얼리즘이 강세고 비리얼리즘은 거의 찾아보기 힘들어요. 화법들이 굉장히 직설적이고, 전반적으로 표현주의나 약간 상상이 가미된 것들이 자라기 힘든 문화 풍토가 아닌가 싶어요. 유교적인 건지도 모르겠는데, 우리가 살아온 사회환경 자체가 굉장히 위축되어 있어서, 뭔가 '한소리' 하는 걸 이해하고 포용하기보다는 쓸데없다는 식의 반응을 하기 때문에 문화적인 풍토가 전반적으로 경색돼 있어요. 영화는 특히 그게 심해요. 그러다 보니 〈우중산책〉의 다소 숨통을 튼달까 하는 부분은 사실 한국적인 것에는 있지 않은 것이고, 어딘지 낯설어 보이는 거죠."

그렇다면 그녀가 이렇게 '숨통 트이는' 상상력을 발휘할 수 있었던 계기는 무얼까. 그녀는 불란서에서의 생활이 어느 정도 도움이 되었다고, 그러니까 영화적인 견문이라기보다는 한 템포 쉬어갈 수 있는 인생의 여유랄까, 그런 게 한몫을 했다고 한다. 그리고 사지선다형을 기본으로 하는 우리의 교육환경이나 이런 저런 역사적인 배경에 비추어 기발한 창작이 나오기가 어려운 풍토 아니겠냐고 덧붙였다.

인생에 있어 한 템포 쉬어 가는 여유야말로 상상력의 온상 아니겠냐는 그녀의 말을 들으며 문득 앞서 그녀의 고집스런 취향으로 소개된 '게으름에 대한 찬양'이 연상되었다. 하지만 그녀는 그것을 불란서에서 우연히 주워들었다고 해서 그쪽 동네의 삶을 절대화하는 식의 어리석음을 감행하지는 않았다.

그보다 언젠가부터 우리가 잊고 사는 우리네 정신유산, 오늘의 우리보다 훨씬 여유가 있던 선조들의 정신문화 쪽으로 말머리를 돌렸다. 굉장히 힘든 것도 오히려 해학으로 풀어냈던 점이나 끈질긴 생명력, 여유로운 농담에서 엿보이는 넉넉한 저력 같은 게 있었다는 것이다. 그녀는 우리 역시 결국은 그렇게 가야 되는 것 아니겠냐고, 아무리 유럽을 들먹여 봤자 우리나라는 아니지 않느냐고 반문했는데, 나 역시 애당초 돋아나던 심술스런 의혹을 어느 틈엔가 지워 버린 채 한결 넉넉한 마음이 되어 그녀의 말에 맞장구쳐대고 있었다.

어느덧 만남을 마무리할 시점이 되자, 오래 전부터 시나리오를 쓰고 있다고 들었는데 다음 작품은 어떤 것이 될 거냐고 물었다. 그녀는 영화감독이 논다고 하면 아무도 안 믿고 다 시나리오 쓴다고 생각한다며 웃었다. 그 말을 들으니 장장 네 시간씩이나 그녀로부터 받은 게으름에 대한 교양에도 불구하고 여전히 내 핏속에는 속도전에 대한 강박관념이 들끓고 있다는 데 생각이 미쳤다. 하지만 뒤이어 사람이란 그렇게 갑자기 변하는 것이 아니며 그 같은 변함없음 역시 또 하나의 미덕일 수 있다는 식으로 스스로를 위안하고는, 어서 빨리 그녀의 다음 작품을 보고 싶다는 모종의 압력을 전하는 것으로 인터뷰를 닫았다.

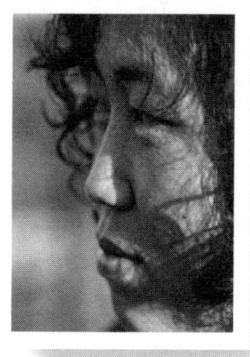

김동원

김동원 / 1955년 서울 출생, 서강대학교 신문방송학과와 동대학원 졸업, 1986년부터 상계동 철거촌에 들어
가 살면서 다큐멘터리 작업을 시작했다. 1991년에 다큐멘터리 제작집단 '푸른영상'을 만들어 독립영화운동을
이끌어왔으며, 현재 민예총 영화위원회 위원장과 인권영화제 집행위원장을 맡고 있다. 기록영화 〈상계동올림
픽〉(1988) 〈벼랑에 선 도시빈민〉(1990) 〈하느님 보시니 참 좋았다〉(1991) 〈미디어 숲 속의 사람들〉(1994) 〈하
나가 되는 것은 더욱 커지는 일이다〉(1995)와 정신지체아동의 부모들을 위한 프로그램 〈엄마 아빠 할 수 있
어〉(1989), 다큐멘터리 3부작 〈길〉(1995, KBS에서 방영)을 만들었다. 〈명성, 그 6일의 기록〉으로 제2회 부산국
제영화제에서 최우수 독립영화상(1997), 〈풀은 풀끼리 늙어도 푸르다〉로 제9회 카톨릭 영상대상을 수상했다.

된장찌개 먹는 게
불행하다고는 생각지 않아요

그를 만나러 간 날은 잔뜩 흐린 하늘에 비까지 추적거렸다. 전화로 받아 적은 주소를 더듬어, 신대방 3거리의 마지막 고개 끄트머리에서 그가 대표로 있는 '푸른영상' 사무실을 찾아냈다. 카센터와 작은 교회 위층에 자리잡은 작업실 주변의 찔걱거리는 분위기가 건너편 삼성아파트의 산뜻한 느낌과 대조를 이루었다.

문을 열고 들어간 순간 작업복 차림의 청년들이 일전(一戰)을 앞두고 작전회의라도 하듯이 머리를 맞대고 모여앉아 있었다. 그들속에서 둥그런 인상에 따스한 눈매, 그리고 수수한 차림새를 한 이가 걸어오더니 반가운 얼굴로 내게 악수를 청했다. 바로 김동원, 그였다.

사무실 한켠에 앉아 그들을 지켜보면서, 그가 만든 철거민에 관한 다큐멘터리 〈상계동올림픽〉〈행당동사람들〉의 장면들을 떠올렸다. 삶의 벼랑에서 버티고 있으면서 때론 알 수 없는 활기를 내뿜기도 하는 사람들, 그들은 김동원 작품의 주인공이면서 그와 그를 둘러싼 이웃이기도 했다. 마침 점심시간이라 근처 밥집에서 간단

한 식사를 대접받았다. 2,500원짜리 가정식 백반이었는데, 값도 싸고 맛도 있다는 그의 '생색'이 그런 대로 수긍이 갔다.

그는 최근 인권영화제를 열었다 구속된 '인권운동가 서준식 무죄석방 공동대책위원회' 집행위원장이며, '봉천 9동 주거대책위원회' 위원장이기도 하다. 표현의 자유와 도시빈민의 생존권이 그의 주요 관심사라는 말이다. 3년 여의 상계동 생활에서 시작된 판자촌과의 인연은 봉천동으로 이어져, 이제는 외모마저 달동네 아저씨의 텁텁한 인상을 닮았다. 하지만 처음부터 그랬던 건 아니다. 그는 고교평준화 이전, 이른바 명문인 경기중·고등학교를 졸업한, 꽤 괜찮은 집안의 아들이다. 그렇다면 오늘 그의 삶은 대단한 이변이자 의외인 셈인데, 무엇이 그를 그쪽으로 가게 만들었을까.

존경하는 선생님을 한 명도 못 만났어요

그는 유복한 집안에서 태어났다. 의사인 어머니와 사업가인 아버지, 두 분 다 평안북도 강계가 고향인 실향민으로서, 그들은 여유 있는 중상류층 가정을 꾸렸다. 부족한 것, 아쉬운 것이 없었기에, 그는 밝은 표정의 우등생으로 자라났다. 그런데 주어진 규범을 준수하는 우등생의 안쪽에 태생적인 저항의식이랄까, 자유주의자의 기질이 숨어 있었던 걸까. 사춘기의 그는 반듯한 앞쪽에서 후미진 뒤쪽으로 슬그머니 자리를 옮겨간다. '놀기 시작한' 것이다.

"사실 제가 논 역사는 중학교 때부터니까 오래 됐죠. 친구들 영향이 컸어요. 중학교 때 통기타 치고 보컬도 하고 …… . 그때는 보컬 하면 정학이나 퇴학을 당하는 분위기였잖아요. 그래서 발표회 몰래 하다 잡히기도 했죠. 무슨 뜻인지는 정확히 몰랐지만 밥 딜런이나 사이먼 앤 가펑클, 도어즈 같은 저항적인 포크송이 저한테 깊은 영향을 끼쳤어요. 사전 찾아가며 가사를 외우기도 하고, 뭔지 모르지만 반항정신을 배웠던 것 같아요. 그리고 학교를 좀 우습게 봤어요. 출석은 해야 되니까 책가방만 놓고 개구멍으로 빠져나와서 영화를 보러 갔죠. 개봉 첫회를 봐야만 직성이 풀리고, 또 그렇게 몰려다니는 친구들이 있었으니까. 텔레비전이 보급됐을 땐 AFKN에 나오는 영화를 밤새며 본 적도 많아요. 그리고 무엇보다, 불행하게도 존경하는 선생님을 한 명도 못 만났어요."

얼핏 불량학생의 수기처럼 느껴지기도 하지만, 70년대의 그 시절을 기억하는 사람이라면 그의 외도(外道)가 당시 유행하던 이른바 청년문화(靑年文化)의 일탈적인 흐름과 함께 한 것임을 알아차렸을 것이다. 거기에 따라붙은 저항적인 분위기 역시 숨막힐 듯한 유신체제를 떠올리면 고개가 끄덕여진다. 하지만 중학교 때부터 시작된 그의 방황은 분명 이른 감이 있고, 이것은 아무래도 애당초 그의 몸속 어딘가에 삐딱한 자유주의자의 피가 흐르고 있었기 때문이라고 보는 편이 맞을 것 같다.

하지만 놀기 좋아하고, 인간 대 인간의 사람 사귀기를 좋아하는 자유주의자 기질은 대체로 진한 휴머니즘 성향과 닿아 있게 마련인데, 당시 그를 둘러싼 학교나 가정, 곧 기성의 체제에는, 지금도 그렇지만 이 같은 갈증을 풀어줄 만한 인간적인 여백(餘白)이 부족했다. 앞서 그는 불행한 일이라고 토를 단 다음, 존경하는 선생님을 한명도 못 만났다는 '쓰라린' 고백을 늘어놓았는데, 이처럼 주변에 푸근히 마음을 기댈 만한 아름드리 나무가 없었다는 사실은, 이후 그의 방황이 훨씬 길어지고 그의 마음풍경이 좀더 황량한 쪽으로 변해갈 것임을 말해 준다.

조그만 세계에 있다 이질적인 사람들을 만나게 된 거죠

대학시절에 대한 그의 회상은 엉뚱하게도 자신이 '늦깎이'라는 고백에서부터 시작됐다. 보통 늦깎이라는 말은 뒤늦게 크게 이룬 대기만성(大器晚成)형의 성공담을 말할 때 사용된다. 하지만 그가 이 말을 사용한 것은 출발점의 자신이 별다른 문제의식 없이 그저 '노는 게 재미있어서' 이쪽저쪽을 따라다닌 사실을 털어놓기 위한 겸양지심에서였다.

그는 대학교 때 연극반에서 활동했는데, 창작극이나 우리문화에 대한 관심보다는 당연히 번역극을 하는 건 줄 알았으며, 사회문제에 대한 관심도 별로 없었다고 한다. 머리를 길다랗게 기른 채 이전보다 더욱 팝송이나 사이키델릭 같은 것에 빠져들었고, 심지어는 대마초를 피우기도 하면서 막연한 저항의식을 키웠다. 하지만 연극반의 주요 레퍼토리인 부조리극이나 표현주의 연극과의 만남이 그랬던 것처럼, 어느 것 하나 그의 삶 깊숙한 데까지 들어와 그를 떡하니 붙들며 어딘가로 이끌어 주지는 못했다. 그렇다면 이 시절의 방황은 그에게 무엇을 남겼을까.

"중산층 출신이고 어려운 게 없었으니까 근본적으로 고민할 계기가 없었어요. 그러다가 연극반에서 소주병 하나 놓고 이틀 동안 꼼짝 않고 앉아 있는다든지 하면서, 몸을 굴리거나 게기는 걸 많이 배웠죠. 저는 밝은 편이라 그런 걸 싫어했지만, 연극반 친구들 중에 어둡고 딜레탕트 기질이 있는 친구들이 많았어요. 모든 것에 대해 굉장히 냉소적인 연극반 선배가 한 명 있었는데, 저처럼 잘놀고 고민 없는 애들 꼴을 못봐서 항상 긁었죠. 그 선배, 그렇게 좋아하지는 않았지만 영향을 많이 받았어요. 굉장히 어렵게 산 사람이었는데……. 나쁜 짓을 많이 하면서도 항상 떳떳한 거야. 어쨌든 그 선배로부터 보통 우리가 상식적으로 생각하는 규칙들이 굉장히 허술할 수 있고 상황에 따라 용납될 수도 있다는 걸 배웠어요. 조그만 세계에 있다 완전히 이질적인 다른 사람들을 만나게 된 거죠……."

안온한 중상류층 집안의 우등생이 자신의 조그만 세계에서 벗어났다는 건 무얼 의미할까. 반듯하게 정돈된 규칙의 세계에 갇혀 있던 일류(一流)의 엘리트 의식이 좀처럼 이해하기 어려운 세계, 그러니까 마구 흐트러져 있고 때로는 엉망진창으로 뒤집혀진 것처럼도 보이는 삼류(三流)의 저잣거리 삶을 향해 마음의 문을 조금 열어 놓게 된 건 아닌지. 어쩌면 이 시절의 방황은 뒷날 그의 판자촌 생활과 그곳의 일상을 카메라에 담는 다큐멘터리 작업의 숨겨진 토대로 작용했을 것이다. 군복무를 마치고 대학원에 진학하면서 그의 '딴따라' 생활은 막을 내리는데, 그것은 무엇보다 더 이상 연극을 할 수 없으리라는 생각이 들었기 때문이다. 아마도 연극이라는 무대에서 벌어졌던 그의 방황이 막다른 골목에 부딪혀서, 그곳을 돌아 나올 수밖에 없었던 모양이다. 이후 그는 영화 쪽으로 방향을 틀었는데, 말하자면 직접 몸으로 부딪는 뜨거운 매체에서 빠져 나와 렌즈를 통해 세상을 들여다보는 차가운 매체로 돌아섰다고 할까. 하지만 영화 역시 그가 갈망하던 무언가를 채워주지는 못했다.

"영화판에서 사실 실망을 많이 했어요. 이장호 감독의 〈바보선언〉 연출부로 일하기도 했는데, 영화라는 게 그럴 듯해 보이지만 그 안에서 내가 할 수 있는 일이 거의 없더라구…… . 내 관심은 실험영화 같은 거였는데, 이게 받아들여지기 힘들다는 걸 알았죠."

그는 왜 실험영화를 하고 싶었던 걸까. 영화로 옮겨간 뒤에도 여전히 마음속 빈 공간을 메워줄 '자기만의 뜨거운 무엇'을 찾고 있었던 것은 아닐까. 바로 그때 그의 곁을 찾아온 것이 종교였고, 또 그 너머에는 상계동의 삶이 기다리고 있었다.

도저히 배반을 못할, 그런 사람들이 있어요

"미래에 대한 두려움도 있고, 갓 제대해서 뭘 해야 될지도 잘 모르겠고 ……, 아무튼 굉장히 괴로웠던 기억이 나요. 그러니까 신앙을 가진 사람들의 분위기, 따뜻하고 남을 배려해줄 줄 아는, 그런데 감동했던 것 같아요. 거기에 끌려서 교리 공부를 하고 영세를 받았어요. 그때는 지푸라기라도 잡고 싶은 심정이었을 거예요. 우울증이랄까, 나한테서 못 벗어났던 거죠. 영세 받으면서 많이 좋아졌어요. 나를 많이 바꾸게 됐죠. 그때는 새벽미사 때 괜히 눈물이 나곤 했어요. 옛날같이 삐딱한 생활을 하지 않고, 주변사람을 배려하고 감사하는 마음이 돌파구를 만들어줬어요. 주변에 조금 눈을 뜨게 된 거지…… ."

흥미로운 건 종교에 대한 이야기를 하면서 한번도 신(神)에 대해 말하지 않은 것이다. 대신 그는 자신이 만난 신앙인들의 따뜻함과 타인에 대한 배려, 그리고 헌신에 대해 말했다. 그가 처음으로 존경할 만한 사람을 만나게 된 것도 바로 이 어름이었다. 그 후 그는 우연한 기회에 들어가게 된 상계동 판자촌에 또 어찌어찌 눌러앉음으로써 그들과 진한 인간적 나눔을 가지게 된다.

"그 사람들을 만나면서 좀 변했죠. 상계동 갔을 때 정일우라는 미국인 신부를 만났어요. 있다 보니까 거기 이삼 년 같이 있었죠. 그 신부의 신앙관은 굉장히 독특했어요. 예를 들어 가난한 사람이 행복하다는 얘기라든가, 성경을 아무리 읽어도 잘 몰랐던 부분들을 정말 명쾌하게 얘기해 주었어요. 어린애같이 밝고 명랑하면서도 상당히 깊었어요. 그 신부하고 특히 친하게 지냈죠. 그리고 천주교도시빈민 활동하는 사람 중에 특별난 사람이 몇 명 더 있었어요. 그 중에서도 내가 도저히 배반을 못할 만한 그런 사람들이 실제로 있으니까 아직까지 도망가질 못하는 거죠. 완전한 사람들은 아니지만 그 앞에서는 어떤 변명도 필요 없는 그런 삶이 있어요. 전에는 우리사회가 이렇게 썩었고 권력이라는 게 이렇게 더럽다고만 생각했는데, 상계동 들어가서 세상에는 좋은 사람이 많다는 걸 느꼈고, 큰 충격을 받았어요."

그가 상계동에 들어간 것은 정말 우연이라고 한다. 알고 지내던 신부가 나중에 손해배상이나 강제철거 증거로 기록해둘 필요가 있을지 모르니까 비디오를 좀 찍어달라고 부탁해서 갔는데, 바로 그날 강제철거를 만났다고. 그래서 자연스럽게 그걸 찍게 됐다고 했다. 아수라장 속에서도 밥해 먹고 웃는 걸 보면서, 철거당할 때는 비명 지르며 울다가도 지나면 또 추슬러 가는 걸 보면서, 그때까지는 몰랐던 생명력 같은 걸 느꼈다고. 그 안에는 그들과 그냥 같이 있기도 하고 돕기도 하는 지식인들이 꽤 있다는 것도 그때 알게 되었다고. 천주교도시빈민회에 들어갈 땐, 용감하게 자신을 투신하는 그들을 보면서 자신도 용기를 얻을 수 있었다고도 했다. 저렇게 살 수 있고, 저 삶이 바람직하겠다고 생각했다고.

이제 그는, 존경하는 사람을 만나지 못한 채 제멋에 겨워 또래끼리 놀던 젊은날과는 달리, 주변에 좋아하고 존경하는 사람들이 꽤 많아졌단다. 상계동 이후의 얘기라고 하면서. 가만 돌아보니 상계동 얘기를 할 때마다 그는 언제나 우연을 의미하는 단어를 꼬리표처럼 붙이곤 했으며, 그럴 때마다 나는 '어머나 세상에 그런 우연이라니!' 하며 고개를 끄덕였다. 하지만 이제 보니 그건 우연이 아니었던 게다. 그는 무언가를 간절히 기다리고 있었고, 그들은 그런 그를 알아차리고 다가와 손을 내밀었던 것이다.

입술에 침을 한번 더 바른다든지 하는 모습을 찍는 거죠

그는 다큐멘터리 감독이다. 그리고 다큐멘터리 역시 영화의 한 분야이므로, 또한 영화감독이기도 하다. 하지만 그는 여느 영화감독처럼 시나리오 작가가 만들어준 재미난 이야기를 영상으로 옮기는 일을 하지 않는다. 대신 카메라를 들고 떠돌며 카메라의 눈을 통해 세상을 들여다보다, 그곳에서 발견되는 숨은 이야기를 화면으로 끄집어내는 일을 한다. 말하자면 그는 다큐멘터리 시네아스트(cineaste, 영화작가)인 셈이다.

물론 그 역시 처음부터 그랬던 건 아니다. 충무로에서 조감독 생활을 하기도 했으며, 한동안 그런 것만이 영화인 줄 알았다고 했다. 상계동에 들어가 생생한 삶의 현장을 한동안 찍으면서도 이건 이거고, 난 '영화'를 할 거라고 생각했단다. 하지만 그는 시나브로 변했고, 요즘 정말 자기가 왜 이렇게 변했을까 하고 가끔씩 자문해보는데, 한마디로 답변하면 '사필귀정(事必歸正)'이라고.

이제 그의 달라진 영화관(觀)에 귀 기울여보자.

"영상매체가 전문가나 자본가에게 독점되지 않고 진정한 자기표현의 수단이 되려면 완성도가 아닌 다른 평가기준이 있어야 된다고 생각해요. 영상매체는 속성상 대중적이에요. 자기 얘기는 자기밖에 할 수 없고, 자기만큼 잘 할 사람이 없잖아요. 물론 내 표현에도 한계가 있지만 일단 표현하는 그 안에 내가 담기고, 나의 한계라든지 자기고백까지도 담기니까. 홈비디오가 나온 뒤로는 그런 실험들이 많아졌어요. 카메라를 들고 있는 사람이 적극적으로 대상과 관계 맺는 것들이, 우리에게 보통 보여지던 것, 그러니까 그 사람이 무슨 얘길 했는가보다 재미있더라구요."

얘기를 듣다 보니 그는 대단히 일상적인 차원에서 접근하고 있었다. 하지만 그 역시 카메라를 안경 삼아 살아가는 감독일 텐데, 어찌 그라고 예술적인 자의식(自意識)이 없겠는가. 그래서 그런 식으로 접근하면 무언가 계속해서 손가락 사이로 빠져나가는 느낌이 들지 않느냐고 물어봤다. 그러자 그는 오히려 마음을 비우고 자의식을 지워 버리고, 현실의 자연스런 흐름에 몸을 맡긴 채 순간을 포착해야 한다고 했다.

"어떤 사람은 항상 카메라 갖고 다니면서, 예를 들어 리어카 장수를 만나면 따라다니면서 얘길 한대요. 처음엔 낯선 사람이 말을 건네니까 의심을 하다가 시간이 지날수록 점점 더 친해지는 과정이 찍히는 거죠. 처음에는 존대어를 쓰다가 나중에는 반말을 하면서, 얼만큼 친해지고 또 통한다는 게 느껴지잖아요. 그리고 또 아무 것도 아닌 것 같은 순간들을 언뜻 찍어놨는데 나중에 보면 좋은 장면들이 많거든요. 그런데 사실은 그런 걸 잘 안 찍고, 또 찍더라도 공식화하고 찍죠. 상계동에서 많이 찍었는데, 어떤 땐 너무 재미있어서 못 찍기도 하고 너무 슬퍼서 못 찍기도 했죠. 시시하다고 생각했는데 나중에 아 왜 그걸 안 찍었을까, 하고 후회하기도 하고. 어영부영 인터뷰라는 게 있어요. 하는지 안 하는지 잘 모르게 인터뷰를 하는 거죠. 인터뷰를 조금 있다 하는 척하면서 카메라를 펴놓는 거야. 그럴 때 좋은 장면이 많이 잡히거든요. 오히려 입술에 침을 한번 더 바른다든지 하는 모습을 찍는 거죠."

그는 그냥 슬슬 말을 이어나갔다. 하지만 듣다 보니 그의 말속에는 미학의 주요 주제의 하나가 깊이 있게 녹아 있었다. 그리고 무엇보다 그는 카메라와 함께 하는 매순간마다 그 같은 고민을 멈추지 않는 것이었다. 그는 마치 경전(經傳) 대신 카메라를 손에 든 사람교(敎)의 교주처럼 보였다. 따지고 보면 이게 바로 다큐멘터리의 근본정신 아니겠는가.

그는 우리사회가 용광로처럼 끓어오르던 80년대에 다큐멘터리 작업을 시작했다. 하지만 세상은 많이 변했다. 그렇다면 그에게는 어떤 변화가 있었던 걸까.

"저는 달라진 것이 별로 없어요. 원래 굳어 있는 걸 싫어했으니까 ……. 주제는 똑같은데, 요즘 들어 형식적인 고민, 그러니까 어떻게 드러내는가를 더 많이 고민하는 편이죠. 전부터 어떤 형식을 안 하겠다는 마음은 있었는데, 단지 그게 좀더 강해진 거죠. 그리고 이전에도 선전 선동물이 필요하다는 건 인정했지만 재미는 없고 나는 안 하려고 했는데, 요새는 더 재미가 없어졌지. 선전 선동이란 말 자체는 공감을 하지만 화면이 못 따라가는 목소리 같은 것을 보면 기분이 안 좋아요."

문득 사무실 한켠에 있는 사진 한 장이 눈에 들어왔다. 환하게 웃는 오지(奧地) 사람들의 모습. 너무 꾸밈이 없어서 오히려 눈부신 느낌이 드는 사진이었다. 일년에 한번씩 불교사원을 방문하는 네팔의 순례자 가족을 찍은 것인데, 선물 받은 거라 했다. 사진은 안 찍느냐는 질문에 중학교 때 사진반이었고, 사진은 참 매력적이며 자꾸 그쪽으로 마음이 간다고 했다. 사진은 설명을 안 해도 되며, 순간이 말한다는 말이 좀 애매하게 들리겠지만, 어떤 사진들은 정말 말을 한다고. 그리고 덧붙였다. 비디오는 한 시간을 봐도 말을 안 하는 경우가 많다고. 순간이 말을 한다는 것, 아마 이것이야말로 그가 가진 비장(秘藏)의 예술적 자의식일 거란 생각이 들었다.

이제까지 그의 카메라에 잡힌 단골들은 좌충우돌 삶에 끌려 다니는, 이를테면 민중이랄까 보통사람이랄까 하는 사람들이다. 한마디로 교양 있는 사람들이 아니지 않느냐고 물었더니, 그는 그런 사람들을 공격하려고 찍는다며 웃음 지었다.

"제 경험으로는 그쪽이 훨씬 건강해요. 말이나 태도가 자연스럽잖아요. 물론 문제도 상당히 많지만, 그것까지 포함해서 택일을 하라면 난 그쪽으로 거리낌없이 가겠어요. 아직도 만나는 고등학교 동창들 쪽에 가면 하는 얘기가 너무나 뻔하잖아요. 그보다는 오히려 산동네 사람들이랑 막걸리 먹을 때가 훨씬 재밌거든요. 산동네 사람들도 역시 머리를 굴리지만, 그게 밉지가 않아요. 왜냐하면 어차피 잘난 척하는 건데, 안 그런 것처럼 그러는 것보다 이편이 훨씬 나아요."

그는 정말 너무나 재미없어 보일 정도로 잘난 척할 줄을 모르는 것 같았다. 동네 사람들에 대한 그의 애정은 '민중 속으로!'를 외치는 지식인의 사명감에서라기보다는 그의 자연스런 사람살이의 취향에서 오는 것 같기도 했다. 〈봉천동사람들〉인가 하는 작품에서 머리띠 두른 수굿한 대머리 아저씨로 등장하여 어딘지 눈물겨운 느낌으로 말을 걸어오던 그의 모습이 떠올랐다. 그는 정말 변한 것이다.

그는 자신의 일이 두 가지라고 생각한다. 하나는 영상운동이고 다른 하나는 주민운동이다. 카메라를 가지고 일하는 건 자신의 달란트이고, 거창하게 '주민운동'이라기보다는 자신의 '삶의 뿌리'를 갖기 위해서, 아파트보다는 산동네에 사는 걸 좋아하기 때문에 거기 있는 거라고. 그는 지금 셋째를 낳는 바람에 '내려왔지만', 여전히 봉천동 철거민대책위원회 위원장을 맡고 있다. 그는, 누굴 만

나며 사는지 주변에 누가 있는지가 중요하며, 그런 조건은 스스로 만들어가고 지켜가는 거라고 생각한다.

독립영화, 그리고 영상매체의 민주화

김동원은 우리 독립영화의 대부(代父)라 할 만하다. 앞서 말했듯이 서준식씨 무죄석방을 위한 공동대책위원회를 이끌면서 독립영화 최대의 이슈인 '표현의 자유'를 위해 앞장서 싸우고 있을 뿐 아니라, 그가 대표를 맡고 있는 푸른영상을 비롯해서 독립영화협의회, 영화제작소 청년, 노동자뉴스제작단, 전국씨네마테크연합, 서울영상집단 같은 독립영화 단체를 아우르는 정신적인 지주 역할을 하기도 했다. 무엇보다 독립영화라는 것이 여건상 평생을 걸고 하는 것이 아니라 한때 거쳐가는 것으로 받아들여지는 현실에서, 불혹의 나이를 훨씬 지난 그가 든든하게 자리를 지키는 것만으로도 모두에게 큰 힘이 될 것이다. 그렇다면 독립영화란 도대체 무엇인지 그에게 물어봤다.

그는 우선 연륜이 길지도 않은 우리 독립영화의 개념이 여러 갈래로 흩어져 있다는 얘기부터 했다. 이름 자체는 영어의 인디(lndie)를 80년대에 번역해 놓은 것일 테고, 요즘은 또 독립영화 하면 저(低)예산영화를 주로 얘기하면서 제도권 영화에 자극을 줘야 한다는 식으로 생각들을 하는데, 자신이 생각하는 독립영화란 어쨌든 제도권 영화와는 관계가 없는 것이라고 못을 박았다. 무엇보다 그가 독립영화라는 말을 단단히 붙들고 있는 데는, 큰 영화든 작은 영화든 어느 정도의 시설을 갖추고 등록이나 심의를 받아야만 만들 수 있는 현행 법률에 대한 문제의식이 자리잡고 있다. 한 편의 영화란 한 편의 글과 마찬가지로 누구든지 자신의 생각과 느낌을 자연스럽게 표현할 수 있는 열린 매체인데, 이 같은 '표현의 자유'를 원천적으로 제약하는 걸림돌이 당연한 듯 자리잡고 있는 현실을 도저히 받아들일 수 없기 때문이다. 물론 이 같은 표현의 자유에는 정치적이거나 사회적인 내용도 자연스럽게 포함된다. 어쨌든 우리나라는 자유민주주의 나라니까. 그래서 그는 영화라는 매체를 자본과 검열, 그리고 권력으로부터 독립시켜야 한다는 당연한 요구를 하는 것이고, 자연스런 요구가 너무나 부자연스럽게 거부되는 현실을 향하여 마치 때아닌 독립군 대장처럼 머리띠를 두르고 독립영화운동을 진두지휘하는 것이다. 그가 내리는 독립영화의 정의란 '심의 안 받고, 그래서 저항할 수밖에 없는 영화'가 된다.

하지만 독립영화운동을 하면서 그가 정말 마음쓰는 대목은 사람들의 마음속에 숨겨진 영화에 대한 편견이다. 영화란 특별나고 대단한 사람들에 의해 크고 멋지게 만들어지는 것이라는, 그의 말을 빌리면 영화에 대한 선입견으로부터 독립하는 일이 어쩌면 가장 중요한 일이기 때문이다. 그렇다면 표현의 자유를 쟁취하기 위해, 지금은 일단 정치적인 쪽에 초점이 맞춰진 독립영화 개념 역시 누구든지 자기가 만들고 싶은 영상을 자유롭고 자연스럽게 만드는 풍토를 확립하기 위해 반드시 거쳐가야 할 간이역 같은 것일는지 모른다. 어쩌면 외부적인 편견보다 우리들 마음속에 도사린 장벽이 훨씬 완강할 테니까. 그렇다면 누구나 자연스럽게 자신의 영화를 만드는 체험이 왜 그렇게 중요하다는 걸까.

"두 가지 효과가 있는 거 같아요. 수동적인 소비자 역할만 하고 있을 때는 왜곡이나 굴절이 있다는 걸 생각지도 못한 채 받아들이니까. 어떤 경우에는 현실을 착각한다든지 이상환경 속에서 살게 되는 경우도 있겠고. 그래서 우선은 그런 것들로부터 벗어나는 것이고, 두 번째는 매체에 대한 주인의식 같은 거겠죠. 영상매체가 어떤 기술자나 돈 많은 사람만 만드는 게 아니라, 나도 표현할 수도, 그리고 공중파를 탈 수도 있다는 사실, 이런 것들이 개인한테도 글 한 편 쓰면 뿌듯하듯이, 그런 큰 느낌을 주지 않을까 ……."

이제는 영상시대라는 말이 정말 실감나는 세상임에도 불구하고, 영상이 화려하고 역동적일수록 사람들은 그만큼 초라하게 주눅들어간다. 그래서 그의 말은 그저 위로의 말이 아닐까 하는 생각이 들기도 한다. 하지만 무엇보다 그는 확신에 차 있었고, 이 같은 아마추어리즘 자체가 전문성의 한 분야로 인정받을 날이 멀지 않다는 현실적인 전망까지 덧붙였다.

"아마추어 화면이 훨씬 생동감 있게 느껴질 때가 많아요. 꽉 찬 화면보다는 빈 화면을 볼 때 저게 정말 우리 모습이라고 확인할 수 있는데, 우리가 흔히 보는 영상들은 너무 양념으로 범벅을 해놨기 때문에 볼 때는 푹 빠져서 보는데 모두들 진실하게 받아들이지는 않는 거 같아요. 그래서 그런 실천이 자꾸 생겨나면 사람들이 영상을 보는 시각이 바뀔 것 같거든요. 다큐멘터리 같은 것도, 잘 안 보지만 한번 맛을 보게 되면 오히려 극영화가 시시하다는 얘기들을 하잖아요.

지금까지 우리는 한정된 기술로 만드는 영상들만 보았지만 앞으로는 그렇게 안될 거예요. 비디오 저널리스트들도 활발해지고, 사람들이 카메라를 좀더 많이 접하게 될 것 같아요. 텔레비전은 일단 시간을 채워야 하는 매체잖아요. 채널은 수백 개로 늘어날 테고. 그래서 아무리 거대한 방송국이라도 옛날처럼 '힘주는' 영상은 점점 비율이 줄어들 거라는 거죠. 그리고 그건 일반인이 메울 수밖에 없어요. 미국에서도 이제는 기자가 직접 카메라를 들어야 하고 일반인이 만드는 프로그램의 비율이 점점 높아지듯이. 사실은 생존 전략이거든요."

된장찌개 먹는 게 불행하다고는 생각지 않아요

그의 말을 듣다 보니 영상매체의 민주화란, 성말 토론과 이해가 함께 하는 열린 문화를 정착시키기 위해서나 21세기 경쟁력의 핵심인 국민의 질(質)을 높이기 위해서나, 꼭 필요할 거라는 생각이 들었다. 하지만 우리가 바로 문턱에 서 있을지라도 아직까지 길은 아득해 보인다. 그리고 그는 그곳으로 가는 길을 손가락으로 가리키며, 어쩌면 외롭게 길목을 지키고 있다.

"하여튼 저는 버틸 수 있다고 믿어요. 충분하지는 않지만 곤란할 때는 또 뭔가가 생기더라구요. 많이들 떠났죠. 그런데 내 생각으로는 그 친구들도 결코 행복하지 않거든요. 저는 프로덕션이나 영화계에 대해 어느 정도 알고 영화에 대한 신화 같은 것도 웬만큼 벗어버려서 똑같이 불쌍하다고 생각해요(웃음). 사실 남들 뭐 먹을 때 나는 된장찌개 먹는 게 불행하다고 생각하지 않아요. 그리고 양주 먹을 때 쏘주 먹으면 되고. 사실 전 양주보다 쏘주가 더 좋아요. 그건 선택한 거라기보다 그냥 자연스럽게 좋은 거죠."

그가 푸른영상으로부터 받는 월급은 모두 70만 원. 기본급 30만 원에 결혼 수당 10만 원, 그리고 한 자녀당 10만 원이 추가되므로 세 아이의 아버지인 그는 자녀 수당으로 30만 원을 더 받는다. 그가 문득, 요번에 큰애가 초등학교 들어갔는데, 그 애의 친구들을 보니까 생각했던 것보다 키가 작더라고 중얼거리며 고개를 갸우뚱했다. 나는 불현듯 된장찌개 먹어서 그럴까요, 라고 물었고, 그는 그대로 나는 나대로 그만 웃어 버렸다. 신학대학원을 나와 천주교 도시빈민위원회에서 일하며 투신(投身)할 마음을 먹었던 그의 아내는, 이제 그가 가져오는 70만 원에 방송국 작가 일로 버는 얼마의 돈을 합쳐 세 아이를 키운다. 그녀는 결국 그와 함께 꾸린 가정을 통해, 자신의 몸을 던지는 것인지 모른다.

    그는 요새 팝송을 싫어한다. 예전에 듣던 팝송은 어쩌다 들어도 여전히 좋은데, 아마 팝송이라서보다는 거기에 묻어 있는 청춘의 기억 때문일 거라고. 그리고 예전엔 풍물 소리가 시끄럽게 느껴졌는데, 요즘은 유심히 듣게 되고 또 웬만큼 자연스럽게 귀에 들어온다고도 한다. 음악에 대한 취향만 해도, 그는 정말 많이 변한 것이다. 그는 자신의 변모가 한국사람이기 때문인지, 그 동안 노력한 결과인지, 아니면 나이가 들어서 그런지 모르겠다고 했는데, 아마도 그것들 모두 때문일 것이다. 다시 사필귀정인 모양이다. 다음은 담백한 어조로 들려준 그의 마지막 말.

    "희망이 있기 때문에 사는 거죠. 한편으로는 그게 성취되지 않아서 아쉽기 때문에 좀더 잘해야겠다는 생각도 있겠고. 일단 우리동네가 철거되니까 아파트 짓기 전까지 살 수 있는 공간을 마련하기 위해 싸우는 거고, 또 푸른영상에서 좋은 작품이 많이 나왔으면 하는 희망이 있어요. 작품 만들 때는 깜깜하다가도 사람들 만나고 책도 보면 뭔가 출구가 보이잖아요. 사실 절망이라는 건 희망이 있기 때문에 존재하는 게 아닐까……."

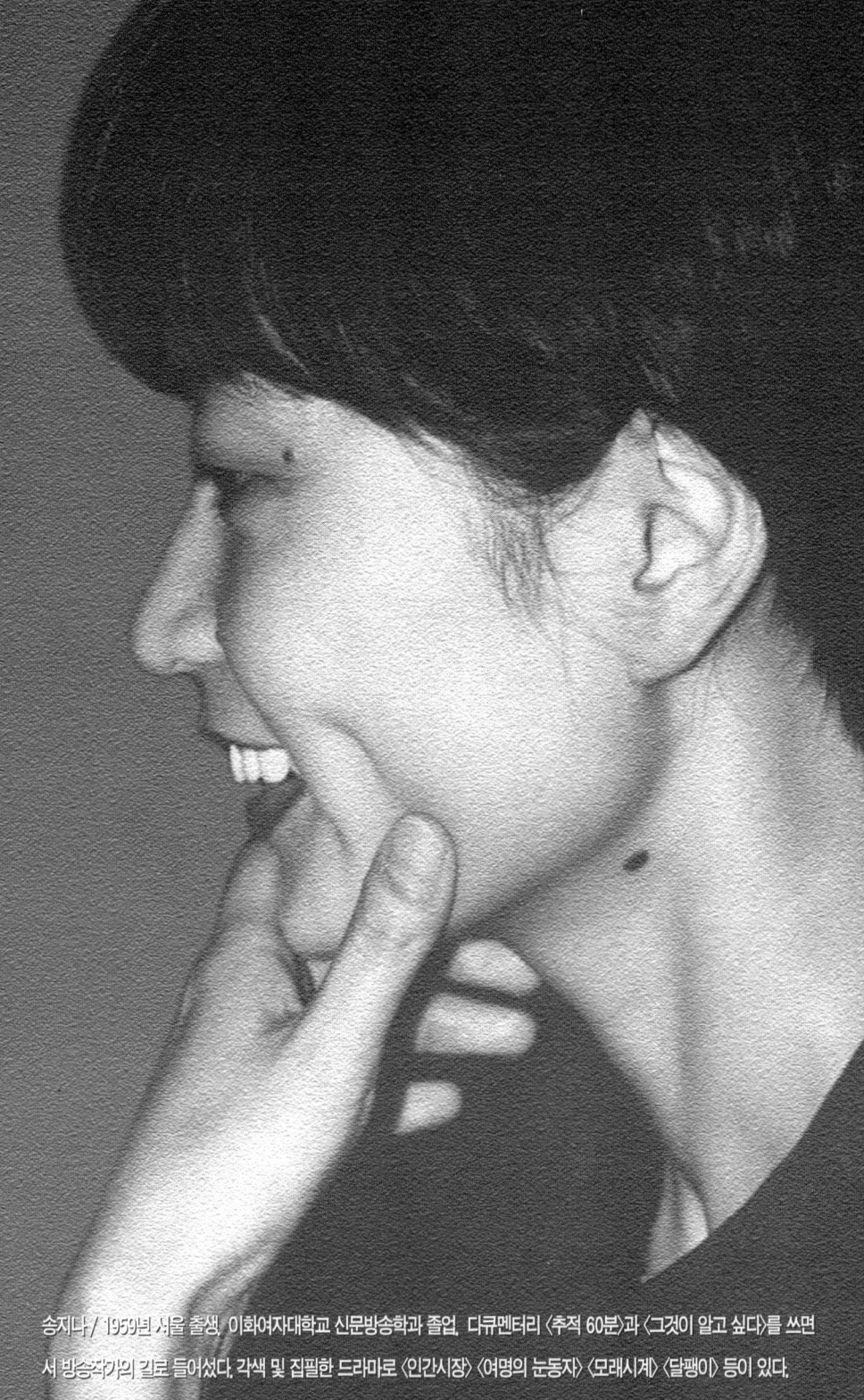

송지나 / 1959년 서울 출생. 이화여자대학교 신문방송학과 졸업. 디큐멘터리 〈추적 60분〉과 〈그것이 알고 싶다〉를 쓰면서 방송작가의 길로 들어섰다. 각색 및 집필한 드라마로 〈인간시장〉 〈여명의 눈동자〉 〈모래시계〉 〈달팽이〉 등이 있다.

모래시계 세대의 과제는
신화를 깨는 것

〈모래시계〉를 화려한 섬광탄 삼아 드라마 왕국 세대교체의 문턱에 바짝 다가선 서른 여덟의 작가 송지나.

오월의 마지막 금요일 오후, 자유로를 시원스레 달려가다 문득 오른편으로 꺾어드는 신도시 일산의 한 레스토랑에서 그녀와 마주했다. 이웃의 아파트에는 시어머니와 남편, 그리고 외아들과 함께 사는 그녀의 보금자리가 있다고 한다.

티셔츠를 걸친 가벼운 옷차림으로 나타난 그녀는 갈비씨임을 자타가 공인하는 내가 보기에도 염려스러울 정도로 야윈 모습이었다. 하지만 윤곽만 남은 얼굴의 절반을 차지함직한 크고 반짝이는 눈망울과 가끔씩 이야기의 허리를 묶어 꾸러미를 만들어 내는 다부진 목소리에서, 49킬로그램의 자그마한 그녀가 정상급 드라마 작가로 올라선 저력이 읽혀졌다.

마치 백뮤직처럼 정치 얘기가 들어간 것

첫 질문은 당연히 황금콤비인 김종학 PD와 손잡고 만든 종합영상회사 제이콤의 근황과 다음에 내놓을 작품 이야기에서부터 시작되었다. 시나리오의 초고는 거의 끝나가고 있으며 7월말부터 촬영에 들어갈 예정이라는 다음 작품은 '실미도 사건'에서 힌트를 얻은 영화 〈쿠데타〉(가제)라고 했다. 나는 반사적으로 〈여명의 눈동자〉나 〈모래시계〉 류의 작품이냐고 물었다. 그녀는 '어느 결엔가 본의 아니게' 만들어져서 아무리 항변을 해도 소용이 없는 자기 작품의 이미지에 대해 다소 볼멘 소리를 늘어놓았다.

"저는 줄기차게 '사람'에 대한 얘기를 써왔고, 사람 얘기를 하다 보니 마치 백뮤직처럼 자연스레 정치 얘기가 들어간 것뿐인데, 어느덧 제 색깔이 돼 버렸어요."

들고 보니 맞는 말이었다. 하지만 군사독재정권을 지나오는 동안 정치적인 배경을 거세한 드라마가 주류를 차지하게 된 우리 문화 현실에서 정치적인 백뮤직이 중심 테마로까지 돌출되어 보일 가능성은 충분하다. 그렇지만 당연하게도 광주 이야기나 삼청교육대 사건은 주제가 아니라 그저 소재일 뿐이다. 그렇다면 그녀가 말하고자 한 메시지, 그러니까 작품의 주제는 뭘까.

"사실 〈모래시계〉를 통해 상식에 대한 얘기를 하고 싶었어요. 아무리 문민정부가 되었다지만 사람들이 어떻게 살 것인가에 대한 기준은 전부 사라진 상태잖아요. 상식이 완전히 어그러지고 빠그러진 시대가 되어 버렸죠. 그 속에서 정직한 사람은 얼뜨기 취급을 받잖아요. 그 근원을 따져 보니 군사정권의 모토인 '하면 된다, 안 되면 되게 하라' 에서 시작됐다는 생각이 들었어요. 그래서 군사정권을 가장 극명하게 드러낼 수 있는 시대인 5공화국을 잡았고, 광주와 삼청교육대 얘기를 쓰게 된 거죠."

하지만 그녀는 상식이 문전박대 당한 폭력의 시대인 80년대를 제대로 그리지 못했다는 생각을 아직껏 떨쳐 버리지 못한다. 그런데 그러한 '미진함' 은 흥미롭게도 세상사람들이 〈모래시계〉에 대해 비판하는 어떤 '과도함' 과 정확히 일치한다. 그것은 바로 '폭력' 에 대한 것이다.

"사실 저는 〈모래시계〉에서 폭력을 미화시킨 게 아니라 차라리 순화시켰다고 생각해요. 오히려 폭력이 부족했다고 생각하거든요. 정치권의 좀더 큰 폭력을 보여줬어야 했는데, 이것을 가시화하기가 힘들었어요. 그래서 결국 광주나 삼청교육대 정도로밖에 표현하지 못했구요. 사실 그 나머지는 가시적으로 보여질 수 있는 폭력이 아니잖아요. 그것을 대체하려다 보니 불쌍한 깡패들만 서로 싸우게 만든 거죠. 저는 심지어 깡패도 이런데 위에 있는 자들은 어떠했는가 생각해 보라, 이런 뜻이었거든요. 그 정도만 보겠다는 사람들에 대해선 어쩔 수 없지만 말이에요. 그리고 〈모래시계〉를 본 초등학생들이 장래 희망 1위로 깡패를 꼽았다는 기사가 신문에 났잖아요. 하지만 저도 초등학생 땐 스파이가 꿈이었어요. 아이들의 꿈이란 게 다 그렇기 마련인데, 어른들이 그걸 왜 현실화시켜서 보고, 사회현상화 하느냐 말이죠."

심수봉의 기막힌 노랫말처럼

그렇지만 막상 사람들이 이 드라마를 보면서 '상식'의 메시지에 매료되었던 건 아니다. 그저 생각을 기울여본 몇몇 사람만이 희미하게 고개를 주억거렸을 뿐, 대부분의 시청자들은 아마도 그 같은 작가의 메시지를 한 귀로 듣고 한 귀로 흘려 버렸을 것이다. 그보다 이 드라마의 인기 비결은 혜린과 태수, 우석의 가슴 시린 이야기나, 그들을 둘러싼 실감나는 악역, 정감 넘치는 인생들의 다소 과장된 우여곡절에 있다. 그녀는 이 부분을 '꽃 하나 달까, 리본 하나 더 달까'라는 식의 '포장술'이라고 하면서, 그건 마치 '기가 막힌' 노랫말을 지닌 심수봉의 노래 같은 게 아닐까라고 짚어냈다.

"저는 가장 효과적으로 메시지를 전달할 수 있는 게 멜로라고 생각해요. 그래서 항상 멜로드라마를 썼죠. 그런데 사람들은 저에게 늘 멜로드라마를 써볼 생각이 없느냐고 물어요. 그럼 내가 쓴 건 뭐지, 하는 생각이 들죠."

물론 사람들의 오해에도 이유는 있다. 그녀는 멜로드라마를 단지 포장지로 간주하고 알맹이는 따로 '꽁쳐' 놓았지만, 사람들은 알맹이 없이 싸고 또 싼 선물상자쯤에 해당하는, 그래서 당연히 알맹이가 따로 없는, 그런 류의 멜로드라마에 무척 익숙하다. 그래서 그녀의 작품은 대중들에게 신파적인 격정을 불러일으키는 동시에, 보는 이에게 자신이 신파를 보고 있지 않다는 확신을 줄 만큼 신파로부터 슬그머니 비껴서 있기도 하다. 요컨대 그것은 여전히 멜로적인 호소력을 발휘하긴 하지만 대중들에게 있어 결코 멜로드라마 그 자체는 아닌 것이다.

사천만을 향해 자기 얘기를 하는 서비스업

이처럼 그녀는 자기만의 메시지를 고집하는 내공의 소유자임과 동시에, 날내 나는 메시지를 감싸안은 근사한 포장에 그 이상의 공을 들일 줄 아는 현명함도 지녔다. 아마도 그녀는 멋지게 포장된 드라마가 대중에게 행사하는 파워에 대해 잘 알고 있는 듯했다.

"재작년인가 방송작가협회 세미나에서 발제를 했는데, 그때 '방송작가는 서비스업'이라고 했어요. 그랬더니 선배들이 '안 그래도 방송글 쓰는 사람을 딴따라 작가라고들 하는데 자기 비하를 하면 되느냐, 그럼 버스 차상이란 말이냐, 사과해라'하면서 야단을 치시더라구요. 그렇지만 저는 끝까지 정말 서비스업이라 생각한다고 말했죠. 왜냐하면 방송작가가 힘이 없다고들 하는데, 사실 사천만 명을 대상으로 자기 얘기를 할 수 있는 직업이 대한민국에 얼마나 있어요. 대통령이나 연두 기자 회견 때 자기 얘기를 할까, 그것

도 보좌관들이 써준 거겠죠. 하지만 방송작가는 일주일에 몇 시간씩 자기 얘기를 한다구요."

그녀는 "이게 사실은 굉장히 무서운 건데, 이건 겁을 내야 되는 건데"라는 말을 덧붙였다. 하지만 그녀는 에베레스트를 오르는 산악인처럼 긴장감 넘치는 도전 의지를 불태우고 있을 뿐, 실제로 겁을 먹고 있지 않은 건 분명했다. 왜냐하면 그녀는 스스로를 대통령의 윗자리로 올려놓을 정도로 당차고 오만한가 하면, 그러기 위해 눈썹 하나 까딱 않고 버스 차장의 아랫자리를 자임할 만큼 무서운 겸손을 뒤집어 쓸 줄도 알기 때문이다. 중학교 1학년 때 그녀는 학생회 부회장에 출마했다. 열네 살 단발머리 소녀의 진영은 놀랍게도 벽보를 붙이는 선거운동을 감행했는데, 그 깜찍한 참신함에 이끌린 어린 유권자들은 그녀를 60퍼센트의 높은 지지율로 당선시

컸다. 벽보의 제목은 '지나가다 보세요, 송지나'였다.

"연설할 때 연설문을 두 장인가 써서 선생님께 검사를 받아야 했어요. 그런데 검사를 받아야 한다는 사실이 자존심이 상해서 일단 종이에다 멋있게 써서 도장을 받은 다음, 단상에 올라가서는 연설문을 잃어버렸으니 그냥 하겠다고 하고는 딴 얘기를 했어요."

모래시계 세대의 과제는 신화를 깨는 것

어린 시절 직업군인인 아버지를 따라 숱하게 전학을 다녔지만, 그녀는 결코 주눅들지 않았으며 오히려 반을 바꿀 때마다 반장을 놓치지 않은 튀는 아이였다. 그렇다면 〈모래시계〉의 배경을 이루는 저 뜨겁던 80년대 초반, 그녀는 과연 어떤 학생이었을까?

"80년 5월의 서울역 집회 때 열렬한 투쟁의욕 같은 걸 가져본 적도 없고, 오히려 코카콜라가 먹고 싶다, 굉장히 목이 마르다, 이런 생각을 했던 기억이 나요. 그때 서울대 학생들이 신림동에서 용산쪽으로 해서 왔는데, 중앙에 앉아 있는 우리더러 갑자기 비키래요. 여자애들이기 때문에 가운데 앉아야 되겠다고 생각해서 간신히 그 자리를 고수하고 있었는데, 비키라는 거예요. 자기네가 서울대생이니까 중앙에 앉아야 된다는 거죠. 그래서 그 남자애하고 대판 싸웠던 기억이 나요.

작가적인 끼였는지, 당시에 사람들 관찰하는 걸 참 좋아했어요.

어떻게 저럴 수가 있을까보다 왜 저럴까를 생각하는 쪽이었어요. 혼자서 분석해 보는 걸 좋아했죠. 당시의 글을 보면 운동권 사람들에 대해 인간적인 회의를 느끼기도 했어요. 4학년 때 세미나 팀을 맡았는데, 『갈매기의 꿈』『어린 왕자』 같은 책을 교제로 정해서 말들이 많았지요. 『갈매기의 꿈』에서 갈매기가 이상향의 나라에 갔다가 다시 돌아오는 것처럼, 운동도 한 번은 저쪽엘 갔다가 다시 와야 되거든요. 〈모래시계〉에서 우석이가 판사 시험을 치다가 '반대하면 안 됩니까?' 하고 묻죠. 제가 그런 얘기를 하고 다녔어요."

결국 그녀는 학생운동의 구비마다 함께 어깨를 걷기는 했지만 어디에도 소속되지 않은 채 언제나 '나홀로'를 고수했던, 이를테면 경계선을 넘나드는 존재였던 모양이다. 그러한 거리감은 당돌한 자유로움을 머금은 작가적 본능에서 기인한 것이겠지만, 다른 한편 견디기 힘든 고독으로 작용하기도 한 것 같다.

어쨌든 80년대의 뜨거움은 〈모래시계〉라는 드라마를 통해 다른 사람 아닌 그녀에 의해 되짚어졌고, 그 같은 되새김질은 그날의 현장에 있던 오늘의 30대에게 새로운 정체성을 다잡는 단서를 제공함으로써 그들의 이마 위에 '모래시계' 세대라는 별명까지 붙이기에 이르렀다. 이것은 앞서 그녀의 얘기들에 견주어 어찌 보면 다소 아이러니컬한 모양새를 이루는 게 사실이다. 그건 마치 물결을 거슬러 오르던 작은 물고기가 커다란 해일을 몰고 온 것에 비유될 수 있기 때문이다.

하지만 혜린은 막다른 골목의 끝에서 착잡하게 무릎을 꺾었고 태수는 사형됨으로써, 결국 〈모래시계〉의 뒤끝은 진한 블랙커피보다도 더 씁쓰레한 허탈감을 안겨 주었다. 어쩌면 그녀가 기억의 편린들을 주워 모아 새삼스레 가슴 저린 신화를 만든 까닭은 결국 '신화를 깨기' 위해서였는지도 모른다. 그리고 그녀는 이 사실을 직접 입증해 주었다.

"사실 모래시계 세대의 과제는 신화를 깨는 거예요. 그건 마치 내가 갖고 있는 허영심을 깨야 하는 것과 같죠. 내가 작가로서 정말 철저하면서도 덤덤하게 사람 이야기를 그려줘야, 이런 사람 저런 사람 갑남을녀를 공감시킬 수 있는데, 좋게 말하면 죄의식이랄까 채무감이랄까, 그런 끝없는 허영심, 말하자면 〈모래시계〉의 신화가 남아 있어서 자꾸만 대의명분에 붙잡히거든요. 그리고 거기에 잡히면 편가르기를 하게 되죠."

죄의식과 채무감, 거기에 더해 감히 말한다면 보상심리 같은 건 왜 또 없겠는가. 하지만 그녀도 나도, 이제는 그것까지 모조리 깨뜨려야 한다는 데 고개를 끄덕이고 있었다. 하지만 이 대목에서 그녀가 사회자로 나섰던 서울방송의 휴먼 다큐멘터리 〈송지나의 취재 파일—세상 속으로〉가 떠올랐다. 그녀 자신이, 바로 그 신화의 가건물(假建物) 안쪽의 미로에서 여전히 헤매는 게 아닌가 하는 생각과 함께.

감나무 밑에서 입 벌리고 있는 사람들은 싫어요

이제 그녀는 자신의 이름을 불거뜨린 프로가 한 방송사의 간판 프로로 내세워질 만큼 스타의 반열에 오른, 이를테면 성공한 여자다. 그녀에게 페미니즘, 그리고 신세대 여성들에 대한 생각을 물어봤다.

"개인적으로는 페미니즘 같은, 그런 주의를 내세우는 게 전술적으로 현명하지 않다고 생각해요. 너랑 싸울 거야 준비해, 이런 말밖에 안 되잖아요. 쉽게 말해서 기득권자한테 기득권을 나눠달라, 부자한테 당신 돈 많으니까 나눠달라고 해 봤자 그렇게 되나요? 그런 건 자기가 딱 부러지게 하는 수밖에 없어요. 그리고 어떤 운동이나 주의 같은 걸 내세우는 건 굉장히 의타적이라는 생각이 들어요. 더 잔인하게 얘기하면 적선을 요구하는 게 아닌가 하는.

저는 후배들한테 이렇게 얘기해요. 왜 커피 심부름을 시키냐고 말하는 것이 무슨 소용이 있느냐. 그보단 PD가 저 사람이 없으면 일을 못한다고 하며 커피 뽑아다 줄 테니 나랑 같이 일을 좀 해달라고 말하게 만드는 게 효과적이지 않느냐구요.

저는 초창기 스크립터라는 개념이 별로 없을 때부터 그 일을 했는데, 커피 뽑아다 주는 일에 대해, 내가 왜 이런 일을 하지, 라고 생각해 본 적이 없어요. 만약 제가 여성운동에 관심이 있었다면 그런 것이 큰 부담으로 다가왔을지도 모르고, 그랬다면 '시다' 생활을 충실히 하지 못 했을 거예요.

신세대들? 굉장히 심지가 약하고 정작 말해야 될 때는 제대로 못 해요. 왜냐하면 귀찮은 게 싫기 때문에 그런 것 같아요. 좀체 부딪 히려고 하지 않아요. 우리는 오히려 단련이 많이 됐잖아요. 그래서 '좋아, 한번 붙어봐' 하는 오기 같은 게 있는데, 요즘 애들은 '그래, 넌 짖어라' 하는 식이죠. 말하자면 자기가 촬영을 알고 편집을 알 아야 스스로의 위치가 올라가는 건데 말이에요. 저는 그게 투쟁이 라고 생각해요. 말로 싸우는 게 아니라."

이 대목에서는 '정글의 법칙'에 바짝 몸 붙이고 살아온, 그녀의 지난 15년 남짓한 사회 생활의 단내가 비릿하게 풍겨나는 것 같았 다. 하지만 그러한 적자생존의 법칙 뒤쪽에는 '심은 만큼 거둘 것' 을 주장하는 완고한 성실성도 엿보였다.

"저는 사랑이란 자기가 공들인 만큼이라고 생각해요. 자식을 키 워 보면 알 수 있죠. 아이 때문에 밤잠 못 자고, 똥 닦고, 오줌 닦고, 아프면 안은 채 밤새고 ……, 그만큼 아이를 사랑하게 되죠. 공들이 는 걸 생략하고 사랑을 얘기하는 건 좋지 않아요. 내가 싫어하는 사 람은 삼나무 밑에서 입 벌리고 있는 사람이에요(웃음)."

그녀가 그렇게 공들여 키운 사랑은 어느덧 아홉 살의 사내 아이 로 자라났다. 아들의 이름은 한새. 부부는 아이를 낳았을 때 목표 를 하나로 정했단다. 콤플렉스 없는 인간을 만들자는 것. 그건 아마도 그녀 자신이 부모님께 받은 사랑을 되돌리는 의미인지 모른다. 그녀는 어려서부터 부모님으로부터 무한한 사랑과 믿음을 받았으며 한순간도 성차별을 받은 기억이 없다고 한다.

"전 굉장히 행복하게 자랐어요. 부모님의 교육 방침은 한 가지였어요. '우리 딸이 하는 거니까' 였죠. 어렸을 때부터 지나가 하는 거니까, 라며 믿어 주고 접어 버리는 게 있었어요."

그렇게 늘 따스한 사랑 속에서 자라나서인지, 그녀는 〈지붕 위의 바이올린〉이나 〈사운드 오브 뮤직〉처럼 눈물 몇 방울이 묻어나는 '짠한' 행복 이야기를 좋아하며, 특히 〈지붕 위의 바이올린〉에서 아버지로 나오는 배우를 보면 '정말 내 영혼도 저렇게 닮고 싶다'는 생각이 든다고 한다.

"〈모래시계〉를 하면서도 바로 그런 인간의 모델을 제시하고 싶었어요. 그래서 태수의 아버지, 우석의 아버지 같은 인물을 설정해 놓았지요. 그러니까 '우리나라는 민주주의 국가 아니냐', 이런 말을 김인문씨 톤으로 하면 진실하게 들리는데, 조금만 다른 톤으로 하면 새마을 운동이 된단 말이죠. 그런 건 정말 힘 빼가며 해줘야 하는 대사거든요."

이렇게 욕심과 의욕도 많고, 보람과 감회도 적잖겠지만, 다시 한

번 찬찬히 뜯어보니 그녀는 정말 많이 여위고, 그보다 많이 지쳐 보였다. 그녀의 마지막 말은 이랬다.

"전생에 죄지은 사람이 글을 써요."

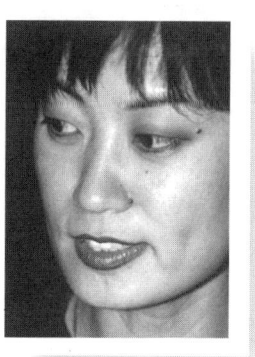

강영희가 만난 사람 극작가

주인석

주인석 / 1963년 경기도 파주 출생. 서울대학교 국문학과 졸업. 1990년 『문학과 사회』에 중편소설 「그
날 그는」을 발표하면서 문단에 나옴. 1986년 황지우의 시를 희곡화한 〈새들도 세상을 뜨는구나〉가 극단
연우무대에 의해 초연되었고, 1994년 연극 〈살찐 소파에 대한 일기〉의 대본을 쓰고 연출했다. 계간 『리
뷰』의 편집위원과 『이매진』의 주간으로 활동한 바 있다. 희곡집 『통일밥』(1990), 장편소설 『희극적인 너
무나 희극적인』(1992), 연작소설집 『검은 상처의 블루스』(소설가 구보씨의 하루, 1995) 등이 있다.

어느 문화주의자의 눈물

　언젠가『씨네21』에 실린 「소설가 구보씨의 영화구경」이란 글을 읽고 배꼽께에 손이 가는 유쾌한 웃음을 날린 기억이 있다. 소설가 구보씨라고? 이 대목에서 지난 시대『천변풍경』의 소설가 박태원이나『광장』의 최인훈을 떠올리는 독자도 있을 것이다. 하지만 잠깐, 여기서 말하는 구보씨는 이제야 서른 중반을 넘어선 어린(?) 구보씨, 그러니까 3대 구보씨 주인석이다.

　그는 1995년 '소설가 구보씨의 하루' 라는 부제가 붙은 연작소설집『검은 상처의 블루스』를 펴낸 적이 있으며, 요즘은 소설의 주인공 구보씨를 현실 속으로 들이밀어 그의 영화 완상기(玩賞記)를『씨네21』이라는 영상주간지에 연재중이다.

　서사의 사화상쯤에 해낭하는 이 3대 ╬보씨는 언뜻 수눅들어 웅크린 듯도 보이지만 기실은 하늘 아래 머리 조아릴 아무런 인간도 이념도 없다는 듯 거침없이 낭창거리는, 그래서 읽는 이로 하여금 은연중에 통쾌한 웃음을 머금게 하는, 독특한 천상천하유아독존주의자다. 그런데 예전 사람이 시집 장가를 일찍 간 걸로 봐서도 지금 사람보다 실제로 조숙한 면이 있기야 했겠고, 또 그런 면에서 선입견이 작용했는지는 알 수 없으나, 주인석이 3대 구보씨를 자처했다는 사실에 대해 나로서는 왠지 맹랑한 느낌을 지울 수 없다.

3대 구보씨의 '맹랑함'에 대하여

맹랑하다니, 소설가이자 극작가일 뿐 아니라 유려한 스타일리즘을 휘두를 줄 아는 개성적인 문필가요, 문화의 시대인 90년대에 들어서는 '문화적으로 중무장한' 몇 안 되는 글쟁이 가운데 한 명으로서 계간지 『상상』과 『리뷰』, 월간지 『이매진』 같은 게릴라성 문화잡지 창간의 대장격을 맡은, 결코 만만치 않은 인물인 그에게 이 무슨 가당찮은 수식어인가. 물론 주인석을 향해 이런 식의 단어를 쓴 나도 뭐 그리 신통한 것은 아니다. 하지만 아무리 생각해 봐도 그 단어의 언저리에 붙어다니는 모종의 느낌을 미련 없이 철회해버릴 수는 없을 것 같고, 그래서 조금 더 묵혀가면서 느낌의 정체를 파보리라 마음먹었다.

애당초 주인석을 만나보리라 마음먹은 건 그가 『이매진』의 주간 자리에서 자의반 타의반 물러났다는, 혹은 '내쳐졌다'는 맹랑한 소식과 이어져 있었다. 『길』지와 이러저러한 이야기를 나누던 끝에 인터뷰할 인물로서 주인석이 거론되었고 의외로 어렵잖게 응락을 받아내어 일이 술술 풀려나간 것인데, 나중에 보니까 누구 작품인지는 알 수 없으되 편집회의 목록에 '인터뷰, 한 문화주의자의 눈물—주인석'이라는 제목이 올라 있는 게 아닌가. 순간 나 역시 문화주의자로 분류될 거라는 얄팍한 동업자의식이 머리를 스쳤고 '아니 도대체 지금까지도 문화주의 운운하는 그 딱정벌레 같은 두뇌의 소유자가 누구야' 하는 약간의 결기도 돋아났다.

하지만 『상상』에서 『리뷰』을 거쳐 『이매진』까지 이어진 그의 일련의 실험에 어쨌든 한 단락의 매듭이 지어진 지금 그의 성공과 실패에 대한 고백을 들어 보는 것은, 이제 막 반동적 파괴의 문화시대에서 창조적 건설의 문화시대로 넘어가는 오늘의 시점에 반드시 필요할 거라는 생각이 들었다. 아울러 〈불감증〉에서 〈새들도 세상을 뜨는구나〉를 거쳐 〈통일밥〉까지 날아올랐다가 『희극적인 너무나 희극적인』에서 지난날을 한번 되삭인 다음 구보씨를 통해 깃털처럼 가벼운 자유를 얻어낸 그의 '맹랑한' 이력을 함께 곱씹어 보는 것은, 그와 동시대를 산 나를 포함한 모래시계 세대의 자화상을 거울에 비춰보는 의미도 있을 거라는 생각도 들었다.

왜냐하면 그의 맹랑함이란 어쩌면 우리들의 머릿속에서만 맴돌던 상념들이 그의 송곳 같은 재간을 통해 반지빠르게 현상화된 것이라 할 수 있기 때문이다. 이러구러 나는 그에 대한 전의(戰意)를 새삼스레 다듬으니 그와 맞내딘했나.

섬처럼 떠내려가는 80년대에 대하여

한낮 인사동의 호젓한 찻집에서 마주앉은 구보씨와 나눈 이야기의 첫 대목은 어쩔 도리 없이 지난 시대, 그러니까 80년대에 대한 어지러운 상념에서부터 시작됐다. 그런데 구보씨와 맞장구를 치며 떠들던 나의 머릿속에 갑자기 〈시간은 오래 지속된다〉라는 영화를 소재로 삼은 「소설가 구보씨의 영화구경」 가운데 한 대목이 떠올랐다.

1980년대에 무슨 일이 있었나요? 어떤 사람은 이렇게 물을지도 모른다. 그러면 많은 사람들이 이렇게 대답할지도 모른다. 서울에서 올림픽이 열렸지요. 구보씨는 정말 그럴지도 모른다는 생각이 요즘 와서 든다. 구보씨와 비슷한 사람들이 겪었고 생각하는 1980년대와 다른 사람들이 겪었던 1980년대는 아주 다른 시간일 수도 있다고 말이다.

인사동의 구보씨는 말을 이었다.

"80년대를 돌이켜보면 정치적으로는 이상하고 굉장히 강력한 군인이 나타나서 역류(逆流)했잖아요. 하지만 어쨌든 경제적으로는 한국 역사상 누릴 수 있었던 최호황기였어요. 우리들이 캠퍼스 안에서 그러고 있을 때 세상은 다르게 흘러가고 있었던 것 같아요. 우리 세대만 빼고 다른 세대들은 그야말로 본격적으로 풍요로운 사회로 가고 있던 시점이죠. 처음으로 맘껏 갈비도 구워 먹어 보고 칼라 텔레비전도 보고, 또 유흥산업은 얼마나 발달했어요. 세상은 이렇게 되어갔던 것 같아 ……. 몇몇 대학에서 그런 생각을 하고 있던 애들 정도만 빼놓구서 ……."

그럼 우리 세대는 왜 '중뿔나게' 그렇게 갔던 것일까.

"그것도 한 의문이에요. 언제 한번 얘기를 해보고 싶은 주젠데, 80년대 세대들이 왜 그렇게 과격해졌나, 필요 이상으로 과격해졌다는 생각이 들더라구요. 광주하고 상관이 있을 거 같아요. 광주 도청에서 죽은 사람들하고 상관이 있을 것 같다는 생각이 들더라구……."

그의 생각은 필연적으로 다음과 같은 '외진' 불안감으로 이어진다. 다시 「소설가 구보씨의 영화구경」의 한 대목이다.

구보씨는 자꾸 어떤 불안감을 느낀다. 팔십년대가 많은 희생을 치르고 성취해 낸 역사적인 진보가 어느새 덧없어져가는 것 같아서. 한국의 팔십년대가 한국의 현대사에서, 세계사에서 보잘 것 없는 조그만 섬으로 표류하다가 사라져가는 것이 아닌가 해서.

하지만 한 꺼풀 뒤집어서 본다면 '조그만 섬' 으로 표류하다가 사라져가는 것은 기실 한국외 80년대라는 추상적인 연대가 아니라 그가 '필요 이상으로' 과격해졌다고 보는 모래시계 세대이자 구보씨 자신이다. 여기에는 다음과 같은 구절이 덧붙었다.

"저는 마르크스-레닌주의로 간 건 잘못이었다고 생각해요. 지금에 와서 하는 얘길 수도 있지만 ……."

그렇다면 이것은 반성문 쓰기에 해당하는가. 그럴 수도 있을 것이다. 하지만 더 정확하게 말한다면, 그리고 그의 표현을 빌리면 이것은 이상스런 무리들에 의해 격리 혹은 고립된 채 열꽃을 피우고 그로 인해 내면이 허해졌던 우리 세대 혹은 그 자신에 대한 쓰디쓴 되새김질로 해석되어야 할 것이다. 그래서 그가 '깃털처럼 자유로운' 구보씨의 뒤얽힌 상념을 통해 갈짓자 걸음으로 맴도는 것 역시 나름의 내공 키우기와 관련되어 있을지 모른다. 보통 사람들은 차마 꺼내 놓고 어쩌지 못하는 것들을 훌훌, 어찌 보면 '맹랑하게' 뱉어내는 것, 바로 여기에서 구보씨 특유의 자유로움이 피어나는 듯하다.

필요 이상으로 뜨거워진 시절에 대하여

이 시점에서 나는 그의 지난날 이력의 안쪽으로 좀더 밀고 올라갈 필요를 느꼈다. 그래서 그가 서울대 총연극회의 연극 〈통일밥〉을 연출함으로써 구속되고 결국 기소유예로 풀려난 시점에서, 내가 그에 대해 알고 있던 이상으로, 그러니까 그의 표현을 빌리면 '필요 이상으로' 과격해졌다고 느꼈던 기억이 있음을 되짚어 털어놓았는데, 당시의 정황에 대한 그의 답변은 이랬다.

"그때가 1988년 6월이니까 조통특위가 막 떠서 김중기가 평양에 갈 때였죠. 사실 그 기획이 그 사건과 맞물려 있었던 거고. 그런데 그때 정파가 나뉘어져서 애들 역시 그렇게 갈려 갈등하고 있을 때거든요. 저는 특정 정파의 편을 들지는 않고 거기다가 그런 요구들을 어느 정도 잘 넣어서 만들었어요. 그렇게 오래 걸리지도 않았구요. 그런데 그게 바깥에까지 나가리라는 생각은 해 본 적이 없었기 때문에 좀 황당했죠. 그때가 갓 졸업한 때였어요. 후배들이 좀 도와달라기에 들어가서 했던 거고, 애들한테 한두 달 정도 도움을 준다고 생각했을 뿐 작품 욕심을 가진 것도 아니었어요. 그런데 커져 버리니까 황당해진 거죠."

그런데 정작 〈통일밥〉이 문제시된 것은 '대한민국의 정통성을 부정한' 소지가 있는 작품 내용도 그렇거니와, 그보다는 공연중에 인공기가 등장했기 때문이다. 원래 그것은 해방공간에 여운형이 주도한 인공(人共)의 깃발이었는데 소품을 담당한 학생이 얼결에 북한의 인공기를, 그것도 흑백의 사진을 참고해서 그나마 색깔이 틀린 인공기를 사용했다는 것이다. 그렇다면 이것은 멀리서 보면 하나의 큰 흐름에 올라앉은 것이기는 해도 결국은 시대가 빚어낸 쓰니쓴 해프닝이었던 셈인가.

"세 달 들어가 있었는데, 변호사를 잘 만나서 일찍 나올 수 있었어요. 민변의 황인철 변호사가 많이 도와줬어요. 황 변호사가 '너 나갈래, 여기에 더 있으면서 유명해질래', 그러더라구요(웃음). 그

양반 내가 나간 뒤 얼마 있다가 돌아가셨는데 참 기억에 남는 훌륭한 분이세요. 노태우가 7·7 선언이라는 민족공동체선언을 하고 박철언이 막 북방정책 할 때라 사실 정권 내에서도 오락가락 하고 있었으니까 그게 가능했죠. 공안정국이었으면 한 오륙 년 썩어야 했을 거야……."

그 해 초에 그는 연우무대의 작품인 〈새들도 세상을 뜨는 구나-일명 버라이어티쇼〉의 각색을 맡은 적이 있는데, 이 연극은 시대상황에 대한 절망을 담고 있기는 했지만 일정한 사상성을 품고 있다기보다 부조리한 현실에 대한 갈짓자의 절망을 내뱉는 쪽에 가까웠다. 어쩌면 오히려 그쪽이 당시 그의 내면풍경에 더 근접한 것이었는지도 모른다. 그래서인지 알 수 없으되 감방에 들어간 뒤의 그의 생각은 이랬다고 한다.

"잡혀 들어가서는 생각이 많이 달라졌어요. 좀더 나를 위해 살아야 되겠다, 진짜 내 얘기를 하는 게 중요하다, 그리고 책 읽고 생각도 많이 하고 글을 좀 많이 써야겠다는 생각을 했어요. 나가고 싶었어요. 나가서 공부를 더 하는 게 낫겠다는 생각이 들더라구. 그래서 나온 뒤 아무도 안 만났죠. 집에 그냥 있었어요. 『희극적인 너무나 희극적인』이라는 소설을 그때 썼죠. 1988년 말에 나오니, 소식을 듣고 여기저기, 연극 쪽이나 운동단체에서 같이 일 좀 하자는 제안이 많았는데, 그게 내 일들이 아닌 것 같아서요……."

돌이켜보면 흥미로운 것은 당시 내가 만난 수많은 모래시계 세대의 동료 혹은 친구들이 거의 이구동성으로 비슷한 말들을 중얼거리고 있었다는 사실이다. 모두들 이런 말들을 조심스레 입속으로 혹은 신경질적인 외마디 소리로 뱉어내곤 했다. 이제부터는 하고 싶은 일만 하고 하기 싫은 일은 절대로 하지 않겠어, 라고.

80년대에 주인석과 동석할 때마다 언제나 그 자리와 어딘가 설맞는 그를 의식했던 기억이 있다. 말하자면 이런 거였다. 도무지 노래부르는 뽄새도 다르고 여기 어울릴 스타일이 아닌데, 뭐 이런 느낌. 그때의 느낌을 되살려, 새삼 그에게 들이밀어 보았다.

"그래요, 저는 사실 굉장히 서정적이고 사색적인(?) 사람인데, 나하고 비슷한 사람은 별로 없는 것 같아······. 어쨌든 휩쓸려 들어갔던 것 같아요. 그러지 않으려는 태도를 가지고 있었던 것 같은데, 아마도 시대의 추세가 아니었을까. 매력도 있었겠죠, 뜨거운 데로 가고 싶은. 항상 차갑고 말끔한 데서만 살고 싶었는데······."

결국 그는 공동체적인 익명의 시대에 오롯한 기명(記名)으로 삐지고 싶은 '맹랑한' 욕망을 한켠에 밀쳐놓은 채 소용돌이 속으로 휩쓸려 들어간 것인데, 이것은 예컨대 공동창작의 시대인 80년대 현장의 성과를 토대로 『통일밥』이라는 개인창작집을 출간한 행적을 통해 되살아난 셈이다. 하지만 이제 90년대라는 깨끗한 개성의 시대를 맞아 그가 거꾸로 문학사의 개성적인 익명에 해당하는 구보씨의 탈바가지 속으로 숨어든 것은 새삼 그의 '맹랑한' 엇나가기 취향을 확인시켜 준다고나 할까.

90년대적인 진실, 바보 혹은 파시스트에 대하여

어쨌거나 세월은 흘러 우리는 모두 원하든 원치 않든 90년대의 문지방을 넘어섰다. 그리고 주인석 역시 출옥 후 습작적인 소설 『희극적인 너무나 희극적인』을 통해 어처구니없는 비극의 시대인 80년대에 대한 진오귀굿을 한 다음, 이제 '깃털처럼 가벼운' 구보씨의 모습으로 새롭게 옷을 갈아입었다.

90년대 들어 모래시계 세대의 머릿속은 크게 두 구역으로 갈라진다. 거칠게 말하면 구보씨의 내면풍경처럼 가볍게 떠다니는 쪽과 여전히 무겁게 가라앉은 채 시대의 변화를 마지못해 최소한으로만 수용하는 축으로 구분될 수 있을 것이다. 하지만 이 같은 구획

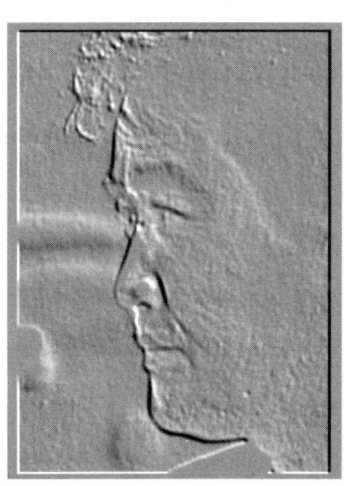

짓기가 사람 단위로 적용된다고 보기는 어렵고 오히려 한 사람 내에 공존한다고 보는 편이 진실에 가깝겠다.

그렇다면 90년대적인 진실은 두 구도 중 어느 쪽에 있을까. 이 판단에 있어 구보씨는 제법 단호하다. 그는 지난 시대의 잣대를 들어 오늘을 판단하는 어떤

평가에 대해서도 이런 식의 대꾸를 한다. 그리고 바로 이 부분이 90년대 구보씨 머릿속의 왼쪽 끝이다.

"내가 보기에는 다 바보들이야, 대답할 필요가 없는."

예컨대 신세대 소설가라고 불리는 문학동네의 새싹들에 대한 기성세대의 매도에 대해서는, 평소 웬만큼 부드럽고 둥싯한 말투를 지닌 그를 생각할 때 파격적이다 싶을 만큼 분노를 드러낸다.

"그걸(신세대 소설가들의 소설) 가지고 난리들인데, 저는 말도 안 된다고 생각해요. 모든 것이 다 최소한의 합의라고 생각하거든요. 권력이 없는 사람들이라면 모르지만, 소위 권력을 가진 사람들이, 어쨌든 간에 새로 뭔가를 해보려는 사람들한테 그렇게 무자비한 폭력을 휘두르는 거, 저는 싫더라구요.
　물론 그건 자기 권력과 관계가 있겠죠. 어쩌면 불안함을 느꼈을지도 모르고. 하지만 지금은 많이 깨졌죠. 그리고 오히려 그것과는 반대되는 위험성이 있죠."

'그것과 반대되는 위험성'이라니? 그에게서 풍겨 나오는 '불타는 적개심' 비슷한 분위기로 봐서, 90년대의 구보씨가 가장 경계하는 부분은 바로 이 대목이라는 것을 직감적으로 알 수 있는데, 그것의 실체는 다음과 같은 구절에서 드러난다.

새롭게 준동하는 파시즘이, 뿌리 깊은 한국의 파시스트들이, 대중의 파시즘적인 경향이 구보씨는 너무너무너무너무 무섭다. 그래서 어디론가 이민 내지 망명을 떠나고 싶지만 갈 곳도 받아주는 곳도 없다.(「소설가 구보씨의 영화구경」 28 중에서)

한국의 파시스트들? 그건 요즘 정치권에서 유령 같은 큰 손으로 물밑을 배회한다는 어떤 세력, 그리고 문단의 일각에서 이제 막 모습을 드러내기 시작한 어떤 경향을 말하는 거구만. 그리고 바로 이 부분이 90년대 구보씨 의식의 오른쪽 끝이구만.

메이저와 마이너의 호환성을 위하여

그렇다면 '바보' 와 '파시스트' 를 거부한 그가 서 있는 곳은 어디인가. 우선 이전 시대와는 다른 90년대적 특질 가운데 하나인 상업주의에 대한 그의 생각을 물어봤다. 그리고 이것은 그가 말하는 이른바 '바보' 들이 90년대에 들어선 이후 그의 일련의 행적들에 대해 던지는 비판과 무관하지 않은 항목이다.

"상업주의? 미국 갔다와서 그런 문제에 대한 생각이 없어졌어요. 인디 영화하고 헐리우드 영화를 예로 들면, 둘이 서로 탄력을 가지고 움직이는 사회가 미국이거든요. 미국에서는 메이저하고 마이너가 적대적으로만 갈려 있는 게 아니에요. 그러니까 메이저가 일방적으로 마이너를 죽이려 하지 않는다고. 그게 미국의 뛰어난 점이자 활력인 것 같아요.

한국은 '죽이지'. 말살해 버리려 하고 원수가 돼 버리잖아. 걔네들은 한쪽에 좋은 점이 있으면 다른 쪽에서 그걸 끌어들여요. 그러면서 끊임없이 활력을 주고받죠. 여기서는 조금 의식이 있다는 축들은 다 브로드웨이 뮤지컬은, 헐리우드 블랙버스터 영화는 어쩌구 하지만, 저는 오히려 브로드웨이 뮤지컬이나 헐리우드 블랙버스터 영화에서 배울 것도 많다고 생각해요.

한국에선 오히려 인디 영화를 못 만들어요. 미국은 그것을 묘하게 해결하는데, 한국에는 그런 게 없어요. 인간관계에 있어서의 합리성이나 공정성 같은 것도 사실 없고."

이것은 오랜 세월에 걸쳐 만들어진, 합리성이 통하는 '구조'에 대한 얘기인데, 팍팍한 세월을 살아온 우리는 합리성 대신 '명분'으로 여기저기 구멍 뚫린 급한 마련을 했고, 이제 갑자기 '글로벌한' 시대로 접어들자 이 같은 땜빵 구조가 훨씬 휑하니 들여다보인다고나 할까. 하지만 석연치 않은 의문은 여전히 남는다. 지난날의 그가 '뜨거운 데로 가고 싶은' 심정에서 80년대식 세상보기에 빠져들었듯이, 오늘날의 그는 '차갑고 말끔한 데서만 살고 싶은' 마음으로 또 90년대식 세상보기로 너무 쉽게, 그러니까 '맹랑하게' 빠져드는 것은 아닌지.

그가 계간 『상상』과 『리뷰』, 그리고 월간 『이매진』을 만든 이유도 이 어간에 있는 것 같았다. 말하자면 일단 명분을 밀어놓고 게릴라식 가건물(假建物) 구조를 통해 합리성에의 접근을 시도하는 것. 그로부터 필연적으로 문화산업이라는 메이저와 문화운동이라는 마이너의 경계를 튼다든지(혹은 거꾸로 문화운동이라는 메이저와 문화산업이라는 마이너일 수도 있다), 문학이라는 메이저와 문화라는 마이너의 구분법을 폐기한다든지(역시 거꾸로 문화라는 메이저와 문학이라는 마이너일 수도 있다), 하는 전략이 나온 것이리라. 이 같은 전략은 대단히 적절한 면이 있으며, 그것은 이 잡지들에 대한 대중과 언론의 관심을 통해 입증되었다고 할 수 있다. 하지만 물론 성공적 출발이 고스란히 끝까지 이어지는 건 아닐 것이다.

첫 시도인 『상상』은 그의 말을 빌리면 창간호가 '거의 압도적으로' 성공했다고 한다. 그리고 그 성공의 이면에는 지난 시대의 동인지식 진지가 더 이상 이전 만한 힘을 쓰지 못하게 된 문화현실이 가로놓여 있다. 이러한 현실에 대한 그의 평가 역시 '맹랑할' 정도로 단호하다.

"모르겠어요. 그 구조가 70년대나 80년대에는 또 유효했을 수 있지만, 지금 와서, 특히 내가 무슨 일을 본격적으로 하게 된 후부터는 뭐 그런 게 힘이 있었나 ……."

벤처 기업가와 몽상가의 결합을 꿈꾸며

결국 그는 『상상』에서 『리뷰』를 거쳐 『이매진』까지의 긴 여행을 하다가 최근에 『이매진』에서 좌초를 한 셈이다. 문득 이 대목에서

'한 문화주의자의 눈물'이라는 앞서의 편집 가안이 머릿속을 스쳤다. 그래서 그에 대한 객관적인 분석을 들이대기 전에 그의 입에서 흘러나오는 평가를 듣고 싶어, 그래서 '성공이었다고 보느냐 실패였다고 보느냐'는 식의 단답형 질문을 던졌다.

"요즘 와서는 내가 좀 지쳐 있다는 생각은 들어요. 마음속에 이렇게 싫은 감정이 생기는 걸 보면. 항상 이렇게 힘들고 쉴 틈이 없잖아. 『이매진』의 도박이 실패한 건지……, 음……, 실패했다고 봐야 되겠죠."

결국 그는 돌아 돌아 '실패'라는 말을 토해내고 말았다. 그렇다면 그가 말하는 실패의 뉘앙스는 어떤 것이며, 실패의 원인으로 꼽는 것은 무얼까. 그는 실패의 원인을 전적으로 외부의 어떤 것, 말하자면 자본의 문제로 돌렸다.

"결국 자본의 문제일 텐데, 난 오히려 이런 걸 풀어줄 사람은 벤처 자본가라고 생각해요. 왜냐하면 모험적이니까. 앞을 내다보는 삼각과 창조적인 무엇을 지닌 사람. 이미 자본가의 성격, 그리고 자본과 노동의 개념이 달라졌잖아요. 그래서 앞으로의 세상에서 뭔가 새로운 일이 벌어진다면, 그건 몽상가와 벤처 기업가들의 결합으로 이뤄질 거예요. 산업도 마찬가지지만. 뭐 문화도 산업이죠, 이제는.

문화가 산업이 아니라는 얘기를 하면 더 이상 할 말이 없죠. 물론 고매한, 종교에 가까운 문화는 있을 수 있겠지. 그것도 훌륭한 문화라고 생각해요. 난 그것도 하고 싶어요. 그렇게 고고하고 적적한 데 들어가 살고 싶기도 하고. 새로운 비전을 열며 나가는, 그런 동네에 있고 싶기도 해요. 근데 만약 뭔가 괜찮은, 깜짝 놀랄 만한 의미 있는 일이 벌어진다면, 그건 그런 애들이 만들 거라는 얘기죠. 탄력이 있는 데서 새로운 문화가 만들어지는 거지. 지금 내가 도스토예프스키 같이 쓴다고 해도 더 이상 새로운 일이 아니라구요."

산업과 문화, 그리고 인간의 솥발 같은 공존을 꿈꾸며

주인석에게는 산업으로서의 문화 분야에서 깜짝 놀랄 만한 의미 있는 일을 꾸미고 싶은 마음과 고전적인 소설을 쓰고 싶은 마음, 이 양쪽이 탐욕스러울 정도로 어깨를 나란히 하며 공존하는 것 같았다. 전자는 그가 문화잡지를 만들어낸 전력과 관계가 있는데 여기서 '문화적 코디네이터' 로서의 그의 감각이 빛났다면, 후자는 '소설가 구보씨의 하루' 라는 기획(企劃)을 통해 문학사의 주류에 끼여든 것과 관련되어 있다. 그가 최근에 연극원의 대학원에 늦깎이 학생으로 진학한 것도 연극이라는 장르가 바로 이 둘을 나란히 거느리면서 동시에 양다리를 걸친 채 넘나들 수 있다는 사실과 무관하지 않을 것이다.

흥미로운 것은 이러한 그의 생각이, 최근 문화를 보는 우리사회의 시선이 수렴되는 방향과 대체로 일치한다는 점이다. 다시 말해서 이것은, 좀더 화통하게 문화산업다운 측과 좀더 정밀하게 문화다운 측, 그리고 덧붙이자면 우리네의 '문화적인 삶'을 솥발처럼 공존시키려는 노력이다. 그리고 이것은 앞서 주인석의 이야기에 빗대면 우리식의 건강한 메이저-마이너 구조를 만들어가는 것과 통한다.

그는 이제 나름의 판을 짜놓고 이리저리 몸을 움직이며 승부수를 노리는 중이다. 물론 그 자신 한판 근사하게 벌이고 그로부터 뭔가 거둬들이기를 바라겠지만, 진정한 문화의 숨결은 어쩌면 그처럼 떠들썩한 판보다는 오히려 저마다의 마음속 깊은 곳에 자리잡고 있는 것은 아닐까. 물론 그 역시 그것을 모르지는 않을 터인데, 단지 '불행히도' 그의 배팅이 번번이 너무나 성공하는 나머지 그같은 진실을 잠시 접어둘 수밖에 없는 모양이다.

사족: 『검은 상처의 블루스』라는 연작소설집의 한 꼭지인 「옛날 이야기를 좋아하면 가난하게 산단다」는 그의 자전적인 뿌리찾기 소설이라 할 수 있다. 이 소설에는 황해도에서 월남한 실향민이며 미군부대 물건을 빼내어 팔다가 우습게 몰락해 버린 아버지의 이야기가 나온다. 그에게 이 내용이 그의 실제 삶과 얼마나 일치하는 지를 물었더니 애매한 시인(是認)의 웃음을 띠었다.

이처럼 뿌리 뽑힌 실향민 아버지로부터 받은 황량한 사춘기를 보내고 난 그는, 80년대라는 특별한 상황과 맞닥뜨린 청춘기 속에서 파시즘에 대항하는 민중운동 대열에 엉거주춤 합류했던 것 같다. 하지만 그는 이제, 전지구적인 국제화시대의 무중력 속에서, 한반도로부터 이륙하여 이런 저런 각진 구분이 존재하지 않는 다른 세계로 이민갈 것을 농담처럼 꿈꾸기도 한다. 그런데 여기서 주목할 것은 그가 한반도를 세계의 '문화적 변방'으로 생각한다는 사실인데, 이것은 그리 간단히 들어 넘길 문제가 아닐 성싶다.

> 그런데 뉴욕의 우디 앨런은 서울의 구보씨가 그를 보고 싶어한다는 것을 알기나 할까. 구보씨는 뉴욕에 사는 유대인이 구사하는 복잡한 문화적 코드를 이해하려고 애쓰고 있는데, 그의 농담을 즐기려고 공부도 하는데, 뉴욕에 사는 유대인은 서울에 사는 구보씨의 농담을 한마디나 알아들을 수 있을까. 관심이나 있을까. 구보씨는 그게 좀 화가 난다. 서울은 뉴욕에 비하면 너무 변방이니까.(「소설가 구보씨의 영화구경」 4 중에서)

물론 글로벌한 파워게임의 시각에서 볼 때 한반도는 세계의 문화적 변방임이 분명하다. 하지만 그와는 상관없이 한반도는 또 나름의 '문화적 중심'을 가지고 있음이 분명하며, 그것은 21세기의 또 다른 세계질서 속에서 새로운 역할을 적극적으로 떠안아가게 될 것이다(물론 여기에는 나의 소망이 뒤섞여 있다). 그런데 구보씨는 서울은 뉴욕에 비하면 '너무 변방'이라는 사실에 화를 내고 있는 것이다. 물론 나 역시 그런 생각에 빠져들 때가 없는 것은 아니나, 결코 '화'가 나지는 않는다. 단지 좀더 확실한 한반도의 '문화적 중심'을 세우는 일에 마음이 쓰일 뿐이다.

우리는 자유로에서 다시 만났다

혹시, 이것은 그저 구보씨의 농담일 뿐인가. 그렇다면 이 같은 구보씨의 농담을 즐기기 위해서 나는 또 무슨 공부를 해야 할까.

어느 문화 전위의 열린 비평 앞에서

김명인(문학평론가)

'내가 참 재미있는 글쓰기를 하고 있군.'

이 글을 쓰는 일에 대해 구체적으로 생각하기 시작하면서부터 몇 번이고 이런 속말이 떠올랐다. 내가 지금 쓰고 있는 이 글은 '문화평론가' 강영희의 인터뷰 모음집인 『우리는 자유로에서 다시 만났다―강영희가 만난 사람』에 대한 발문인데, 한 명민한 비평가가 이런 저런 문화계의 '잘 나가는' 젊은 인물들을 만나 그들을 탐색하고 규정하고 때로는 요리한 결과들을 두고 글을 쓰고 있는 것이다. 흥미있는 일 아닌가? 이것도 일종의 메타 작업일 텐데 같은 '메타' 자가 붙었어도, 예컨대 메타 비평 같은 작업과는 달리 '재미있다'는 생각이 자꾸 앞선다. 왜 그럴까? 내가 글쓰기의 대상에 대해 치별이나 편견을 가져시일까? 문학비평은 진지하고 무언가 본격적인 일이고 인터뷰 따위는 가볍고 비본격적인 일이라는 선입견이 그것일 텐데, 내 속에 그런 선입견이 있다는 사실을 애써 부인하지는 않겠지만 그 '재미있다'는 생각이 단지 글쓰기 대상에 대한 얕잡아보기만의 결과는 아닌 것 같다. 사실 나는 남의 말이나 글(특히 글)의 기표와 기의를 파악하고 그 글에 보편적 수준에서의 자리를 매기는 일에 남달리 흥미를 느낀다. 그렇기 때문에 비평이든 메타 비평이든 모든 비평은 어떤 측면에서 내게는 고백 게임 같은 하나의 유희이다. 그것이 유희라면 재미없을 턱이 있겠는가. 하지만 통상적인 비평이나 메타 비평에서는 그 재미가 내 의식의 깊은 곳으로 숨고, 대신 끝장을 보아야 하는 정신의 고투만이 남는다. 그것이 재미라면 일종의 은폐된 섀도 마조히즘의 쾌락일 것이다.

그런데 이 글쓰기는 수사학적으로가 아니라 그냥 말 그대로 재미있다는 생각이 앞선다. 대상을 가볍고 업수이 보아서가 아니라 순수하게 재미있다. 아마 정확히 말하면 비평이라는 일에서 내가 느끼는 재미를 구태여 숨기지 않아도 된다는 뜻일 것이다. 강영희는 대중문화의 시대에 대중에게 강력한 영향력을 행사하는 이런저런 문화계 인물들에 대해서 글을 쓴 것이 아니라 직접 만나서 말을 주고받았다. 비록 일정한 사전준비를 하고 후에 그 인터뷰 내용을 정리하면서 다시 글로서 만들어진 것이긴 하지만, 거기엔 일반적인 문자적 비평행위가 갖는 온갖 종류의 '은폐'와 의도적 왜곡과 일방통행이 훨씬 적다. 주고받는 형식이기 때문이다. 그것도 직접적으로. 내가 이 글에 임하면서 느끼는 흥미는 대부분 인터뷰라는 형식이 갖는 이 직접성, 혹은 즉자성에서 연유하는 것일 게다. 거기엔 자기의 입장을 먼저 확정하고 그로부터 대상세계를 연역해 들여오는 식의 고압적인 담론 전략이 작용할 틈이 없다. 인터뷰는 일종의 열린 비평이며 불확정적인 담론체이다. 닫혀 있는 확정적인 담론으로서의 남의 글을 비평하는 행위와 달리 이런 불확정적이고 열려 있는 형식의 글을 비평하는 행위이기 때문에 이 글을 앞에 두고 나는 자꾸만 재미있다고 생각한 것이다. 인터뷰는 본질적으로 다성적인 장르(?)이다. 굳이 분류를 하자면 그것 역시 비평의 한 하위 장르이겠지만 통상적인 비평적 글쓰기가 비평가의 독백과 단성적 울림의 공간이라면 이 비평은 서로 다른 두 개의 삶과 입장이 긴장된 대화와 갈등을 통해 직접적으로 부딪쳐 오는 다성적인 공간이다. 그 다성적인 공간을 들여다보는 일은 재미있다. 다시 말하면 흥미진진하다. 확실히 세상이 변하기는 변한 모양이다. 나조차도 그 날것의 즉자성, 불확정성, 미완결성에 대해 불만을 느끼기는커녕 흥미를 느끼게 되었으니.

하지만 이 글은 인터뷰 비평(그런 장르가 있다면)으로 쓰여지고 있는 것이 아니다. 어느 쪽인가 하면 인물탐구자에 대한 인물탐구, 인터뷰어(interviewer)를 인터뷰이(interviewee)로 만들기 쪽에 가깝다. 사실은 그렇기 때문에 더 흥미롭다. 재주 있는 문화평론가 강영희가 전문 인터뷰어로 자처하며 '정신없이'(?) 다른 동시대인들을 만나고 다니는 일부터가 내겐 흥미로운 일이기 때문이다.

강영희는 서울대학교 인문대학 동양사학과 79학번이며 대학 시절엔 연극반이 주 활동무대였던 것으로 알고 있다. 나는 국문과 77학번이고 연극반 근처에는 얼씬도 한 적이 없었으므로 재학시절에 그를 알 수 있는 기회는 거의 없었다. 나중에 나는 그가 국문과 대학원에 진학했고 박사 과정까지 밟으려 했으나 거절(?)당해, 대신 조금 뒤 동국대학교 연극영화과에서 석사학위를 했다는 것과 그녀의 연극반 선배이자 국문과 동기인 내 친구와 결혼했다는 것을 어찌어찌 듣게 되었다. 나는 또한 80년대 후반 문화운동이론가의 한 사람으로 등장한 그를 기억하고 있다. 그를 처음 본 것이 재학중이었는지 아니면 그 이후였는지는 가물가물 한데 아무튼 '땡글땡글하고 또록또록한', 저 스스로도 자신의 똑똑함을 감당할 수 없어 힘겨워하는 것 같은 영리한 여대생의 인상이 지금까지도 내 뇌리에 남아 있다. 80년대까지는 아마 그 정도가 전부였을 것이다. 그와 그나마 한 자리에 앉아 이야기라도 할 수 있게 된 것은 90년대 들어서였는데, 내가 편집위원으로 있던 어떤 잡지에 그의 글을 게재하느라 한두 번인가 본 것이 고작이다. 그러니까 그와 나는 같은 대학의 선후배지간이기는 하면서도 이렇다 할 관계로 서로 얽힌 바가 없어서, 사실 비슷한 시기를 함께 보낸 선후배지간으로서의 돈독한 정 같은 것이 거의 없었다고 할 수 있다. 그런 탓에 선후배 간의 호칭문제에 관한 한 어떠한 예외도 없이 학번주의를 고수하고 실천해왔음에도 불구하고 그에 대한 나의 호칭은, 지금까지도 그가 잘 쓰는 표현을 빌리면 늘 '버성긴다'. 재학 중에는 거의 몰랐던 것이나 다름없었던 데다가 친구의 부인이 아닌가. 영희야, 라고 불러야지 하는 생각과 강영희씨 혹은 강영희 선생으로 불러야 마땅하다는 생각은 지금도 결론 없이 충돌하고 있다. 말이야 적당히 하게체를 쓰면 되겠지만 어떻게 부를지가 늘 고민인 것이다.

이제는 불혹을 바라보는 연배나 친구의 부인이라는 관계로 보나 존칭이 마땅하겠지만 그렇게 못하는 이유는, 갈수록 그가 잘 알았건 몰랐건 같은 활동을 했었건 안 했었건 70년대 후반과 80년대를 가까이서 함께 견뎌냈던, 그리하여 아직도 야, 자, 라고 부르는 내 다른 후배들과 전혀 다를 바 없는 사람이라는 생각이 들어서이다. 강영희씨 혹은 강 선생이라고 부르는 순간 그런 생각은 날아가 버릴 것이다. 아니 생각은 날아가지 않더라도 더 이상 그런 생각을 깔고 그를 대하기는 힘들 것이다. 뭐랄까, 그것은 아마도 그리 멀지 않은 육친 중의 하나를 잃는 것에 필적하는 일일 것이다. '우리' 가 그 시절을 어떻게 보냈는데 …… 하는 생각, 마치 사춘기를 함께 넘긴 고아원 동기생들처럼 생의 가장 아름답고도 고통스런 시절을 함께 보내 뿔뿔이 흩어지더라도 서로 잊거나 무연하게 되는 일은 상상도 할 수 없다는 생각이 이런 호칭 하나에도 집착하게 만든다. 시간이 흐르면 세월 밖으로 사라지고 흩어져 버리는 기억들이 있는가 하면, 퇴적된 시간의 하중 아래서 마침내 금강석처럼 단단하게 결정화되는 그런 기억들이 있는 법이다. 그런 기억들을 나누어 지니고 있는 한 '우리' 는 형제이며 자매이고 그 이상이다.

이런 생각은 이 글을 쓰기 위해 강영희가 이끌어 간 열 두 개의 만남의 기록을 읽어가면서 점점 더 뚜렷하게 자리잡게 되었다. 그가 이미 『나는 그렇게 생각하지 않는다』라는 상당한 주목을 받은 평론집을 낸 바 있는 문화비평가로서 기존 형식의 비평적 글쓰기를 계속하는 대신 인터뷰라는 형식에 도전하고 나선 것도 사실은 죽을 때까지 피할 수도 내려놓을 수도 없는 바로 그 기억과 깊은 관련이 있다. 그 역시 79년도에 대학에 들어간 이래 광주항쟁에서 6월 항쟁까지 20대의 대부분을 일종의 역사—실존적 열병을 앓으며 보냈다는 사실. 이 90년대도 다 지나간 시기에 다른 사람들에 대한 인터뷰라는 형식을 빌어 아직도 자신의 정체성을 묻고 있는 강영희 역시 어지간히 독하게 그 시대를 앓았던 것이다.

이 책에는 모두 12명의 대담 상대자들이 나온다. 그 면면을 보면, 신경숙 · 마광수 · 공지영 · 장정일 · 이인화 등 소설가 다섯 명, 박재동 · 박광수 등 만화가 두 명, 변영주 · 임순례 · 김동원 등 영화감독 세 명, 송지나 · 주인석 등 극작가 두 명으로 되어 있다. 이들의 공통점은 모두 예술가들이라는 점이다. 인터뷰라는 형식이 인물에 대한 탐구를 내용으로 한다면 이 인터뷰들은 이들의 창작물들에 대한 일정한 비평을 포함한다는 점에서 넓은 의미의 예술비평의 한 방식이 된다. 또 하나의 공통점은 이들이 어떤 양상으로든 이른바 '뜬' 인물들, 즉 스타라는 점이다. 영화감독 세 사람의 경우는 약간 예외적이라고 할 수 있겠지만(한 명의 다큐멘터리 영화감독과 두 명의 젊은 여감독은 통상적인 의미에서의 스타 감독들은 아니다), 나머지 인물들은 전부 한 번씩은 장안의 가십 메이커가 되었던 사람들이다(주인석의 경우가 조금 약할까). 이처럼 대중의 시선을 모으기에 부족함이 없는 스타급 예술가들을 인터뷰 상대로 잡은 이유는 자명할 듯싶다. 인터뷰라는 것은 본질적으로 특정 시기의 초점

인물들과 그들이 하는 일에 관한 대중의 궁금증을 덜어주는 일이 기 때문에 대중적 관심을 끌지 못하는 인물은 처음부터 대상으로 떠오를 수가 없을 것이다. 그 정반대쪽 방향에서도 이유를 대는 것이 가능할 것이다. 그들의 어떤 부분이 대중의 관심과 주목을 끄는가를 아는 것 역시 이른바 문화연구라는 측면에서 대단히 중요하기 때문이다. 전자의 이유가 인터뷰로서의 상품가치와 관련되며 후자의 이유는 예술사회학적 탐구가치와 관련된다.

강영희의 경우 인터뷰의 상품가치는 충분히 살렸다고 할 수 있다. 하지만 예술사회학적인 탐구, 조금 더 좁히면 수용미학적 탐구라는 측면에서는 글쎄 그렇게 뚜렷한 목적의식이나 사전 준비가 되어 있는 것으로 보이지 않는다. 그것은 왜일까? 아직 그가 문화이론가로서는 충분한 공부를 쌓지 못한 때문일까? 그럴 수도 있고 아닐 수도 있지만 사실 그에겐 이 일련의 인터뷰를 행한 자신만의 목적이 따로 있었던 것으로 보인다. 대중의 궁금증을 채워주기 이전에 자기 자신이 이들 대상들에 대하여 알고 싶은 것, 확인하고 싶은 것이 많았던 것이다. 그것은 이론가적 관심 이전의, 개인적인 관심의 발로로 보인다. 그 관심이란 무엇인가. 다시 한 번 이 대담 내상사들의 년년을 보자. 이들은 마광수와 박재동, 그리고 김동원만이 40대이고 나머지는 전부 그와 마찬가지로 30대들이다. 이점은 그의 관심이 어디에 있는지, 그가 이 대담 상대들에게서 무엇을 알고 싶은지를 짐작하게 해 준다. 그는 자신과 동세대의 인물들이, 그것도 일정하게 대중의 동의와 공감대를 얻은 인물들이 도대체 무슨 생각을 하고 있는지 알고 싶었던 것이다. 폭풍 같은 이념의 시대를 직간접적으로 앓고 나온 동세대의 예술가들의 생각을 짚어보면서 사실은 자신의 정체성과 삶의 전망을 가늠해 보는 것이 그가 이 일련의 인터뷰를 통해 진정 얻고자 하는 바였던 것이다. 그 목적을 위해서라면 인터뷰가 최상의 형식일 것이다. 그는 쓰는 비평의 완결성과 자기충족성에 대한 유혹을 잠시 밀쳐두고 직접 부딪치는 미완결의 열린 비평을 선택했다. 앞서도 말했지만 인터뷰는 다성적인 열린 비평이며 날것의 즉자성을 지닌 상호적 비평공간이다. 글이나 작품보다 직접 대면한 상태에서 불완전하면서도 진솔하게 이루어지는 진술은 공간의 분위기나 몸짓, 표정, 태도의 기미까지를 포함하여 대상인물에 대한 최상의 총체적 접근을 가능하게 하는 부분이 있다. 이것을 통해 그는 자기 세대가 90년대 말의 세상에 대해, 그리고 지나간 80년대에 대해 지니고 있는 생각과 태도를 알고자 한 것이다.

결론부터 말하자면 이 책은 참 재미있다. 인터뷰가 성공적으로 이루어지기 위해서는 아마도 세 가지 정도의 조건들이 박자가 맞아야 할 것이다. 질문의 내역을 잘 짜는 것, 상대자의 이야기를 잘 끌어내는 것, 그리고 그 결과물을 놓고 적절하고 예리한 평가를 내리는 것이 그것일 텐데, 강영희는 예상대로 이 세 가지 조건을 두루 갖춘 뛰어난 인터뷰어이다. 우선 질문 내역 짜기에서부터 보자. 신경숙에게 가족 이야기를 물은 것, 공지영에게 그 순진성과 감상성을 물은 것, 장정일에게 상업주의적 의도와 약빠른 시대 감각을 물은 것 등은 바로 이 작가들의 작품 세계의 핵심에 가 닿는 것이라고 할 수 있다. 이러한 질문은 그 하나만으로도 인터뷰 전체를 살아 있게 만드는 힘을 가진다. 그는 또한 말을 잘 하려고 하지 않는, 혹은 원하는 대답이 쉽게 얻어질 것 같지 않은 상대자로부터 말을 이끌어내는 데에도 뛰어난 감각적 수완을 지니고 있다. 말을 주저하는 신경숙에게 '마루 밑 이야기'를 이끌어내고 이윽고 그것을 가족에 대한 이야기로 이어가 결국 신경숙의 말문을 열어 놓는다든지, 논리성이 부족한 마광수와의 인터뷰에서 그에게 특별히 말의 갈피를 강요하지 않음으로써 그의 말을 '총체적인 느낌의 덩어리로 한꺼번에 받아 안아보기'로 한다든지, 임순례 감독과의 이야기의 실마리를 영화 〈세친구〉의 세 캐릭터와 임순례 감독 자신의 캐릭터와의 유사성을 거론하면서 풀어나간다든지 하는 것 등은 웬만한 인터뷰어들에게선 찾아보기 힘든, 말하자면 감각적 순발력이라고 할 만하다.

그러나 무엇보다 이 인터뷰들을 빛나게 하는 것은 바로 세 번째 조건, 즉 그의 비평적 안목이 번득이는 평가의 부분이다. 신경숙의 육신애와 본능적 감성 우선의 내노에서 그의 선근대성을 발견하는 것, 마광수의 황제 망상이 은폐하고 있는 남근주의를 알아채는 것, 공지영 소설의 최대 약점으로 흔히 지적되곤 하는 예의 순진성과 감상성을 오히려 뜨거운 진정성의 통로로 이해하는 것, 예술가 박재동이 인간 박재동에게 더부살이하고 있다는 점을 발견한 것, 만화가 박광수의 비판의식이 아무런 체계적인 사상의 옷을 입지 않음으로 해서 결국 지극히 감성적인 성격을 띤 개인적인 실천으로 귀결되리라고 보는 것, 그리고 주인석의 '맹랑한' 삶의 역정에서 그들 세대의 방황이라는 이름의 일종의 기회주의를 읽어내는 것 등이 그것이다. 그리고 다른 분야보다는 소설가들에 대하여 말할 때 유달리 그의 비평적 감수성이 빛을 발하는데, 나는 그가 동양사학과 출신이면서도 국문과 석사과정을 마치고 내친 김에 박사과정에 들어서려다가 좌절한 전력(?)이 공연한 것은 아니었구나 생각했다.

하지만 그의 인터뷰들을 읽어나가면서 그의 약점이라고 부를 수 있을 만한 것들도 눈에 띄지 않은 것은 아니었다. 김동원이나 박재동에게서처럼 그가 대담 상대자들의 삶과 의식에 지레 압도되거나, 변영주에게서처럼 상대방 인물 자체에 매료되는 경우, 그럼에도 불구하고 꺼내 들어야 할 마지막 비장의 카드조차 꺼낼 염을 못하고 시종 끌려가는 인터뷰를 하게 되는 것이 그것이다. 그것은 이를테면 이인화에 대한 눈에 띄는 적대감이나, 마광수 장정일 주인석이 지닌 어떤 부분에 대한 일종의 냉소적(?) 거리감 등과 좋은 대비를 이룬다. 그러니까 강영희는 결코 중립적인 인터뷰어는 아닌 셈이다. ('나는 그렇게 생각하지 않는다!?') 그는 나름의 기준으로 자기의 대상들을 평가하고 자리매김하고 있는 것이다. 김동원 박재동에게 쩔쩔매고, 이인화를 배척하며, 마광수 장정일 주인석에 선뜻 동의하지 않으며, 박광수의 바보스러움, 변영주의 주술적 분위기, 임순례의 게으름에는 어떤 매력을 느끼며 말려들어가는, 그 어느 어름쯤에 그가 선 자리가 있다. 그곳을 어디라 할까. 80년대식 과학주의로부터는 많이 멀어졌으나 이 세계의 물신성에 대해서는 예민하게 자기를 지키고 그 무언가 비어 있는 중심에 인간 그 자체가 지닌 힘과 희망을 가져다 놓으려 하는 그가 선 자리를.

그는 아직은 불확실하고 불안한 그 자리에 서서 대담 상대자들의 말에 귀를 기울이고 있는 셈이었는데 그가 여러 상대자들에게 공통적으로 꼭 듣고 싶어하는 견해가 있다. 그것은 80년대와 달라진 지금을 어떻게 보며 또 어떻게 살고 있는가 하는 점이다. 그리하여 거대담론 없이도 인간은 살아야 한다는 신경숙, 더 이상 '착한 여자'이기를 거부하는 공지영, 비분 강개로는 세상은 변하지 않는다며 '낮은 목소리'를 내는 변영주, 속도전에 대한 반성을 불러일으키는 임순례, 하여튼 나는 버틸 수 있다고 믿는 김동원, 모래시계 세대의 신화 자체도 깨어져야 한다는 송지나, 차갑고 말끔한 데서만 살고 싶다는 주인석 등을 불러내는 동안 나는 그에게서 이제는 더 이상 신화일 수 없는 80년대와 어떻게든 살아내야 하는 90년대라는 두 개의 바위틈에서 아직도 채 허물을 벗지 못하고 어정쩡히게 끼여 있는, 그래서 어쩌면 더 흉물스럽고 또 그 흉물스럽세 보인다는 것에 대한 자의식에 시달리는 한 마리 배암에 방불한, 나를 포함한 우리 세대 전체의 모습을 어렵지 않게 읽어낼 수 있었다.

아무튼 강영희처럼 역사와 정치라는 80년대적 화두에서 용케 벗어나 비교적 일찍이 문화라는 90년대적 화두를 머리에 이고 이 시대를 살아간다는 것은 '여전히 무겁게 가라앉은 채 시대의 변화를 마지못해 최소한으로 수용하는 축'들이 많은 우리 세대의 일원으로서는 성공적인 변신인 셈이다. 최소한 그는 시대의 최전선에 나아가 있지 않은가. 물론 그 문화라는 것은, 말하자면 지난 시대 우리가 감히 적이라고 이름 붙였던 자본주의가 한 걸음 더 뒤로 슬쩍 물러나고 대신 내세운 방위군 같은 것이어서 위치상으로는 전선은 크게 후퇴한 형국이다. 하지만 아직도 일거에 적의 심장부를 강타한다는 미망에서 벗어나지 못한 채 사실은 아무 것도 하지 않고 있는, 아니 오히려 문화라는 이름의 부드러운 적들이 자기 주변에, 심지어는 자기 내면에 마치 세균처럼 번식해 있는 것을 몰각하고 있으면서도 문화전선에 나선 이전의 동료들에게 '문화주의자'라는 낡은 딱지를 붙이는 '딱정벌레 같은 두뇌의 소유자들'에 비하면 그는 분명 당당한 전위이다.

강영희는 앞으로도 가능하다면 전문 인터뷰어로 나서고 싶다는 뜻을 비친 적이 있다. 틀림없이 가능할 것이다. 어느 편인가 하면 우리가 그만한 능력과 감각을 지닌 전문 인터뷰어를 가지는 것은 좀 사치스러운 게 아닐까 싶을 정도로 그의 그 방면의 성공은 보장되어 있다고 보아도 좋다. 그것은 개인적 성취라는 측면에서나 적재를 적소에 배치한다는 측면에서나 바람직한 일이다. 하지만 인터뷰라는 일, 대상을 만나서 마치 크로키하듯 순간적으로 그려서 압정을 박아 벽에 걸어두는 것 같은 그 일에는 분명 어떤 한계가 있다. 그 일은 궁극적으로는 인간과 세계가 어우러지는 보다 큰 화폭의 그림을 그려 나가는 일을 위한 준비작업 이상일 수는 없다. 나는 문화비평가로서의 강영희의 호흡과 걸음이 그 큰 화폭까지도 염두에 둔 것이기를 기대한다.

우리는 자유로에서 다시 만났다

1998년 6월 15일 초판 3쇄 발행

지 은 이 ······강영희
펴 낸 이 ······나병식
펴 낸 곳 ······풀빛미디어
주   소 ······서울시 서대문구 북아현 3동 176-87 능안빌딩 3층
전   화 ······ (영업부) 363-6972 (편집부) 362-8900
팩   스 ······ 393-3858
출판등록 ······ 1998년 1월 12일 제13-518호
하이텔·천리안·나우누리 ID/pulbitco

ⓒ 강영희 1998

값 7,500원

잘못된 책은 바꾸어 드립니다.

ISBN 89-88135-01-6 03800